EL RELOJ
DEL FIN DEL MUNDO

SÒNIA VALIENTE

EL RELOJ DEL FIN DEL MUNDO

PLAZA JANÉS

Papel certificado por el Forest Stewardship Council®

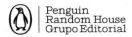

Primera edición: abril de 2025

© 2025, Sònia Valiente
Autora representada por Silvia Bastos, S. L. Agencia Literaria
© 2025, Penguin Random House Grupo Editorial, S. A. U.
Travessera de Gràcia, 47-49. 08021 Barcelona

Penguin Random House Grupo Editorial apoya la protección de la propiedad intelectual. La propiedad intelectual estimula la creatividad, defiende la diversidad en el ámbito de las ideas y el conocimiento, promueve la libre expresión y favorece una cultura viva. Gracias por comprar una edición autorizada de este libro y por respetar las leyes de propiedad intelectual al no reproducir ni distribuir ninguna parte de esta obra por ningún medio sin permiso. Al hacerlo está respaldando a los autores y permitiendo que PRHGE continúe publicando libros para todos los lectores. De conformidad con lo dispuesto en el artículo 67.3 del Real Decreto Ley 24/2021, de 2 de noviembre, PRHGE se reserva expresamente los derechos de reproducción y de uso de esta obra y de todos sus elementos mediante medios de lectura mecánica y otros medios adecuados a tal fin. Diríjase a CEDRO (Centro Español de Derechos Reprográficos, http://www.cedro.org) si necesita reproducir algún fragmento de esta obra. En caso de necesidad, contacte con: seguridadproductos@penguinrandomhouse.com

Printed in Spain – Impreso en España

ISBN: 978-84-01-03651-4
Depósito legal: B-2557-2025

Compuesto en Mirakel Studio, S. L. U.

Impreso en Black Print CPI Ibérica
Sant Andreu de la Barca (Barcelona)

L036514

*A los voluntarios de la dana.
Gracias por tanto amor*

*A mis imborrables
Modesto Valiente y Bosco Ballester.
Os quiero*

Hay días en los que pienso en ti como si alguien fuera a borrarte.

Elvira Sastre, *Días sin ti*

El sexo es lo que desordena nuestras vidas normalmente ordenadas.

Philip Roth, *El animal moribundo*

Nota de la autora

El germen de *El reloj del fin del mundo* surgió de una escapada a la Laguna Negra de Urbión en octubre de 2021. La magia del lago glaciar me atrapó. Durante aquel viaje, aún no lo sabía, una idea fue anidando en mi cabeza. Tenía que ver con la incapacidad de olvidar a quienes nos han marcado, a aquellos que nos impiden pasar página. La asociación con *Los puentes de Madison* fue inmediata.

Sabía que tenía algo de lo que tirar: agua, puentes, magia y *Los imborrables*, título provisional con el que trabajaría. A mi regreso a Valencia comencé a documentarme: visitar con discreción tiendas de esoterismo, hacerme con manuales de lectura del tarot… Mientras tanto, mi novela *Veintitrés fotografías* veía la luz.

Finalmente, entregué el manuscrito a mi agencia en junio de 2024. Meses después, los acontecimientos del 29 de octubre de ese año nos demostraron que la realidad puede ser infinitamente más cruel que cualquiera de las ficciones imaginables.

Deseo de corazón que *El reloj del fin del mundo* sirva de evasión y abrazo a los valencianos. No se me ocurre nada más tempestivo que luchar contra el olvido.

Prólogo

El avión de Lluvia Sanchis llegó puntual.

Volvía a casa en línea regular, pero se trataba del billete más caro de su trayectoria. Era el precio, pensó el hombre del aeropuerto, de lo que estaban a punto de hacer. Y estaba dispuesto a pagarlo.

Mientras la esperaba, sus manos le sorprendieron temblonas en el asiento trasero del vehículo. Al sentirse observado, bajó del coche fingiendo soltura y enfiló la terminal de llegadas. No era bueno para el negocio que su círculo más cercano percibiera su miedo.

A una distancia prudencial, le siguió su equipo de seguridad.

Minutos después, Lluvia Sanchis avanzaba hacia la salida con ese brío que traen pegado al caminar las personas que viven, más que deprisa, rápido. La luz de la mañana se enredó en su cabello limpio y emitió unos destellos dorados. El empresario se dispuso a acarrear el equipaje de la mujer melada. Ser un caballero desfasado era una de las pocas cosas que prefería no delegar.

—Bienvenida a Madrid, Lluvia. ¿Qué tal el vuelo? —se interesó.

—Bien, gracias. Agotador. —Le estrechó la mano con firmeza.

—Permítame. —Se abalanzó sobre su equipaje.

—No es necesario.
—Insisto.
—Y yo insisto más.

De nuevo en el coche, él sonrió perplejo. Vio cómo Lluvia se enfrascaba en su teléfono sin mediar palabra. En cierto modo, le resultó refrescante que alguien obviara su presencia, por la falta de costumbre.

Mientras la escrutaba con curiosidad, se mintió a sí mismo pensando que no había tenido alternativa, que las circunstancias le habían obligado a traer a aquella mujer a Madrid. Si bien era cierto que el empresario se sabía entre la espada y la pared, podría haber detenido perfectamente aquella locura antes de que todo estallara. Podría haber desistido, sí, pero no quiso. El tiempo apremiaba y sus socios amenazaban con retirarse, lo que hubiera significado a todas luces dejar morir el proyecto después de tanto esfuerzo. La solución, rememoró en el interior del vehículo de alta gama, apareció como por ensalmo semanas atrás mientras ojeaba el *Expansión*: una mujer guapa y fiera le sonreía desde una entrevista a cuatro columnas. Se trataba de Lluvia Sanchis, la española que había triunfado como jefa de producción en uno de los entornos artísticos más exigentes del mundo. Y, entonces, lo supo: ella era la pieza fundamental para engranar la máquina de hacer dinero en la que llevaba trabajando desde ni recuerda.

Si alguien podía entender la importancia del sentido de la escena en el negocio del sexo, esa era Lluvia Sanchis. Después de trabajar cinco años en el Colosseum, el teatro del casino más relevante de Estados Unidos, con cerca de tres millones de espectadores satisfechos al año, y llevar a raya al equipo técnico, al cuerpo de baile, a los escenógrafos de los diferentes pases diarios, a las estrellas y sus *managers*, la capacidad de la directiva estaba fuera de toda duda. La empatía ya era otra cosa. En Nevada, la compasión se dejaba junto al abrigo en el guardarropa del Caesars Palace.

Durante el trayecto repasó en su mente la primera vez que conversó con Lluvia a través de la pantalla:

—Todo el mundo habla del relato. De la construcción del maldito relato a la hora de vender proyectos, cuando lo verdaderamente importante es la representación, la puesta en escena —dijo Lluvia durante aquella videoconferencia.

—No puedo estar más de acuerdo. Continúe, por favor —respondió él.

—Pero, para la empresa que usted quiere montar, señor...

—Mi nombre no es relevante por ahora, señora Sanchis. Puede llamarme Conseguidor, todos lo hacen.

—Como quiera... —continuó, molesta, Lluvia—, pero para el proyecto del que usted me habla entenderá que haya que ir a lo grande.

—No concibo los negocios de otro modo.

—A lo que me refiero es que por el tipo de público al que aspira necesita un golpe de efecto monumental. Una puesta en escena que deje boquiabiertos a sus clientes, que en el momento que pongan un pie ahí se olviden de quiénes son, de qué los ha llevado allí y entren en un mundo..., digamos, de fantasía. Que los haga sentir únicos. Y eso, señor mío, no es barato.

Le gustó que aquella mujer no juzgara ni la empresa ni el concepto ni la mercancía a todas luces ilegal y que, desde el primer momento, se uniera a aquella lluvia de ideas dando por hecho que aceptaba el encargo.

—La escucho —prosiguió atento en aquella cita virtual de hacía unos meses.

—¿Quién diría que ostenta la mayor concentración de poder ahora mismo? —preguntó Lluvia.

Silencio.

—¿Poder? ¿Que quién tiene el poder, dice?

—Sí, el poder.

—Pues, a nivel global, diría que los bancos, por supuesto.
—Frío —respondió Lluvia.
—¿Los gobiernos?
—Congelado.
—¿Internet? —aventuró él.
—Mejor, pero no se acerca, Conseguidor.
—¿El sexo?
—Mmm. Caliente. Me alegra saber que comparte puntos de vista con el escritor Philip Roth —bromeó Lluvia—. Ya sabe lo que dicen: «No importa cuánto sepas, no importa cuánto pienses, no importa cuánto maquines, finjas y planees, no estás por encima del sexo».
—*El animal moribundo*. Tiene buen gusto, señora Sanchis. Roth está entre mis autores de cabecera. ¿Sabe que ese libro debe su título a un poema de Yeats?
Esto último el Conseguidor lo dijo en un tono apenas audible porque aquella mujer parecía estar en otra parte. Muy lejos. Como si no le importaran ni Roth ni los gustos literarios del empresario ni el Conseguidor en absoluto.
—Pero no..., Conseguidor. Tampoco es el sexo la respuesta que busca. Es la imagen. El poder es de la imagen, señor mío. En nuestros días, el poder social corresponde a la industria cultural.
—Creo que no la sigo.
—La industria cultural, es decir, el arte, la fotografía, la publicidad y, sobre todo, el cine, ha moldeado durante décadas nuestra sociedad —ilustró Lluvia—. Somos el resultado de lo que consumimos. Dando por buenos ciertos constructos. Si lo piensa, todos pensamos en imágenes.
El Conseguidor ladeó la cabeza como un perro curioso.
—Hay escenas que forman parte de nuestro modo de ver el mundo —prosiguió Lluvia—. Son poco menos que patrimonio de la humanidad: Robert Redford mientras le lava el pelo a Meryl Streep en *Memorias de África*, Indiana Jones al

huir de un risco rodante, el comienzo de *La guerra de las galaxias*, Chaplin cuando juega con el globo terráqueo, las bicicletas voladoras de *ET*, las lágrimas en la lluvia de Rutger Hauer en *Blade Runner*, el baile de Rita Hayworth en *Gilda*, Escarlata O'Hara cuando pone a Dios por testigo… ¿Sigo?

El Conseguidor negó con la cabeza.

—Formamos parte de una legión de generaciones a las que nos han dicho cómo han de ser las mujeres, el sexo, el amor. La representación del éxito, del dinero, cómo hemos de vestir. Qué consumir. Cómo son las fantasías sexuales apropiadas, qué coche desear, en qué casa vivir…

—Ya veo.

—A fin de cuentas, todo es un decorado. Vivimos en un *Show de Truman* permanente, solo que de este no podemos escapar.

—Y, dígame, Lluvia, ¿puede usted adaptar todo ese universo para… para… los encuentros sexuales de… —dudó a la hora de pronunciar en voz alta el nombre de su empresa— … The Bridge?

—Creo que sí. Solo tengo dos requisitos.

—¿Cuáles?

—Trabajar con mi propio equipo de técnicos, iluminadores, atrecistas, maquilladores, estilistas…

—Tiene sentido. ¿Y la segunda condición?

—Libertad total, presupuestaria y escenográfica. Y eso implica que quizá necesite habilitar nuevas salas, modificar espacios… Eso ahora no puedo saberlo con la información de la que dispongo, sin ir a localizar el emplazamiento. Porque, por lo que me dio a entender en sus anteriores correos, el encargo es en el subsuelo. Y, como sabe, trabajar por debajo del nivel del mar ralentiza mucho el proceso.

Mirada de evaluación.

—¿Qué me dice?

—Como comprenderá, señora Sanchis, a estas alturas no me voy a arredrar por que tenga que tirar algún que otro tabique.

Primera parte

Recordar:
Del latín *recordāri*,
'volver a pasar por el corazón'.

Eduardo Galeano,
El libro de los abrazos

1

Cinco años después

Es en momentos como estos, en el interior de un tubo de resonancia magnética, en los que a Lourdes Nadal, funcionaria de carrera, le encantaría haber aprendido a meditar. Pero no sabe. No puede.

Al entrar en la sala de resonancias del hospital La Fe, el auxiliar, muy amable, le ha comentado que el tubo está abierto por un lateral, algo que le ha aliviado el agobio. Un poco. También la sonrisa de él. Su vocación de servicio. Le ha reconfortado la calidez del técnico. Que se haya presentado y que la haya llamado por su nombre de pila, Lourdes. Un nombre que le es ajeno, Lourdes, que no reconoce como propio. Porque Lourdes Nadal es para todo el mundo, incluso para los que la quieren, simplemente Lu.

El chico le ha dicho poco antes de comenzar que se trata de una prueba larga.

—Tranquila, Lourdes, ponte cómoda. Al ser una prueba de cervicales serán unos treinta minutos.

Ella lo miró espantada.

—¡¿Media hora?!

«Sin música, sin teléfono, sin un libro», ha pensado con horror sin saber muy bien qué demonios va a hacer ella media hora a solas consigo misma, en su cabeza. No se le ha ocurrido penitencia peor.

Ha sido entonces cuando la ansiedad ha llegado en tromba, sin avisar. Y, avergonzada, le ha preguntado al chico amable del que no recuerda su nombre si podía ir al baño. Era el baño o huir. Así que el baño le ha parecido la opción más aceptable, la menos ridícula. Ha recorrido los metros que separan la sala de la prueba del aseo del pasillo casi al galope. Y se ha sentado sobre la taza del cuarto de baño con la tapa bajada, con la cabeza entre las piernas, tratando de controlar la respiración. Ya que estaba, al salir, se ha lavado la cara. El espejo del baño le ha devuelto su imagen. A pesar de que la luz le confiere a su piel una tonalidad verdosa que no se merece, le ha sorprendido su aspecto. Su buen aspecto siempre sorprende a Lu.

Ya no es una niña redonda y asustada. Es una mujer guapa, de edad indefinida, aunque se empeñe en echarse encima ese manto de invisibilidad conseguido a fuerza de labiales color *nude*, cabellos recogidos en una diligente cola baja, pendientes de perla de botón y colonia de bebé. Un aspecto de mujer discreta, de maestra de colegio concertado, que viste ropa ancha en un intento de cubrir, borrar el recuerdo de aquella niña fofa que llevaba vestidos de nido de abeja y mangas de farol. Hace tanto. Una mujer neutra, invisible, que se comporta como se espera de ella. Que siempre hace lo correcto. De ahí aquella disonancia interna. Aquel dolor. Aquel nudo de contracturas. La tendinitis agravada por la inflamación de su hombro izquierdo. Bursitis, dijeron. La resonancia de cuello para descartar algo peor.

La escapada al baño no ha servido de gran cosa. Ganar tiempo no es muy útil esta vez, y Lu ya está de regreso en la sala. El chico sin nombre habla con su compañera, que no le hace el más mínimo caso, con la mirada pegada a su teléfono móvil, se diría que con Super Glue.

—¿Ya has vuelto? Puedes dejar la ropa ahí. Por favor, quítate los pendientes, cadenitas, pulseras, anillos... Avísame cuando estés.

Lu se ha desprendido con parsimonia de los pendientes de presión, la minúscula cadena de oro blanco que siempre lleva, el reloj y las pulseras. También de su anillo de boda. Ha estudiado durante unos segundos su mano, delgada, huesuda. Y la marca que le ha dejado el anillo en el dedo, en ese instante desnudo. No es la primera vez que se desprende de la alianza en estos diecinueve años de matrimonio con León, claro que no. Pero sí la primera desde que han decidido separarse. Que lo ha decidido él de forma unilateral. León lo resolvió al largarse de casa. Porque si por Lu hubiera sido continuaría con León. Porque ella —«Estúpida, estúpida», se ha dicho— pensaba que aquello sería para siempre. Lu ha dejado la alianza sobre la balda de aquella sala ascética en la que no hay más que una percha, un estante y una silla para dejar su ropa perfectamente doblada.

Visto con perspectiva, el anillo se le ha antojado algo ínfimo, desvalido. «Cómo algo tan pequeño puede doler tanto».

Una voz.

—Lourdes, ¿ya estás?

La pregunta del técnico la saca de sus pensamientos. Lu sale descalza y vestida con esa prenda ridícula de papel de los hospitales intentando sin éxito que no se le vea la ropa interior por la parte posterior. El chico la ayuda a entrar en el tubo. La acomoda y continúa:

—Muy bien, pon las piernas aquí y la cabecita aquí. Recuerda que no te puedes mover. Eso invalidaría la prueba. Solo las manitas hasta aquí. ¿Vale?

Lu lleva mal no moverse, pero peor no pensar. Su cabeza es una centrifugadora. Su mente no es un lugar acogedor donde vivir cuando se está en reconstrucción.

Ha de pensar cómo será su vida a partir de ahora sin León.

Lu mira al técnico anónimo y tiene la impresión de que el chico casi puede palpar su horror al silencio, a la soledad.

A ella misma.

—Cierra los ojos y escucha la música, Lourdes. —Por primera vez desde que ha entrado, Lu cae en la cuenta de que hay hilo musical—. No puedes hacer nada, así que duérmete.

Y Lu sonríe por la candidez del muchacho. «Dormirme… —suspira por lo bajo—, si hace días que no sueño con otra cosa». Porque Lu acumula semanas sin pegar ojo, sin echar una cabezada tranquila, decente. En el interior del tubo, palpa los extremos y localiza en el lateral derecho un botón del pánico. «Ojalá la vida tuviera uno de estos», es lo último que piensa antes de caer rendida.

—Todo ha ido bien. Puedes pasar mañana a recoger los resultados por el mostrador o puedes consultarlo en la aplicación móvil del hospital.

Lu está de vuelta en el cuartito. Y se viste con parsimonia. Allí están todas sus cosas. También la alianza. En esta ocasión, no acierta con el cierre de la cadenita. La presbicia no se apiada de nadie. Introduce el collar en el compartimento interno del bolso para intentarlo más tarde, con más tiempo y más tino. Cuando llega al capítulo de la alianza duda qué hacer. Y el anillo regresa, tras unos segundos interminables, al dedo anular de la mano izquierda, donde ha estado los últimos diecinueve años, diez meses y cuatro días.

Para desprenderse de ese último vestigio de su vida con León también necesita de más tiempo, de más tino.

2

Han pasado dos días desde que Lu se hiciera la resonancia y no hay nada raro. Sus cervicales están en plena forma y Lu piensa cuál será el siguiente síntoma al que culpar por el dolor que la arrasa. Porque el dolor no remite. Tampoco el de su hombro izquierdo.

Lu se ha citado con Marta, su hermana menor, en una cafetería animada del centro, un punto de encuentro habitual en el que disponen de una carta decente para celiacos.

—Tienes que dejar de ir tanto a *spinning* y comenzar con los ejercicios de fuerza —le dice Marta—. Lo tuyo, Lu, es postural.

—Con sobrevivir ya tengo bastante, gracias. Solo me faltaba a mí ponerme a hacer pesas.

Marta se ríe. Con esa risa fresca que solo pueden tener las personas que son felices. Tiene dieciséis años menos que Lu. Y se nota. En su forma de moverse, de hablar, de ver la vida. Y en que no le duele nada. Y ni siquiera es consciente de lo raro que es eso, que la vida y el cuerpo no duelan.

—Anda, no me seas coqueta.

—No tiene nada que ver con la coquetería, sino con la autopreservación. No sabes cuánto me acuerdo de mamá. ¿Recuerdas cuando decíamos que nos iba a durar hasta los ciento veinte años?

—En ello está —sonríe Marta.

—Me refiero a que ahora la comprendo, Marta. Es como si me estuviera convirtiendo en mamá.

—¡No digas eso! —Exagera su expresión.

—Es que la entiendo. A ella y a sus miedos. Que lleve camiseta interior hasta en agosto. Que renuncie a llevar peso, que huya de las corrientes como de la peste. Que no se bañe en el mar desde hace cuarenta años. Que camine despacio, pendiente del suelo.

—Sí, con esos pasitos tan suyos, de codorniz, como si tuviera más miedo a equivocarse que a tropezar.

—Es que lo tiene, Marta. Tiene miedo. Ahora lo comprendo. Vive sola. Teme caerse y tronzarse un hueso o coger un constipado demasiado fuerte. Tiene miedo a irse, en definitiva... Y yo, por primera vez, soy de algún modo consciente de esa fragilidad. Del paso del tiempo.

La mujer que educó a Lu y a Marta está orgullosa de ellas. Más de Lu que de Marta, al menos por la fachada. Porque hasta la ruptura con León las apariencias dejaban entrever que Lu había llegado, que había logrado salir del barrio del brazo de un radiólogo. Un médico siempre sería un médico. «Pareces una de ellos», solía decirle su madre. Y esa expresión ahora le produce una sensación ambivalente, de hastío y de ternura, porque a través de la vida de Lu su madre trata de remozar tantas cosas... Cubrir unos orígenes humildes que afloran a la superficie como una terca mancha de humedad.

«Pareces una de ellos».

«Con mamá —piensa Lu—, con parecerlo basta». La realidad nunca importó demasiado. En cambio, Lu se abraza en su fragilidad, porque conoce sus limitaciones.

Quizá sea una mujer aburrida, tensa, rota.

Una mujer a la que se le ha olvidado divertirse.

La voz de Marta la trae de vuelta. Ni rastro del barrio en los bolsillos. Tan solo una certeza de aquella excursión al pasado: Lu no pretende ser quien no es. Y sin duda no es una persona que haga entrenamientos de fuerza.

—Mira que mi entrenador es un prodigio —insiste Marta.

—Ay, Marta. Que estoy hecha un solar. Déjame, de verdad te lo digo. Que, con ir al fisio, las pruebas médicas y buscar asesoramiento legal por lo de León, no sé cómo me da tiempo ni de ir al trabajo.

—Creo que tienes que socializar más, Lu, conocer a gente. Salir de ese bucle en el que estás, que no te reconozco, hermana. Sacudirte esa nube negra que diluvia sobre tu cabeza...

Lu es discreta con sus cosas y teme decirle la verdad a Marta, pero le aterra todavía más que su hermana le concierte una cita incómoda con su entrenador.

—No te molestes, Marta. No necesito una niñera para quedar con un hombre. Lo cierto... —duda con un atisbo de sonrisa—, lo cierto es que estoy viendo a alguien desde hace algún tiempo.

Mirada de estupefacción.

—Define «algún tiempo».

Tontear en aplicaciones de citas ayuda a Lu a no pensar. A ser otra. Distinta. Cualquier otra persona, no aquella aburrida que siempre hace lo correcto, la que ahora está tomando un descafeinado junto a la ventana de esa cafetería del centro.

—Verás, en realidad solo nos escribimos —explica Lu—. Nos conocimos en una aplicación. Intercambiamos los números de teléfono hará cosa de un par de semanas y nos wasapeamos a todas horas. No sé hacia dónde va esto, Marta. Pero me está sentando bien. Mientras hablo con él, no pienso en León. El resto del tiempo, pues... no dejo de mantener conversaciones imaginarias con él, situaciones en mi cabeza en las que él accede a reconciliarnos y la vida es maravillosa. No sé, Marta, creo que me estoy volviendo loca...

—Lu, no te mortifiques. Es normal que te sientas así. León y tú lleváis juntos una vida entera...

—¿A ti también te ocurre?

—¿El qué? ¿Tener conversaciones imaginarias con mis problemas? Todo el tiempo —dice Marta—. Soy una máquina ganando discusiones dos días después.

Ríen.

—Pues ¿sabes? Creo que voy a quedar con él.

—¿Con quién?

—Con el chico de la aplicación, con... con... Lazcano.

—¿Se llama Lazcano?

Lu se sonroja hasta la raíz del pelo. Mira a los lados. Lo último que quiere es que su nueva situación sentimental acabe en la sección de sociedad de *Las Provincias* para deleite de sus vecinos y el horror de su madre. Una vida monitorizada es el peaje de la vida cómoda que ha tenido con León, uno de los radiólogos más reputados de la ciudad.

—Pues... no sé si ese es su apellido. Ni siquiera conozco su nombre con certeza... En la aplicación se hacía llamar Pablo L. Nos conocimos así y, durante estas semanas, hemos continuado con la misma dinámica.

—Y esa dinámica es...

—Hemos preferido no darnos mucha información, nada de fotos ni decirnos nuestros nombres reales. Nada que pueda romper este espejismo. No sé, Marta, es como si quisiera proteger esta magia del principio. Bastante estúpida me siento ya, llorando por las esquinas por el buen doctor, como para ir suspirando por un tal Pablo. Simplemente seremos Luciérnaga y Lazcano. Y a él le ha parecido bien.

—Al menos, hasta que os conozcáis en persona...

—Eso es.

—¿Y puede saberse lo que te ha propuesto Lazcano o también es secreto?

Lu duda unos segundos. No sabe cómo se tomará Marta que haya quedado con un desconocido que tiene como foto de perfil en la aplicación de citas un amanecer.

—Pues pasar un fin de semana juntos, en una especie de retiro de meditación en Sotillo de Duero, con motivo del solsticio de invierno.

Lu estaba en lo cierto en ser cauta. Observa la mirada de preocupación en la cara de Marta.

—¿Y vas a ir? —Su hermana pequeña la mira con gravedad porque sabe que ese comportamiento no es propio de ella. Que los solsticios y todos esos cuentos de brujas la traen sin cuidado. Lu es germánica, jamás ha creído en semejantes chorradas.

—Me lo estoy pensando. Me gusta cómo me hace sentir ese hombre. Viva. Importante. Es como si le conociera desde siempre... Además —añade—, nunca he estado en Sotillo. Me vendrá bien un cambio de aires.

—Ay, cariño, me suena raro. Cuando te animaba a conocer a otras personas no me refería exactamente a quedar con un tipo del que no sabes nada de nada. Y menos en un lugar tan alejado. No sé, Lu. Me parece bastante irresponsable... Peligroso, incluso.

—Habrá más personas —la tranquiliza Lu—, el retiro está coorganizado por la propietaria de una tienda local con ganas de dinamizar la zona y un hostalito con encanto.

—Veo que ya has tomado una decisión.

—Siempre puedes venir a hacerme de niñera... —bromea Lu.

Lu ve cómo su hermana pequeña afloja el semblante y se relaja. A Marta le gusta verla así, atreviéndose a vivir.

—Ojalá pudiera, pero sabes que tengo la misión comercial a Bruselas y estaré allí los próximos meses. Pero... ¿sabes lo que te digo?

—Dime.

—Pues que vayas con cuidado.

—Eso ya me lo has dicho, pesada. ¿Algo más?

—Que, si vas, haz que valga la pena.

3

Por fin es viernes. El último día laborable de una semana que parecía no acabar nunca. Por la tarde, Lu canturrea mientras se dirige hacia Sotillo de Duero, una pequeña localidad de Paria de la que nunca había oído hablar hasta que Lazcano, el chico de aquella red social, le propuso citarse allí con la excusa del solsticio de invierno. A Lu le costó tomar la decisión, pero ahora conduce de buen humor hacia el punto de encuentro. Se diría que siente algo muy parecido a la ilusión, un sentimiento que creía borrado. Con todo, lo que menos la seduce del plan es el retiro en la Laguna Negra; la espiritualidad de la funcionaria está tan atrofiada como su flexibilidad, pero quizá Lazcano pueda lubricar ambas cosas.

Lu y Lazcano llevan dando demasiados rodeos durante las semanas que conversan, pero ninguno de los dos se atreve a llamar a las cosas por su nombre. Y han iniciado una delicada danza de evitación alrededor del elefante de la habitación que ambos fingen no ver.

Que aquello es lo que es.

Y que no pasa nada.

Que son adultos.

Que se han conocido en una aplicación y que, en algún momento, tendrán que resolver esa tensión efervescente. Y que Sotillo de Duero es un lugar tan bueno como otro cualquiera para verse y «lo que surja», fundamentalmente porque está lejísimos de todo.

Lu mira por la ventanilla de su coche.

Va dejando los árboles atrás y la velocidad la tranquiliza, la mece. Siempre le ha gustado pensar mientras conduce. Por la sencilla razón de que no puede hacer nada más. El vehículo como una unidad estanca, a salvo; una habitación del pánico en la que tener tiempo, por fin, para pensar. Pensar durante las cinco horas que separan su ciudad de Sotillo.

La música de la emisora suena, por debajo, entrecortada, imperceptible. Y Lu sonríe, tontorrona. Por el rabillo del ojo ve que le ha entrado un wasap en el teléfono, que descansa en el salpicadero.

Ya sabe de quién es, pero prefiere no leerlo. Guardar esa ilusión casi infantil como un tesoro para poder paladearla con tiempo. De momento, se abstiene de responder a aquel hombre del que apenas sabe nada y, sin embargo, parece conocer desde siempre; y Lu proyecta todos sus anhelos sobre Lazcano, aquella figura sin rostro, un gran contenedor sobre el que juega a construir al amante perfecto. Como un gran Mr. Potato al que le pone el arrojo de León aquí, la belleza del entrenador de Marta en la nariz o su obsesión por Altamira en los labios. Sin saber que el peligro de los comienzos digitales es que cada persona se enamora de sí misma al reconocerse en un perverso juego de espejos. Después, la casualidad, buscar afinidades, coincidencias, gustos musicales con calzador, el sesgo de la confirmación. Las neuronas espejo trabajando al máximo. Cómo no enamorarse. Es más fácil de lo que parece. Generaciones enteras han sido programadas bajo los mismos parámetros, canciones, películas y estímulos. Lo extraño sería, en determinada franja de edad, no parecerse. No empatizar. No caer en la trampa de ese embrujo.

Lu mira de reojo el móvil sobre el salpicadero del coche. Y paladea la idea de conocer el contenido del mensaje que acaba de recibir. «No lo leo. Que espere». Quiere meditar su respuesta. En unas horas desvirtualizará al emisor de tanta dopamina y ser ingeniosa no es una de las virtudes de Lu. En lugar de eso, piensa en cómo reaccionaría León si supiera de su escapada. Y es un sentimiento ambivalente. Aquel comportamiento desconcertaría al radiólogo, y eso la consuela un poco. Aparta a su ex y su estupor de un manotazo.

Porque lo que a Lu le gustaría decirle a Lazcano, y no lo hace, es que se muere por verle.

Por tocarle.

Por olerle.

Por hacerle el amor.

Que, desde que hablan a diario, Lu piensa en él con sus manos. Que no entiende de dónde sale todo aquel deseo aplazado, todas esas ganas. Que es ver un mensaje de Lazcano en la pantalla y su sexo palpita. Que no sabe de dónde nace esa complicidad, esa intimidad. Ni cómo ha podido abrirse así con un desconocido. Contarle tantas cosas sobre su familia, Marta, León, Clara... Confesarle lo que León significó en su vida y lo que aún significa. Porque la presencia de León planea todavía sobre ella. Aún. Se conocieron en la facultad hace un millón de años. Exactamente diecinueve. Cuando a Lourdes le sorprendieron su porte y sus maneras. Su seguridad. León continúa presente en la vida de Lu por todo eso y por su vida en común. Y por Clara, la hija de ambos.

Clara, el supuesto pegamento de esa unión invencible, hace ya tiempo que se ha borrado de la ecuación. Dimitió de esa labor como la adherencia frágil de un pósit exhausto. Con la excusa de una educación excelente, se desprendió de la unidad familiar para estudiar en Reino Unido. Y allí sigue. Tan lejos de su madre como le es posible.

Clara resultó ser una niña brillante, distante e injusta con su madre como lo son casi todos los hijos únicos. No importaron los años juntas, el cariño, la dedicación absoluta, las visitas a los profesionales para domar aquel rotacismo exasperante, que Lourdes volara con un ala rota y dejara colgada su vida, sus prioridades, sus estudios a diez minutos de acabar cuando Clara no era más que una falta.

Por el bien de la niña, la familia y la carrera de León, Lourdes Nadal había dejado de existir.

Quienquiera que fuese antes de ser la mamá de Clara se ha disuelto. Ha sido un proceso lento, como el que ocurre cuando un terrón de azúcar se diluye en un café caliente. El desmoronamiento es digno de ver; el colapso, un dulce espectáculo.

Al calor de la lumbre, Lu se ha vuelto de un color tan desvaído que cualquier objeción al bienestar familiar es refutada, por invisible.

«¿Volvería a hacerlo?», piensa Lu mientras conduce hacia Sotillo.

No. La respuesta es no.

No, sabiendo lo que sabe ahora. Sabiendo que, a pesar de todo, León acabaría por largarse. Lu no está dolida. Ni siquiera es eso. Es que no tiene ni la más remota idea de quién es. De qué ha hecho con su vida.

Porque antes tenía una hoja de ruta y, de la noche a la mañana, ya no tiene nada. Solo esa soledad, ese país sin mapas.

Echa de menos a León, por supuesto. Pero lo que más añora es su rutina. Y es una locura porque hasta hace seis meses Lourdes solo soñaba con enviarlo todo a la mierda.

«Cuidado con lo que deseas». Y el deseo, solícito, le ha traído a Lazcano poco después.

La noche cae por completo.

Y la fuerza de voluntad de Lu flaquea. Decide leer cuanto antes ese mensaje. Echa un ojo al texto.

La pantalla del teléfono y la cara de Lu se iluminan en el interior de ese coche en movimiento.

Viernes, 20 de diciembre a las 19:50.

Mensaje de Lazcano:

«En nada podré tocarte».

Y Lourdes se estremece. Y se licua. No necesariamente en ese orden.

¿Qué contestar a eso? Si hace casi dos décadas que no le roza nadie más que León. A excepción de Mario. «Ay, Mario, aquel tremendo error». Y Lourdes baja la ventanilla para airear ese mal pensamiento, ese mal presagio; el fantasma de aquel viejo amante al que continúa guardándole cierto rencor después de tantos años.

Por la rendija del vidrio del vehículo, el frío viento de diciembre de Paria la saluda. Sube la música y aprieta el acelerador.

Cuando apenas faltan un centenar de kilómetros para llegar a El Remanso, el hotelito rural donde se ha citado con Lazcano, el locutor estresado de la radio local interrumpe la emisión:

—*Hallados unos restos humanos en las inmediaciones de la Laguna Negra de Urbión. Un excursionista ha encontrado esta tarde un cuerpo en las proximidades del lago en la sierra de la comarca de Pinares. Se desconoce la identidad de la persona fallecida, así como las causas de la muerte. Fuentes cercanas a la investigación apuntan a que el cadáver podría tratarse de un adolescente o de un hombre joven, dada la corta estatura y frágil complexión del cuerpo. La unidad científica se encuentra trabajando en la zona acordonada y la jueza ha decretado el secreto de sumario.*

4

Miguel, un estudiante de ingeniería, no ha dormido en toda la noche. No desde que viera el informativo de las nueve en un bar y se le atragantara el bocado que acababa de llevarse a la boca. Llora desconsolado desde entonces. Llora porque tiene la certeza de que conoce a la persona de la que hablan las noticias. Es mediodía y continúa llorando. Llora porque su amante ya no está. Pero sobre todo porque sabe que el corazón se le rompe por alguien que jamás le quiso. Y quizá fue esa certidumbre, esa rabia ciega, la que le impidió retener a Roberto cuando se marchó de malas maneras un mes atrás. Y ahora, Roberto, su Rober, es el cuerpo del que hablan las noticias. El cadáver hallado en la Laguna Negra.

—Me voy a buscarle. Sé dónde estará este fin de semana —le dijo Roberto la última vez que lo vio con vida.

—Es una locura, Roberto, te saca más de veinte años. Ese hombre podría ser tu padre... Esa historia no tiene ni pies ni cabeza.

—¿Y tú qué sabrás, Miguel? Quizá lo sea. Tal vez sea mi padre. Déjame en paz. Ese imbécil tiene que escucharme. No puede ningunearme así —contestó el probable muerto. Y se fue sin más. En aquel estado.

Miguel dejó marchar a su compañero de piso. A su amigo. A su amante ocasional. A su todo. No puede creer que aquel «tiene que escucharme» fueran las últimas palabras que intercambiara con Roberto. Miguel se había enamorado de aquel poca cosa con aires de grandeza casi de inmediato. Cuando una mañana apareció bajo el dintel de la puerta de su apartamento con un fular azul maxi, tan grande como su sonrisa.

Había ocurrido.

Enamorado.

Fulminado.

Y ya.

Como ocurren las muescas del corazón. De improviso.

Miguel conoció a Roberto por un cúmulo de casualidades. Un compañero dejaba el piso de Nou Moles, cerca de la avenida del Cid, y necesitaba otra persona con la que compartir gastos. Miguel lo movió entre sus contactos, nada de portales digitales de alquiler, y apareció Roberto. Se pusieron de acuerdo en los pormenores de inmediato. El dinero nunca fue un problema para aquel chico distinguido de familia bien que daba todo por sentado, para el que las reglas básicas parecían no funcionar. Aquel mismo día se instaló en el apartamento a pesar de que las cosas del inquilino anterior aún estaban por allí. De nada sirvió explicarle a Roberto que la habitación quedaría disponible a finales de semana. Que no podía ser. Porque Roberto consideraba grosero que alguien le contrariara, piensa Miguel desde otro lugar, distinto a ese momento en el que todo es dolor, desde el cobijo cálido de la memoria. Y rememora con ternura cómo fue él mismo quien acabó durmiendo en el sofá una semana entera hasta que el otro chico dejó el piso vacío y libre su espacio. Ese primer gesto, el de ceder, de plegarse a cualquier petición de Roberto, por nimia que fuera, determinaría la naturaleza de su relación los escasos meses que convivieron ambos.

Y a partir de ahí conversaciones hasta las tantas, confesiones, fiestas, intimidades. Y química. A Roberto le encantaba la química, de cualquier clase. Y tras un par de noches de desfase, de dormir juntos a ratos intermitentes, entre una duermevela de sexo maravilloso, demencial y desinhibido, Miguel se enamoró como un perro. Y Roberto no. Miguel lo asume. Después de aquellos breves escarceos, los lances cesaron. Es evidente que Roberto se veía con alguien más. Al principio, se engaña, pareció no importarle. Al fin y al cabo, no tenían nada serio, pero a Miguel le mortifican los celos. Siempre hubo otros. Eso lo sabía. Sin embargo, Miguel odia reconocer que la obsesión de Roberto por aquel hombre maduro le devoró vivo. Por eso no detuvo a Roberto. Ni le dijo nada de lo que pensaba: que marcharse así era una locura, que no estaba en condiciones... Que podía sucederle cualquier cosa.

No, Miguel no le dijo a Roberto nada de eso. Quizá fuera el orgullo. Y el miedo. El miedo al ridículo, el miedo a perderle. A parecer débil, pequeño, prescindible. El miedo a todo eso junto.

Y ahora el cuerpo de Roberto Costa ha aparecido en las inmediaciones de una laguna de la que nunca ha oído hablar. En los Picos de Urbión, en Paria.

Miguel continúa sin dar crédito a las noticias del informativo de la noche anterior. Hace tan solo unas horas, estaba cenando con unos amigos y la vida se le congeló. La atención de Miguel se ha quedado pegada a ese noticiero de la noche porque sabe que hablaban de la muerte de su Rober. Porque, en medio del jaleo de aquel bar donde nadie prestaba atención al televisor, que estaba dando la peor noticia de su vida, Miguel sacó su teléfono para realizar una búsqueda rápida en Google que descartara lo imposible. El móvil se le escurrió de las manos y la pantalla restalló en mil pedazos con un sonido quedo. El dispositivo aún funcionaba. No se puede decir lo mismo de la legibilidad de su visor. Recuerda haber tecleado una frase, poco menos que una oración: «cadáver Laguna Negra». Y cómo el tiempo se ha detenido. Cómo el tiempo es una media absurda desde entonces. La búsqueda de Miguel en su dispositivo le devolvió la noticia en la portada digital de un diario local: el cadáver encontrado correspondía a un varón, blanco, de veinticuatro años, residente en Valencia, de nombre R. C. Las iniciales de Roberto Costa.

Algo se ha quebrado en el interior de Miguel en más pedazos que la pantalla de su teléfono. Según aquel periódico digital, la investigación apuntaba a que R. C. había perdido la vida semanas antes al hallazgo, pero su cuerpo no presentaba signos de violencia más allá de una contusión fortuita en el occipital, posible causa de la muerte.

Miguel recuerda levantar la vista de su móvil y cómo sus ojos regresaron al programa de televisión. Desde el plató dieron paso a un periodista que estaba en la zona, aterido de frío. El monitor atronaba a todo volumen, pero Miguel, a quien desde hace horas el mundo se le ha ralentizado, pensó que estaba silenciado. Como si la realidad, y sus sonidos, estuviera inmersa en una bañera gigante, amortiguada. Mientras, un reportero muy abrigado realizaba una conexión en directo, deslumbrado por un foco. De fondo sonaba un ruido imperceptible, molesto, que Miguel no supo identificar. Dedujo que se trataba del grupo electrógeno que hacía posible la conexión desde aquel rincón del planeta. A juzgar por el directo de la noche anterior, los investigadores del caso no tenían nada. Ni causa de la muerte, ni móvil del crimen, ni sospechosos. Nada. Y aquel reportero imberbe, un chaval de su edad, todavía menos. Según el periodista, los investigadores solo contaban con la denuncia de desaparición que ha interpuesto la madre del chico. Para alimentar el drama.

5

Pasan unos minutos de las nueve de la noche cuando Lu llega por fin a El Remanso, el hotel rural donde se ha citado con Lazcano. Es un viernes de diciembre y es noche cerrada. Hace un frío que pela. Su vehículo entra en el recinto mal iluminado. Lo sabe, que ha llegado, por el cartel rústico de madera cansada que le saluda: BIENVENIDOS A EL REMANSO. En el aparcamiento no hay muchos vehículos más: un coche de autoescuela, una furgoneta de reparto y un auto oscuro de alta gama. Estaciona al lado del coche blanco en el que, a pesar de la poca luz, puede leerse AUTOESCUELA RIDERS en letras estridentes, de color flúor.

Lu sale entumecida del vehículo. De las cinco horas de trayecto, solo ha parado una vez para estirar las piernas, ir al baño y tomarse un café cargado que la ha mantenido despierta. Demasiado alerta. Ahora, ese café le pesa.

Se nota intranquila por la noticia de la radio, por haber llegado hasta allí, presa de un calentón, y ahora se siente terriblemente estúpida, cansada y vulnerable. Decide sacar su equipaje del maletero. En ese rincón del mundo hace un frío insufrible. Y se arrebuja en su plumífero negro y maldice sus manoletinas de ciudad. Sigue el camino empedrado hasta la entrada deslucida del hotel anticipando que es complicado que el interior mejore.

Lu llama al timbre. Una mujer le hace cambiar de opinión. Por su calor. Es Isabel, la propietaria, que la recibe con una sonrisa. Una mujer de unos sesenta y largos, gruesa, vital, de manos grandes cuajadas de manchas de edad, como la piel de un dálmata. La mujer la acompaña hasta el mostrador de recepción.

—Buenas noches —dice Lu.

—Buenas noches, mmm... —duda y mira el registro—. Señora..., señora... Nadal. Mi nombre es Isabel. Gracias por venir. Pensábamos que tampoco acudiría.

—¿Cómo dice?

—Sí, usted... A ver, déjeme ver..., que con la edad una ya no es la que era... —Se coloca las gafas de cerca—. Sí, usted había contratado el paquete de estancia, media pensión y el retiro de actividades organizado por Cuarto Creciente.

—Sí. Así es. ¿Hay algún problema?

—Pues verá. Con el hallazgo del cuerpo del chico en la Laguna Negra de Urbión, donde estaban planeadas parte de las actividades, pues... pues... nos hemos visto obligados a cancelar la experiencia. —Se encoge de hombros—. Andamos todos un poco revueltos, la verdad, esto es un pueblo pequeño. Casi una aldea, hágase cargo. Una desgracia.

—Pero si acabo de escuchar la noticia hace una hora, cuando estaba a punto de tomar la comarcal, ¿cómo ha podido ir todo tan rápido?

—Sí, a esa hora ha sido cuando la noticia ha saltado a los medios, pero llevamos viendo cosas raras por aquí desde esta mañana. Para serle sincera, la actividad se ha suspendido sola —dice Isabel, un tanto avergonzada—. Casi todas las personas inscritas eran vecinos del valle, alguien puntual de Paria, como muy lejos. Las noticias vuelan. Ya sabe. —Frunce los labios a modo de disculpa—. Como comprenderá, la gente no está de humor. Pero, bueno, usted está aquí y eso es lo que cuenta.

—Entonces —duda Lu— ¿no se ha registrado nadie más para el retiro? —Y Lu ya no sabe cómo seguir sin delatarse, sin confesar que ha quedado con un hombre del que ni siquiera conoce su nombre, su cara ni su voz.

—No, querida. Usted es la única que ha aparecido.

Lu asiente.

—Entiendo.

Pero no lo entiende. No entiende cómo Lazcano, que estaba de camino desde hace horas, puede no haber llegado todavía. Que no se haya registrado. A pesar de aquel «En nada podré tocarte» de antes.

Quizá haya cambiado de opinión. Puede ser. Ella misma ha estado tentada de no presentarse. Ha cambiado de opinión mil veces en los últimos días. Y ese pensamiento, de que ese hombre discreto la ha rechazado aun antes de verla, la abate incluso más que el hallazgo de una víctima anónima en la laguna. De alguien a quien cree no conocer.

—Y, entonces, ¿qué me dice? ¿Va usted a cenar?

Silencio.

—Que si quiere cenar. Podemos prepararle algo si lo desea.

Parece cansada.

—No tengo mucha hambre, la verdad. Pero sí, si es tan amable, cenaré algo en la habitación. Cualquier cosa ligera estará bien. Recuerde que soy…

—Celiaca. Sí. Lo tengo aquí en el correo electrónico junto a su reserva, anotado en rojo. No se preocupe.

—Y otra cosa, Isabel, puede llamarme Lu si le parece bien. Y nos pasamos al tuteo, que esto del usted es muy cansado y nos hace parecer mayores.

Isabel sonríe y acaba de formalizar el registro; después le entrega una llave pesada con el número de una habitación de la segunda planta. Lu recoge su equipaje, que descansa en el suelo.

Ella y su frustración toman el ascensor hasta el segundo piso.

6

A la mañana siguiente, Lu se despierta sobresaltada. Como pillada en falta. Por un momento, ni siquiera recuerda dónde está. Ni a qué ha venido. Con esa sensación de irrealidad que suele invadir a los turistas en los viajes, cuando se descansa de verdad. Lu no se ubica hasta que, adormilada, ve en la mesita de noche una tortilla francesa sin tocar y se sabe en aquel hostalito rural perdido en mitad del valle de La Mantequilla.

Con todo, ha descansado y está de mejor humor. Ha dormido más de diez horas. Mira el reloj y sabe que ya no es hora de desayunar. Pero en El Remanso no hay más huéspedes y quizá puedan prepararle algo. Desde la cama toma el pesado auricular del mueble auxiliar y llama a recepción. Le atiende una voz que no conoce.

—¿Diga? —repite el hombre.

—¿Isabel? —dice Lu con la voz todavía dormida.

—Soy Izan. Mi tía ha salido un segundo. ¿En qué te puedo ayudar?

Lu le dice que tardará un poco en bajar, que se le ha hecho tarde. Él le responde que allí estarán, que no se preocupe. Y Lu le hace caso y no se preocupa a pesar del plantón de Lazcano y de que la última hora de conexión de su teléfono sean las 19.59 del viernes, minutos antes de su llegada a Sotillo.

También Lu decide no sentirse humillada porque, desde entonces, no ha recibido ni un wasap ni una explicación, la nada.

Se mete en la ducha y se toma su tiempo. En definitiva, es sábado y nadie la espera. Al salir del baño, el espejo de la habitación honesta le muestra la imagen de una mujer bonita. Madura. Con la cara hinchada por las horas de sueño. Tiene una figura llena pero firme. Todo lo firme que la gravedad le consiente. No le gustan sus brazos. En cambio, sus pechos soportan diligentes la atracción terráquea, quizá por su carácter recogido. Lu comprueba que no sabe sacarse partido. Tan ocupada como ha estado en mantenerse ocupada para no pensar. En que su existencia y su trabajo en el Instituto Valenciano de la Competitividad Exterior no la llenan. En que su hija, ya con su vida hecha, no es más que una extraña que ve por Navidad. Y en que su exmarido hace mucho que ha dejado de quererla y en que ella, en cierto modo, tampoco ha sabido amarle. Que no es que no fueran felices, qué va, ni siquiera es eso. León ha resuelto, tajante, que es miserable continuar por miedo a ser libres. Y Lu ha accedido, ¿qué otra alternativa le quedaba? Solo que la funcionaria no tiene ni idea de qué hacer con esa libertad por estrenar.

Lu se enjuga el exceso de humedad con una toalla blanca de rizo. Después de las lágrimas, también se seca el pelo. Baja a la planta inferior por las escaleras. Pasan minutos de las once. Saluda a Isabel con familiaridad, quien la invita a entrar al salón comedor, donde la espera un festín. Allí se encuentra un chico joven, de unos veintitantos, alto, con el pelo oxigenado y con tatuajes que le trepan por los brazos. Está de espaldas, pero intuye que debe de tratarse del propietario de la voz que al teléfono se le ha presentado como Izan.

Después de apurar el café con leche, Lu se ha pasado al salado tras haber transitado por la bollería sin gluten, la fruta, el zumo y regresado al café de nuevo. Desayuna a dos carrillos, de ese modo que solo se hace en los hoteles, más que por gula, por esa sensación de estar de vacaciones. Comer la reconcilia con la vida.

—Está esto muy solitario, ¿no? —le pregunta Lu al camarero para romper el hielo.

Izan le sonríe con el mismo calor de su tía. Si no fuera por ese pelo oxigenado y ese peinado inconstitucional, estaría conversando con un hombre muy bello.

—Sí. Antes venían más turistas por el tema del solsticio de invierno y por las actividades para turistas que organiza Alma en la laguna. Esa chica está haciendo mucho por el pueblo dinamizando la zona con su tienda, Cuarto Creciente.

—Ah, sí... Eso es. La... la... sigo en redes y allí anunciaba el retiro —miente Lu, que solo conoce Sotillo por sus mensajes con Lazcano.

—Pero está todo muy parado, muy raro —continúa Izan a lo suyo—. Y desde lo del chaval, desde lo de Roberto, pues para qué más. Mi tía Isabel está muy afectada.

—¿Por lo del chico o por el negocio?

—Pues por las dos cosas. El chaval era un tipo abierto, muy majo.

—¡Pero cómo! ¿Es que le conocías? —se sorprende Lu.

—¿A Roberto? Claro. Estuvo aquí, en Sotillo, no sé..., hará cosa de unas semanas. Le vi un par de veces. Una por aquí y otra por Paria, enfrente de la autoescuela para la que trabajo. Estuvo por la zona haciendo preguntas. Igual le conoces... —se corrige, serio—. Le conocías, quiero decir, como era de tu ciudad y eso.

—¿El chico era de Valencia? —Detiene la taza de café en el aire, desconcertada—. No creo que le conociera... La radio ha dicho que era muy joven. Me refiero a que no creo que nos moviéramos por los mismos ambientes. Tengo una hija casi de vuestra edad.

Izan la mira con curiosidad.

Silencio.

—Tengo cuarenta y tres y me llamo Lourdes, por cierto. Pero todo el mundo me llama Lu.

—Yo soy Izan, perdona. Trabajo en el pueblo y, de vez en cuando, le echo una mano a mi tía con esto. Hemos hablado antes por teléfono. —Y le planta dos besos como dos soles.

Lu se ruboriza un poco por el exceso de familiaridad.

—Pues creo que tengo una foto de Roberto por aquí, por algún lado. —Izan comienza a husmear en la galería de imágenes de su dispositivo.

Aquella colección de fotos parece no acabar nunca. Le lleva un tiempo dar con la instantánea que busca. Tras unos instantes eternos, Izan le coloca el teléfono ante los ojos. Y esto es lo que ve:

Dos chicos guapos, jóvenes, que posan despreocupados ante la cámara. La laguna como fondo agreste desenfocado. Las personas de la imagen son Izan y otro chico, la víctima, a quien Lu conocía muy bien.

Y, entonces, a la funcionaria se le van las ganas: de desayunar, de charlar, de vivir si la apuran. Y palidece. Porque no da crédito. Porque no puede ser.

Porque Lu conoce al chico fallecido que le sonríe desde el teléfono de Izan. Esa persona es Roberto Costa. Se trata de Rober, su becario en el Instituto Valenciano de Competitividad Exterior.

A Lu le viene justo echar la silla atrás para no vomitarse encima.

Izan no tiene tanta suerte.

7

Lu ve por el rabillo del ojo cómo Isabel Linares, la propietaria de El Remanso, sale disparada de la cocina cubo en ristre para echarle una mano. Es una mujer rechoncha, con más pasado que futuro, pero todavía ágil, rubia, de pelo agradecido, con la cara surcada de arrugas y tragedias. Lu continúa vomitando de pie, doblada por la mitad. Con muy mala cara, con una mano apoyada en la columna de la entrada y la cara perlada de sudor.

Izan la ayuda a incorporarse y hace lo que puede con su camiseta estucada. Es más alto de lo que había parecido en un principio. Superará con facilidad el metro noventa. La levanta como si fuera un muñeco, y Lu se desfonda en el butacón que le acercan mientras Isabel le prepara una manzanilla.

—Gracias, Isabel, estoy bien. Ha sido la impresión —logra articular Lu—. Es que... Ese chico, Rober, Roberto... —recupera el color entre sorbo y sorbo de infusión— estuvo trabajando conmigo en Valencia hasta hace pocas semanas, ¿sabes?

—¡¿Qué?! ¿Cómo que trabajaba contigo? —exclaman a la vez.

—Sí... Trabajaba conmigo, en mi departamento. Casi puerta con puerta. Durante un tiempo incluso compartimos despacho. No... No puedo creer que haya muerto —solloza.

Lourdes Nadal, que en el Instituto Valenciano de Competitividad Exterior era Lourdes con todas las letras porque con las cosas de comer no se juega, recuerda el día que entrevistó a Roberto Costa unos meses atrás. Debía de ser finales de septiembre, inicios de octubre, porque aún hacía calor. Ese inicio suave del otoño tan característico de Valencia, que llega como sin atreverse y que permite ir en manga corta hasta bien entrado el puente de la Hispanidad.

A pesar de que nadie tuviera muy claro qué era el IVAX, aquel organismo oficial mil veces refundado y renombrado de la Conselleria de Industria, Lu recibió innumerables candidatos para postularse a la plaza de becario. El sueldo no era gran cosa, el de unas prácticas remuneradas, pero subyacía la promesa implícita de un contrato estable a los seis meses: interino en una de las torres del Complejo Administrativo 9 d'Octubre, para hacer puntos y subir en la bolsa hasta la nueva convocatoria de oposiciones, el nuevo sueño húmedo de tantos jóvenes. Una carrera de fondo para fosilizar en una plaza. La vida de ocho a tres.

De todas las candidaturas, Lourdes filtró a cinco y entrevistó a tres. Roberto era el más preparado, pero el que menos le gustó. Al menos, en un primer momento. Se presentó diez minutos tarde, sin excusa aparente. Lu llegó a creer que aquel candidato no aparecería. Pero llegó. Allí estaba en la recepción, con sus portes de marqués, su americana a medida, un fular gigantesco y su sonrisa nerviosa. Era moreno y anguloso. Y tenía la rara habilidad de hacer sentir mal a su interlocutor, como si fuera poca cosa. Roberto hablaba con esa soberbia con la que suelen hablar los chicos de su edad, porque no saben nada de la vida. Esos niños bien, de experiencias internacionales, a los que les ha ido todo rodado por castigo. Que salen a comerse el mundo hasta que un día el mundo los devora.

A Lourdes le gustó, en cambio, la franqueza de Roberto. Que no se escondía. Su seguridad, algo más. Su altanería, lo que menos. Roberto era quien era o quien creía ser. Abiertamente gay, con su pulsera de España en la muñeca derecha. Y venía a reclamar su lugar en el mundo. Acababa de llegar de Madrid, traía buenas referencias. La primera la de León, el ex de Lu. León había iniciado un tibio acercamiento con ella para recomendarle al chico. «Un favor para una vieja amiga», le había dicho el radiólogo. Debía de ser importante para León, quien no sabía pedir favores, así que Lu accedió a incluir su candidatura en el proceso como muestra de buena voluntad en un divorcio difícil.

Roberto Costa tenía veinticuatro años. Grado de Administración y Dirección de Empresas en ICADE y finalizando doble máster en el IE. Pero tenía una sombra, piensa Lourdes en El Remanso. «Solo quería que lo quisieran». Cuando sonreía, a pesar de su gesto nervioso, resultaba guapo con aquel pelo ondulado. Y Lourdes caló al entrevistado haciendo gala del superpoder de los inadaptados: reconocerse entre iguales.

Porque Lourdes nunca ha encajado. Ni en su familia, ni en su vida, ni en su trabajo. Imposible dilucidar de dónde sale aquel perfeccionismo agotador que la ha llevado a hacer bien —es más, excelente— todo lo que se ha propuesto. La mejor hija, las mejores notas, la mejor esposa, la mejor madre. Se ha autoimpuesto satisfacer las expectativas ajenas y se ha olvidado de las propias. «¿Quién soy? ¿Qué quiero? ¿Esto es todo lo que la vida tiene preparado para mí? ¿De verdad que no hay más?». Y eso trasluce en su estética. En cómo viste, cómo se maquilla, dónde vive. En la casa de la playa de Jávea, en verano. En la urbanización de L'Eliana, en invierno. Con ese perfume tenue, como imperceptible, que huele a limpio, a talco, con su pelo en una coleta tan tensa como su rictus porque las niñas buenas llevan la cara despejada. Pero lo que más representa la vida de Lourdes Nadal, como si de una gran broma se tratase, es su trabajo. Lleva años atrapada en un empleo tedioso y gris. La burocracia la aplasta como la vida en prisión.

Como en la antigua cárcel Modelo sobre la que se edificó el complejo de oficinas donde Lourdes Nadal languidece.

Algo similar creyó entrever Lourdes en Roberto. Quizá una sombra, su modo de hablar. No sabría decir el qué. Nadie se esfuerza en aparentar volar tan alto si no tiene un ala rota. Así que Lourdes le ofreció el trabajo en prácticas casi el mismo día. La ocupación de Roberto en el IVAX no tenía más: la concesión de subvenciones para la modernización y digitalización de pymes, y el chico estaba de sobra preparado. Mucho papeleo, tramitar ayudas europeas, evaluar los requisitos tediosos que cumplir y peores de cumplimentar que no había quien lo consiguiera bien a la primera. Siempre faltaba un formulario. O el otro. Y vuelta a empezar.

Lourdes se dijo que Rober manejaría dinero y que era un puesto de responsabilidad para un becario, pero allí iban hasta arriba, las jubilaciones no se cubrían y los préstamos no fluían estrangulando a las empresas que languidecían a la espera de la resolución de su expediente.

Así que Lourdes se fio de él.

Y le abrió las puertas de par en par.

De su confianza y de su despacho.

8

El color de las mejillas de Lu vuelve poco a poco a su rostro. Necesita respirar, un poco de aire fresco. Isabel Linares la acompaña cual resorte a la salida de El Remanso como la buena mujer sabia que es. Asegura que el aire fresco de la mañana la ayudará.

—Ven, vamos a dar un paseo —dice Isabel—. Te vendrá bien despejarte, conocer la zona... Ahora ya poco podemos hacer por ese pobre chico, Roberto. Ya tendrás tiempo de hablar con la Guardia Civil.

—¿Yo? ¿Con la Guardia Civil? —pregunta Lu, aún mareada.

—Claro, mujer, quizá puedas aportar algo a la investigación, ya que eres la única de por aquí que conocía bien a la víctima. No te preocupes por el sargento Trieste, el pobre Pedro es un bendito.

Silencio.

—Anda, sube a echarte algo encima. Te espero aquí.

Lu se viste como lo hacen los valencianos cuando van al frío: mal. Se abriga demasiado, con mil capas, y corona su cabeza con un gorro terrorífico que ahora comprende por qué nunca llegó a estrenar. Cuando por fin aparece forrada de ropa, ve como Isabel sonríe desde la puerta. Ella le devuelve el gesto a la mujer, que luce una falda sencilla con las piernas desnudas. La propietaria de El Remanso no es que no tenga frío, la cruda realidad es que no tiene a nadie a quien pedirle que le suba las medias. Y, como tantas mujeres de la edad de Isabel, en caso de tenerlo, el orgullo pica más que el frío.

Lu e Isabel salen a la puerta de El Remanso y el frío les golpea. El teléfono de Lu zumba dentro de su enorme anorak. Piensa por un momento que puede ser Lazcano y la alegría infantil regresa a sus ojos con el fulgor de una bengala en alta mar. Pronto vuelve a ellos la negrura. El mensaje de WhatsApp es de la empresa que ha organizado el retiro, Cuarto Creciente, que lamenta comunicar que, por razones ajenas a su voluntad, la actividad se ha aplazado sin fecha; el acceso a la Laguna Negra se encuentra temporalmente cerrado por la investigación. Para más información o una devolución, el remitente deja una dirección en Paria.

Lu mira a Isabel, confundida. Nada está saliendo ese fin de semana como había planeado y le apetece estar sola. Y pasear. Caminar siempre la ha ayudado a pensar.

—Isabel, agradezco tu ayuda, pero si no te importa voy a salir a dar una vuelta por Sotillo.

—Claro, cariño, aquí estamos para ayudar. Sotillo es pequeño pero precioso. Ya me dirás qué te parece el esperpento ese de la torre del Reloj del Fin del Mundo que están construyendo desde ni se sabe…

Pero Lu ya no está prestando atención y tampoco escucha que Isabel e Izan la esperan para comer. Que no se retrase. Una parte mecánica de Lu responde que sí, aunque volver a ingerir bocado le resulte inimaginable. Porque la mente de Lu no da para nada más que no sea regresar en bucle al recuerdo más nimio que ha vivido con Roberto en la oficina. Bueno, para eso y para desgastar las conversaciones con Lazcano y preguntarse qué ha tenido que pasar con aquel tipo encantador para que haya enmudecido de ese modo. Y pensar en su cita malograda la hace sentir todavía peor, más culpable; un chico ha muerto y ella solo puede pensar en el silencio de su amante frustrado.

La adolescencia en la cuarentena. «Por favor, qué me pasa».

Lu camina a paso firme. El viento no se lo pone fácil. Aun así, la caminata es un gran bálsamo. Las bajas temperaturas del exterior le sientan bien y se arrebuja en su ropa de abrigo. Logra, por un minuto, calmar su mente y fantasear con cómo sería vivir allí, con aquella tranquilidad y aquel cielo que de noche adivina cuajado de estrellas, sin rastro de contaminación lumínica. Sin ruido en las madrugadas, con tiempo de calidad. Y sin ninguna pasión con que llenar todo ese tiempo. Y se angustia, un poco. Camina más rápido. Atraviesa un puente curioso que divide Sotillo en dos mitades. Deja a la derecha el único bar. Todas las casas son perfectas, preciosas, cuidadas. Tan vacías e inquietantes que parecen un decorado de televisión. Sin embargo, el paraje no lo es. Llega al antiguo lavadero de piedra, con aspecto de haber sido restaurado recientemente como homenaje a una época no tan lejana de aquel valle. Frente al enorme pilón, dos esculturas de bronce: una vaca y un ternero a tamaño natural. Lu sonríe al comprender cuáles son los adalides del valle de La Mantequilla. Y le gusta esa coherencia, esa honradez.

Junto al lavadero también se alza una enorme torre del reloj. Es una mole gigantesca, brutal, que amenaza con ser construida. Se erige desafiante entre los andamios, que ridiculizan el antiguo pilón, protegido como bien de interés cultural de la comarca por el anterior consistorio.

De corte neoclásico, esa torre en construcción es una especie de cimborrio delirante que Lu cree haber visto en algún sitio, en alguno de sus viajes con su León. Y Lu siente una punzada de desasosiego. Más por la desazón de no poder recordar algo que juega al escondite con su mente que por lo extemporáneo de la mole.

La torre de un reloj que marcará las horas del destino de Lu y de tantas víctimas del Conseguidor.

9

Sotillo de Duero es ciertamente pequeño. Y en menos de cuarenta minutos, a brioso paso de ciudad, Lu lo ha visto casi por completo. Le ha enternecido la iglesia pequeña y prieta que ayudaron a sufragar los indianos del pueblo que emigraron a hacer las Américas décadas atrás. Aquellos que huían tanto de una existencia mísera como de sí mismos y que se llevaron a sus fantasmas consigo en maletas de cartón.

En su paseo por la aldea a Lu le ha llamado la atención la única casa grande, pegada al bar, cercana al puente que divide a Sotillo en dos mitades. Aquel caserón, cuidado como el resto, de piedras perfectas y cuadradas, desentona por tener sus puertas y ventanas pintadas de un rojo intenso. Por eso y porque el gran balcón acristalado con vistas al monte de pino albar acoge una cinta estática enorme. Isabel le contará días después que la vivienda es conocida en el pueblo como la Casa de los Ingleses. Que sus moradores prefirieran pasear a cubierto sumado a la espectacular bodega del sótano justifica el sobrenombre.

Faltan más de dos horas para comer. Sin embargo, Lu no quiere regresar a El Remanso. Al menos, no todavía. Así que se dirige al aparcamiento y bordea el coche negro de cristales del mismo color y ruedas anchas que lleva ahí desde la noche anterior. Sin darse cuenta, Lu ya está al volante de su vehículo. Su cuerpo ha decidido por ella: a su mente le vendrá bien conducir para no pensar. Los dedos teclean una dirección, y el navegador la lleva a Paria. Continuará haciendo tiempo hasta el almuerzo.

La dirección que introduce en su dispositivo es la que la propietaria de Cuarto Creciente le ha enviado, minutos atrás, por mensajería instantánea. Recorre los cuarenta y cuatro kilómetros en lo que parece un parpadeo. Lu entra en el establecimiento.

—¿La puedo ayudar? —dice una voz en la tienda.

La campana tubular de la entrada ha alertado a la dependienta y continúa vibrando con una pretendida armonía que Lu odia de inmediato.

—Estoy mirando, gracias. —Lu ha ido a Cuarto Creciente a recuperar el depósito de la actividad anulada. Odia tener que reclamar. Es pésima hablando de dinero. De esas cosas se ocupaba León.

Mientras sus ojos deambulan por los cachivaches de los estantes, decide rehacerse por ese día. Simular un poco de normalidad. Ir de compras un sábado. Se sonríe al ver las velas de colores, libros, atrapasueños, toda suerte de amuletos, y al imaginar cómo Lazcano dio con aquel establecimiento, con la actividad del retiro. Instagram y sus algoritmos. Más que una tienda de esoterismo, Cuarto Creciente parece una óptica, ordenada, limpísima, sin mácula. Todo decorado en tonos pastel, paredes blancas, muebles de inspiración nórdica.

Lu repara de nuevo en la dependienta. Alta, delgada, esbelta. Con unas gafas grandes, de metal. El pelo moreno y ondulado recogido en un moño casual, esponjado. Lleva una bata blanca, quizá por ello le inspire la misma confianza que un dentista. Escasa.

Lu acaricia la portada del *Manual de interpretación del tarot* de la pila central de los libros de saldo. El volumen cae al suelo con estrépito.

—¿Te interesa el tarot? —dice arrastrando la letra erre. Sonríe con calidez.

Ese tono alegre desactiva a Lu. El rotacismo de esa chica le recuerda a su hija Clara de niña y a sus problemas de habla. Aquella dislalia o dificultad de dicción selectiva a la hora de pronunciar el fonema «r» que tanto la avergonzaba. Lu quiere responder que no sabe qué hace en aquella tienda. Que no tiene ni la más remota idea de lo que está haciendo en Paria ni con su vida. En lugar de eso, responde:

—Pues no especialmente.

—Nada, pues si necesitas algo me dices. Me llamo Alma.

Alma se retira al mostrador como si quisiera desaparecer tras la pantalla de su portátil hasta hacerse invisible para afrontar la actitud descreída de los usuarios primerizos. Ser invisible ante las personas es todo un arte. Uno solo se ha de encoger y pensar que no es importante. Y, acto seguido, los demás se comportan como cada cual permite que lo haga. Lu percibe que Alma, como buena maga, ha activado el modo invisibilidad al saberla asustada. Y parece funcionar, porque Lu solo tiene miedo. Miedo a responderse a la pregunta que lleva tatuada a fuego en su mente: ¿cómo seguir a partir de aquí?

Se dirige al mostrador con una pulsera de hilo naranja, con una bolita a juego. Una baratija a precio razonable. Un complemento, dice el cartoncillo que la acompaña, para la apertura de chakras. En concreto, el chakra sacro, sea lo que sea eso. Lu se decide por el naranja, un color terrible para combinar, porque lee que es el indicado para la creatividad y la energía vital.

—Me llevo esto. ¿Me la anudas?

—Claro, ven.

—Me llamo Lourdes, Lu, por cierto. He venido por tu mensaje sobre la cancelación... —se atreve a afrontar el tema, por fin.

—Anda, hola. ¡Qué alegría que te intereses por los retiros de la luna de las largas noches! Estoy viendo dónde lo podríamos hacer el mes que viene.

—No… Verás, es que no soy de aquí, y no creo que pueda reagendar la actividad. Esto me queda muy a trasmano de mi casa, son casi cinco horas. Y venía, pues… pues para ver si es posible que me devuelvas el depósito.

—¡Ah! —dice Alma.

—Pero no sé si mi retiro es el mismo que dices de la larga… ¿qué? La verdad es que todo esto es un poco nuevo para mí —se rinde Lu.

—Sí, no te preocupes. La actividad de la luna de las largas noches es la que estaba planeada en la laguna. La luna de diciembre coincide con el solsticio de invierno y da lugar a una de las noches más largas del año, al contrario que la noche de San Juan. Y, bueno, le di ese nombre porque suena mucho más comercial. No te puedes hacer una idea de lo popular que se están haciendo las fiestas en torno a la luna. Habrás oído hablar de la *Full Moon Party* de Tailandia, supongo.

Lu niega con la cabeza. Alma continúa:

—Esa es en agosto. Una excusa para que turistas de todo el mundo se pongan hasta arriba en sus vacaciones, lejos de casa. En las escapadas rurales, la excusa es más bien… ¿Cómo decirlo? La excusa suele ser… ligar, ya sabes —rompe a reír—. Pero no creo que sea tu caso —concluye Alma mirando el anillo de Lu.

Lu se ruboriza al instante.

Alma sabe que ha dado en el clavo y elude el tema, así que pregunta:

—¿Y de dónde vienes?

—De Valencia.

—Anda, pues tenía una reserva de otra persona de allí. Un tal… un tal…, déjame que mire el listado… Sí. Aquí lo tengo, Luis Gomis. ¿Conoces a Luis?

Lu repite mentalmente el nombre de Luis Gomis, acaricia cada letra. «Así que ese es el nombre bajo el que se oculta Lazcano». Y siente las orejas incandescentes de bochorno porque no conoce el nombre de quien la ha metido en ese embrollo.

—Verás —se deja Lu de rodeos—, lo único que quiero es recuperar mi fianza. Me acabo de separar, ¿sabes? Y ahora para mí la señal que di como anticipo, pues, es un dinero.

—Claro, mujer. —Alma abre la caja registradora, que se despereza con un bostezo. En su interior descansa un ejército de ácaros famélicos—. Mira, mejor te hago una transferencia. Y no te preocupes por la pulsera, regalo de la casa para que te acuerdes de Paria.

Lu mira su reloj. Es solo la una. El tiempo pasa con una lentitud exasperante en Paria. La vulnerabilidad de Lu es tan evidente que se diría que mata por un achuchón que recomponga sus pedazos.

—¿Te puedo ofrecer un té?

—Por favor.

Al calor de la infusión, Lu se libra por fin del plumífero *oversize* y, con él, se desprende de la manta de tristeza que la cubre de la cabeza a los pies. Charlan animadamente. Y Alma, la bruja novata, le propone un fin de semana repleto de actividades por la zona. «Turismo telúrico», lo califica burlona. La lista es inabarcable:

—Puedes ir a Calatañazor, a Burgo de Osma o al castillo de Gormaz. Y, si te gusta la historia, te recomiendo el yacimiento arqueológico de Numancia. En esta época del año, con las Navidades tocando a la puerta, no creo que tengas problema con las entradas. Eso sí, abrígate bien. Si tuvieras más días, la Laguna Negra, sin duda. Preciosa, grande y de origen glaciar, pero ahora, con lo del muchacho ese, el acceso está cortado.

—¿El monasterio de San Juan de Duero queda muy lejos?

—Ah, veo que te interesan los templarios… Aquí no queda nada demasiado lejos, solo hay que tener cuidado con las curvas y las heladas. Está a unos treinta kilómetros. Es una excursión bonita, pero ve de día.

—¿Por las placas de hielo en la carretera?

—No, mujer —ríe Alma y palmea el aire—. Por lo que dice la sabiduría popular: allí vive la magia.

—Pensaba que vivía en tu tienda. —Lu trata de hacer un chiste. Le sale bien. Ríen.

—Como sabes, hay zonas en Paria que son electromagnéticas. No hace falta creer ni dejarse embaucar por cuentos de viejas, solo tienes que llevar un péndulo en el bolsillo como este y atreverte, con pulso firme, a sentarte a ver qué pasa. La zona del monasterio de San Juan de Duero es conocida como el Monte de las Ánimas, por el relato de Bécquer del mismo nombre. La construcción del monasterio dicen que corrió a cargo de los Caballeros Hospitalarios de San Juan de Jerusalén. Muy cerca de allí está la ermita de San Bartolomé. Equidis... equides... —se traba Alma—. A la misma distancia, vamos, de dos puntos muy lejanos.

—Equidistante —dice Lu.

—¡Eso! No sé mucho de geografía; sin embargo, esa precisión me parece sorprendente.

—Sí, es increíble que en la Edad Media pudieran afinar tanto.

Alma sonríe.

—Los expertos mantienen que el monasterio, que data del siglo XIII, triangula con los puntos tradicionalmente más orientales y occidentales de la península, los cabos de Creus y de Finisterre.

Lu está cómoda en Cuarto Creciente. Ella, la reina de la cientificidad, baja la guardia por unos instantes. Es entonces, entre clase de historia del arte y geografía humana, cuando Alma le ofrece una tirada del tarot. Por practicar, le dice la bruja novata, y Lu accede, desarmada. Al fin y al cabo, Alma ha sido tan amable que se siente incapaz de hacerle un feo, de negarle ese detalle que le regala. Sin embargo, cuando Lu ve la expresión de la bruja ante aquellos naipes gastados, se arrepiente alarmada.

—Sabía que no tenía que haberme dejado convencer, Alma. Tengo mala suerte hasta con la buena ventura —dice con la nube negra goteante sobre sus cabezas.

—Qué va, mujer. No hay que tomarse las cartas al pie de la letra. Son solo meras reinterpretaciones que pueden darnos pistas para evolucionar, para cambiar, para analizar desde otro punto de vista la realidad. No son más que una foto fija. Como los test de antígenos de la pandemia. ¿Te acuerdas?

—¡Que fallaban más que una escopeta de feria!

—También —sonríe Alma—, pero hemos de tener en cuenta que las cartas son la foto de un instante, de quién eres ahora. Y que la lectura puede cambiarse y cambiarte. La primera carta me dice que has estado bloqueada en el pasado. Como si tuvieras Super Glue en los pies y algo, o tú misma, no te dejara avanzar. La segunda nos habla del presente: necesitas un cambio urgente. No sé, parece que algo no acabara de funcionar en tu vida. Y la tercera es tu futuro. Quizá sea la carta más fea de las tres porque suele interpretarse como complicaciones.

—¿Y quién no las tiene? —se convence Lu.

—Por eso. Esta carta —dice señalando a la fea figura roja— es tan tramposa como quien la representa. Puede leerse desde el sexo: es una carta pasional y sexual. O desde otro prisma, por ejemplo, el de traiciones o zancadillas laborales. Depende mucho del momento vital donde te encuentres.

—Pues un poco de acción no me vendría mal, la verdad —sonríe Lu con ganas.

—La pulsera que has elegido es para eso. —Señala el abalorio de su muñeca.

—«Para impulsar la creatividad y la energía vital», ponía en la etiqueta.

—Y para impulsar la energía sexual, querida. La pulsera naranja es la indicada para abrir el chakra sacro, ubicado en la zona donde, al parecer, necesitas actividad.

Entrecruzan miradas cómplices.

—El chakra sacro es conocido como el chakra del sexo —continúa Alma.

—¡Pues estamos buenas! —Se ilumina Lu de nuevo—. ¡Si ya la llevo puesta! —Y estalla en una carcajada franca, controlada, apenas audible, que Lu sofoca con la mano derecha—. ¿Qué te debo por la lectura?

—Nada, mujer, que voy con la L todavía. Si he tenido hasta que volver a barajar, ya me has visto. Y, recuerda, Lu, son solo consejos. En suma, que tengas cuidado... Sobre todo —añade con cautela—, aléjate de los puentes.

10

Alma Rey decide cerrar media hora antes su tienda Cuarto Creciente. Ni rastro de clientes desde que entrara Lourdes, la mujer de mirada triste. La aparición del cadáver del joven economista ha sumido al pueblo en un mutismo más severo del habitual. Nadie pasea por las calles. Ni va a entrar a su tienda ese día.

Mientras la dependienta echa el cierre no puede evitar pensar en la desastrosa lectura del tarot de esa misma mañana. Alma incluso había tenido que improvisar y meter el chascarrillo del sexo para eliminar tensión en una mujer agobiada. Las cartas se habían vuelto locas o ella no había tenido el día bueno. «Esto es así. La gracia es así», le solía decir Delfos, el hombre que le traspasó el negocio hace un par de meses.

Delfos le ha enseñado lo poco o lo mucho que Alma sabe del negocio. Lo primero, que con un nombre como Remei no iría a ningún sitio. Así nació Alma Rey, la bruja novata. Una vidente de provincias con espíritu de vedete. Conectaron al instante. Un corazón roto hizo que Delfos quisiera desprenderse de su tienda, su modo de vida durante treinta años. Para hacerse cargo del traspaso, la bruja novata había llegado a Paria como un truco fallido de escapismo. Alma huía de sendos despidos. Los dos fulminantes: el de su valía en el Departamento de Comunicación del banco y el de la vida de Javier.

Fue fácil ponerse de acuerdo en los pormenores del traspaso de Cuarto Creciente. Delfos la puso al día de tiradas, amarres y sortilegios. También quedó a su disposición para cualquier consulta en los meses sucesivos. La tirada inquietante de Lu es un buen motivo para llamar a su amigo.

—Hola, Delfos, ¿qué tal estás? —pregunta Alma en la videollamada.

—Pensaba que no me ibas a llamar nunca, niña —exclama el vidente retirado. Y se ajusta los auriculares, ajeno a la urgencia.

—Te veo muy bien —dice Alma.

—Tú, en cambio, tienes cara de cansada. ¿Cómo va mi bruja novata?

—Bueno, solo regular. Estoy más preocupada que cansada, la verdad. No le pillo el punto a las cartas, Delfos. Por eso te llamo.

—A ver. Cuéntame.

—Pues he tenido mi primera clienta. —Se refiere a Lu—. Una turista que me pilló con el paso cambiado. La mujer estaba asustada, Delfos. Y tan triste... Llevaba sobre sí una gran nube negra, como si trajera la lluvia consigo.

—Y la quisiste ayudar. —La sonrisa de Delfos atraviesa la pantalla. El cariño por su pupila es genuino, tangible.

Y Alma le cuenta que había estado limpiando el trastero, para hacer inventario, y que Lu la había pillado con el guardapolvos, la pinza en el pelo y las gafas de lejos. Cuando escuchó las campanas tubulares de la puerta, le dio justo para pintarse los labios y ponerse unos aros exóticos para compensar la pinta de optometrista de ciudad.

Cuarto Creciente ha estado cerrada por la reforma la mayor parte de los meses que lleva en funcionamiento. Ha aparecido algún curioso que otro, pero Lourdes Nadal ha sido su primera tirada, su bautismo de premonición. Ha tenido lugar un cambio de manos en Cuarto Creciente y Paria lo sabe. Alma es la nueva comidilla. La guapa urbanita con grandes dotes adivinatorias que Delfos se ha encargado de pregonar antes de su marcha, aunque allí no entre ni un ánima.

—No quería una lectura, Delfos —prosigue Alma—. No sabía exactamente lo que quería… Pero, sea como sea, aquella mujer tenía un buen pastel en su vida.

—Bueno. Míralo por el lado positivo. Seguro que vino por el solsticio de invierno. Los turistas de fin de semana nunca regresan. Así que tan desastroso no será, ¿no? —dice Delfos, que admira el arrojo de alguien que no ha dudado en cambiar de trabajo y de ciudad. Las mudanzas son huidas disfrazadas de cajas de cartón—. Y, a ver, dime. ¿Qué tirada le hiciste? —se interesa el profesor.

—Para calentar, una facilita, la de las tres cartas —responde Alma—. Presente, pasado y futuro. Al principio salieron tres naipes aceptables: el mundo, el juicio y el mago.

—Yo diría que es una tirada hasta bonita, fíjate.

—Exacto. Es modélica, como de esas programadas en las páginas de lecturas online para que introduzcas la tarjeta y vuelvas a por más. Por eso no me cuadraba, Delfos, esa mujer es un problema con patas. Y lleva mucho peso encima sobre sus espaldas.

—Y repetiste.

—Así es. Con el truco que me enseñaste, volví a barajar.

—Bien hecho.

—Cortó con la mano izquierda.

—Y las cartas fueron…

—El colgado, la muerte y el diablo.

—¿Y la turista quedó satisfecha con tu interpretación? —Delfos se preocupa por Lu sin conocerla—. Es realmente una mala tirada. Esa mujer está en peligro. ¿Viste algo más?

—Sí. Vi agua —asevera Alma—. Mucha lluvia. Y un puente.

11

El paseo por Sotillo y la conversación con Alma le sientan bien a Lu, ajena al verdadero peligro que la acecha. Regresa a El Remanso pasadas las dos con apetito y con ganas de aprovechar el fin de semana. También de visitar el patrimonio de la zona, a excepción de la Laguna Negra, que, por esta vez, tendrá que esperar.

Su coche entra en el estacionamiento del hotelito rural cercado por las vallas melladas y aparca al lado de un coche patrulla de la Guardia Civil. El sonido de los neumáticos contra el empedrado la reconforta como lo hace una rutina familiar, por repetida. Ya en el hostal, un hombre uniformado charla con Isabel de espaldas, acodado en la barra. Es más alto que un castillo. Desde su posición, puede ver que toma un café solo y cómo Isabel trata de darle conversación al tal Triste o Trieste. Sin embargo, el sargento solo tiene ganas de irse a su casa.

La funcionaria es consciente de que es la única persona en el valle que conocía a Roberto y que cualquier información que pueda aportar será crucial para el progreso de la investigación. Y esa responsabilidad la pone nerviosa.

El sargento Trieste, más que alto, es grande. Cuarenta y largos. De facciones excesivas pero armónicas. En otro tiempo, Lu no sabe cuánto, tuvo que ser un hombre muy bello. En esos momentos parece cansado; como un juguete con el mecanismo interior roto, que se ha quedado en una posición fija, temblona y quebradiza. Trieste se mueve con movimientos lentos, desmadejado, con unas manos enormes que sostienen una taza ínfima. Diminuta, según sus proporciones. Levanta la mirada y la ve. Le tiende la mano. Saludos de rigor. Y le comenta a Lu que está allí, de momento, extraoficialmente. Al ser fin de semana, ha resultado imposible contactar con nadie de la administración pública. Lu se siente como el premio de consolación de un investigador que no quiere estar allí.

—Puedo facilitarles el teléfono del jefe de servicio si lo desean —dice Lu.

—Gracias, señora —responde Trieste—. Nos será de utilidad para ratificar la principal hipótesis de la muerte del chico. Parece estar relacionado con un ajuste de cuentas.

Silencio.

—Un desfalco que salió mal.

Lu ha dejado de escuchar. Mira a aquel sargento que habla con el volumen en *mute*. Ve que sus labios se mueven, sí, pero no logra centrarse, prestarle atención. Una sensación de irrealidad la invade. Palabras como «desfalco», «víctima», «asesinato» y «Roberto» retumban en su cabeza. Lleva horas sin probar bocado tras la vomitona del desayuno. Su mirada deambula de los labios de Trieste a unos ojos que se hunden bajo unas cejas que parecen cobrar vida, sorprendidas. Son frondosas, duras, primitivas. Con alguna cana aquí y allá, Lu se descubre pensando que esas cejas pobladas le dan al sargento un aspecto de bruto que no se merece.

—Señora Nadal, ¿me está escuchando?

—Disculpe, sargento, son los nervios...

Trieste repite su teoría.

—Entonces ¿dice usted que la muerte de Rober puede estar relacionada con un desvío de fondos? —Lu alucina.

—Es lo más factible. Esperaba que usted supiera decirme. En su empresa trabajan con fondos europeos y otro tipo de subvenciones, ¿es así? ¿Tenía acceso la víctima a las claves para realizar las transferencias?

—Verá, eso no funciona exactamente así...

Y Lu explica el intrincado proceso administrativo y los complicados plazos para acceder a las ayudas, así como los requisitos y lo dilatado en los tiempos, dependiendo de la convocatoria. La burocracia: instancias, esperas y procesos. Y lo explica como un pavo real, despacio. Sintiéndose escuchada. Por primera vez en mucho tiempo alguien parece tener interés real en lo que hace en su día a día pequeño, tedioso y rutinario. Cree que al fin alguien entiende a qué se dedica en todos estos años. Y eso la entristece más, de algún modo.

—Una de las teorías que manejamos es que el chico se hubiera montado su tinglado paralelo —apunta Trieste.

—¿Qué quiere decir?

—Pues que cobrara algún tipo de sobresueldo por hacer de puente con algunas empresas para agilizar los pagos por procesos de digitalización inexistentes, a través de un entramado de facturas falsas —explica Trieste.

—Tiene sentido —reflexiona Lu—. Tras la pandemia, la realidad se ha encargado de acelerar la transformación digital de la sociedad y las pequeñas empresas no saben ni por dónde comenzar. Hay ríos de ayudas que manan de todas partes... Y el chico quizá se pasó de listo y salió mal —deduce Lu.

—Exacto. Tal vez se volviera avaricioso, y alguna empresa desesperada perdiera la paciencia. Eso no lo sabemos. Hemos hablado con su compañero de piso, un tal Miguel, que ha corroborado su elevado tren de vida, plagado de excentricidades... Y, usted, Lourdes, ¿cómo describiría a Roberto Costa?

Y es así cómo Lu cae en la cuenta de que apenas conoce a Roberto Costa. Y se odia por ello. Le entrevistó, sí, le contrató también, en parte por la insistencia de León. Y no había intercambiado con él más que lo mínimo: buenos días, buenas tardes, ¿cómo te trata Valencia? Y poco más. Ni le invitó a un triste bocata en aquellas pausas que hacían a la hora del almuerzo, por turnos, los dos mil funcionarios que poblaban la ciudad administrativa. Ni un solo día. Lu se escapaba, cada mañana desde su despacho del entresuelo, a una cafetería, aunque el bar Turia y su fauna eran su debilidad. A veces utilizaba el descanso para caminar y bajar al antiguo cauce del río, convertido en un kilométrico jardín urbano, simplemente para respirar. Pero siempre sin Roberto, siempre sola. Lu solía bromear con León, su animal social, sobre que al trabajo no iba a hacer amigos. A lo que su ex le respondía que ella no hacía amigos en ningún lado.

Y, ahora, Lu se siente la peor compañera del mundo. Un chico, su becario, con un futuro prometedor, y al que suponía que tenía que proteger, tutelar, guiar, ha fallecido, y Lu lamenta no poder aportar absolutamente nada a la investigación para el esclarecimiento de su muerte.

«Di algo, Lu. Mujer. Di algo». Y lo dice:

—Por si puede aportar algo —recuerda como un fogonazo—, se me hizo raro cuando Roberto dejó de escribirme después de un tiempo.

—¿Escribir? —pregunta Trieste.

—Sí, me escribió un wasap un domingo por la noche diciéndome que se encontraba fatal y que le tenían que ingresar. Peritonitis, dijo. Le llamé, pero ya nadie atendió el teléfono. Intercambiamos un par de mensajes más durante los días siguientes. Y eso fue todo. Después, la vorágine, ya sabe, la rutina me pasó por encima y dejé de pensar en él. No se me ocurrió denunciar su desaparición, la verdad.

—Eso lo hizo su madre.

Lu asiente.

—Ni siquiera sé si lo de su intervención abdominal era cierto... ¿Me convierte eso en mala persona?

—En absoluto, señora —dice Trieste, lacónico.

—Por favor, puedes llamarme Lourdes o Lu.

—Gracias, Lourdes. Yo soy Pedro.

El simple hecho de pasar al tuteo hace que Lu mire a Trieste de otro modo. Con unos ojos descarados, atrapados en un rostro acostumbrado a la contención. Unos ojos que, parapetados tras el dique de la buena reputación, tienen más peligro que la presa de Tous. En plena gota fría.

—No era el primer becario que dejaba el trabajo sin avisar —continúa Lu—. No sé, la verdad, no le di importancia. Pensaba que había renunciado a la beca, sin más. Poco sueldo, mucho trabajo...

—Sí, Lourdes. No te tortures. De hecho, Miguel, el compañero de piso del chico, corrobora tu versión: ese wasap existió. Y los siguientes. Los envió él mismo, su compañero de piso, desde el móvil de Roberto. Al parecer, la víctima salió a buscar a alguien y nunca regresó. ¿Tienes idea de quién podría tratarse?

—Ni idea, Pedro. No lo sé. Todo esto me sobrepasa... Si me disculpas, estoy un poco cansada.

—Sí, ya os dejo. Ha sido un día largo para todos. Lo comentaba por lo del rastro dorado. Puede ser una información relevante.

—¿A qué te refieres? —preguntan al unísono Lu, Isabel e Izan. Este último, convidado de piedra, no ha perdido detalle de la conversación.

—Por favor, os ruego discreción con todo esto. Estoy aquí de modo extraoficial y, si se filtra algún detalle que pueda comprometer la investigación, mi teniente me va a crucificar.

A Izan le faltan las palomitas. Trieste prosigue:

—El cadáver de Roberto Costa ha aparecido con restos de un pigmento sin identificar en uno de sus párpados. Es algo que no ha trascendido del sumario y se ha obviado a los medios deliberadamente. Pero este detalle es algo que nos lleva de cabeza porque carece de sentido.

—Numerosas civilizaciones antes que nosotros han empleado el oro en sus ritos funerarios... —dice Isabel.

—Ay, Isabel. Venga ya. Te hacía más lista —responde con la familiaridad tosca que se ha forjado a lo largo de los años—. No me vengas tú ahora con historias para no dormir. Demasiado te juntas tú con Alma, la forastera de la tienda esa.

—El oro es un metal precioso que simboliza muchas cosas: abundancia, prosperidad...

Trieste se pone malo.

—¿Y qué tiene que ver eso con nada, Isabel? Ni siquiera sabemos a qué corresponden esos pigmentos, si son restos de pintura industrial, acrílicos artísticos, restos de pan de oro desprendidos de alguna talla sacra, cobertura corporal... El laboratorio está en ello. Lo más factible —prosigue Trieste— es que acabaran en el rostro del chaval por transferencia de elementos, es decir, que una de las personas que trató con el chico pudiera haber estado en contacto con el material brillante.

—Tiene sentido, la televisión habla de que Roberto no falleció en la laguna, que su cuerpo fue trasladado —apunta Izan—, quizá la persona que movió el cuerpo poco después le cerrara los ojos...

—No fantasees, Izan. Eso es mucho suponer —ataja el sargento.

—Si fuera así, se trataría de un gesto de cariño, de despedida, sin duda —dice Lu con horror—, como si la persona que acabó con su vida conociera a Rober...

Estupor.

—Pues, entonces, el asesino nos ha salido cariñoso —sentencia Isabel—, porque según dicen la primera también apareció así, con restos de pintura en la cara. La otra pobre chica, digo.

—¿Qué chica, Isabel? —quiere saber Lu.

—Aquella tan guapa que encontraron en la parte baja del pueblo, nada más cruzar el puente. Al lado de la Casa de los Ingleses.

Lu no da crédito.

—Y, de eso, ¿cuánto hace, Isabel? —pregunta Lu.

—Mmm… No sé. Déjame pensar. El tiempo pasa tan rápido… Pues yo diría que hará cosa de tres semanas. Creo que era una chica del Este, de esas, profesionales… —Isabel duda—. Puta, vaya.

—¡¿Cómo sabes todo, Isabel?! —exclama Pedro Trieste elevando el tono por primera vez, visiblemente cabreado—. ¡Pertenece al secreto del sumario!

—Pedro, déjate de tonterías, hijo. ¿Dos muertes en un mes? Este es un pueblo muy pequeño.

Segunda parte

12

Cinco años antes

Al Conseguidor no le gustaba esperar. Habían transcurrido seis meses desde aquella primera conversación con Lluvia Sanchis, la productora ejecutiva de espectáculos, y tres meses desde que el avión aterrizara en el aeropuerto de Barajas. Los últimos meses habían sido un trasiego de arquitectos, ingenieros y obreros, pero también de un ejército de profesionales del mundo de la farándula con ocupaciones insospechadas de las que el Conseguidor no había tenido constancia hasta la fecha. Tras meses de preparativos, había llegado la fecha convenida en la que el Conseguidor debía aprobar el set donde tendrán lugar las representaciones, los pases privados de la compañía que monetizaba la incapacidad de olvidar de los poderosos. Un capricho que The Bridge ponía al alcance de muy pocos.

Minutos antes de la aquella cita, el Conseguidor entrenó lo justo en la cinta estática que daba a un ventanal espacioso de esa casa de piedra de dos alturas con los dinteles rojos. Apuró un café para engullir los suplementos alimenticios que le mantenían alerta. Bajó a pie los dos pisos que le separaban de la gran escalinata, ubicada en la planta principal. Giró a la izquierda y descendió a la amplia bodega, limpia como un quirófano. Respiró hondo. Y, desde allí, abrió lentamente la puerta que daba al distribuidor que conducía al subsuelo. Tuvo que frotarse los ojos para asimilar la proeza que había conseguido esa mujer con nombre de tempestad en tiempo récord. Ante los ojos del Conseguidor se levantaba todo un entramado de estancias en diversos niveles que se abría a partir del distribuidor donde se hallaba. Tan solo las intuía, a las personas que se movían como hormigas por un terrario, por el resto de las salas conectadas a su propiedad a través de breves pasadizos en esa aldea perdida. Estancias en un par de viviendas menores, también en manos de la sociedad, que sumaban un total de dieciséis cámaras donde doblegar al olvido.

El Conseguidor estaba aturdido. Borracho de adrenalina. La puesta en escena era irreprochable. Centró su atención en la sala más amplia, en la que Lluvia Sanchis había echado el resto por ser la habitación principal, la bautizada como «sala de juegos grupal», donde el usuario iniciaría su particular descenso a los infiernos. Una sala inmensa, diáfana. Con una luz suave, tenue, que hacía imposible imaginar que les acogían las entrañas. Materiales nobles, lámparas de araña, moquetas color arena, mobiliario sólido, vegetación ingrávida, plástica. Elegancia deliberadamente retro, un sofisticado aire años veinte. Una aguja diligente arañaba un disco de vinilo en algún lugar. La música los envolvía. Si el éxito tuviera un himno, sería el de aquel hilo musical.

—Lluvia, esto es...

—Espere, Conseguidor —dijo Lluvia al intuir la satisfacción de su jefe con el proyecto—, queda lo mejor.

La directora de producción hizo una señal, y las luces bajaron. Lluvia palmeó dos veces. Fuerte, con solvencia. Una música rápida comenzó a invadirlo todo sin que se supiera muy bien de dónde provenía. Al ritmo de las notas comenzó un desfile de las personas más bellas que el Conseguidor había visto en su vida. Un pequeño ejército de muñequitos dorados, esbeltos y gráciles como las figuritas de *Metrópolis* de Fritz Lang. Su rostro cubierto de pintura dorada los confería un halo de delicadeza y misterio, como una máscara veneciana humana.

Los hombres y mujeres, contratados por Lluvia para aquel día, eran modelos profesionales. Ellas se encaramaban a unas sandalias beis de cuero natural que se fundían con sus larguísimas piernas. Los muñequitos dorados continuaban caminando en círculos, en un carrusel hipnótico, sin fin.

Lluvia detuvo la procesión de la belleza tomando por la muñeca a la estatuilla de óscar más apetecible. Cuando la tuvo junto a sí, le alzó la barbilla y la hizo sonreír para someter sus facciones a escrutinio, a examen su dentadura equina.

—Mire, Conseguidor, admire su belleza.

El Conseguidor la admiró.

—¿Desea probar con la chica las suites temáticas o tal vez esta, la sala de juegos grupal? Cualquier opción estará lista de inmediato.

El Conseguidor negó con la cabeza.

—Es muy tentador, Lluvia, se lo agradezco, pero ya sabe lo que dicen: un buen *dealer* nunca prueba su mercancía.

13

Lu está deseando ver a Trieste y no sabe cómo hacerlo. Le fastidia tener que reconocerlo, pero ese hombre le gusta. Y eso que la espantan los uniformes. Y, sin embargo, el sargento tiene algo. No sabe qué es. Si se trata de su mirada inteligente o de su forma de caminar vacilante como quien arrastra, más que una cojera, una sombra. Sus cejas horrorosas por pobladas, la flacidez que asoma y amenaza una mandíbula pétrea que ha aprendido a callar tantas cosas. Ese rictus de hombre serio, amargado y casi siempre justo. Todo ese peso que arrastra. Ese dolor que nadie es capaz de intuir. El dolor de la culpa. El triste Trieste.

Lu se siente como un león enjaulado. No tanto por que la comida que ha tomado con Isabel e Izan en El Remanso le haya sentado mal y el hombro izquierdo le está matando, que también. Es que es domingo. Y hace un frío insoportable. En la radio no dejan de hablar de Roberto. De la otra chica, la primera víctima, ni una línea en un diario digital. Y Lu decide marcharse ya de Sotillo. Regresar a casa. No tiene el cuerpo para ver piedras encantadas de ese lugar telúrico y le esperan cinco bonitas horas de regreso a solas con sus pensamientos. Sin embargo, al contrario de cuando llegara a Sotillo, en ese instante la expectativa es otra: nadie la espera ni la fríe a mensajes románticos, con ese anhelo que precede al encuentro. Porque es eso lo que Lu echa de menos. Más que el sexo es el deseo. El de sentirse escuchada. Vista. Importante. Porque lo que le pasa a Lu es que hoy es domingo y, en nada, Navidad. Y no tiene planes ni la vida imperfecta de perfecta rutina que la asfixiaba. No, en su tierra no la espera nadie más que su madre. Marta continúa en Bruselas. En su vida, solo mujeres. Que las quiere, ojo. Claro que las quiere. Bueno, están ellas y también Clara, una hija que ya no la necesita. Quizá Clara regrese estos días de Londres… para quedarse con su padre. Y, aunque se haya acostumbrado a ser para su hija poco más que un trámite insalvable en las fiestas señaladas, Lu no sabe digerir la Navidad.

Lu saca su móvil. Del estúpido de Lazcano ni sus luces. Se desinstala la aplicación de amoríos y el resto de las soluciones similares. Qué razón tenía su hermana con sus reservas sobre citarse con desconocidos. Y sonríe al imaginar la cara de Marta cuando, en otra vida, le hable de Trieste. A Marta le encantaría Trieste.

Lu hace el equipaje con parsimonia y se despide con la mirada de esa habitación modesta decorada en tonos verdosos, terrosos, feos. Supone que Isabel no supo hacerlo mejor. Que en algún momento aquellas hojas que decoran los pesados cortinajes estuvieron de moda. Hace recuento mental, regresa al baño, mira debajo de la cama, introduce el libro que está leyendo en el equipaje de mano y se embute en su grueso anorak. Apaga la luz y cierra de un portazo. Deja la llave en el interior de la habitación. Suspira. No se olvida de nada.

Lu está tomando el ascensor para bajar el equipaje cuando Trieste llega a El Remanso. Él también quiere verla, pero por los motivos equivocados. Le acompaña su superior, la teniente Olvido Peláez. Una mujer rotunda y severa con unos cabellos teñidos de un violín terrible. Al lado del gigante Trieste, Peláez parece un gnomo de jardín.

Isabel habla con ellos desde el mostrador de recepción.

—¿Ya se va, señora Nadal? —quiere saber Trieste.

Lu intuye que algo va mal cuando escucha ese «señora» de sus labios carnosos. Ni rastro de la familiaridad que creyó entrever hace unas horas.

—Sí, cambio de planes. He pensado marcharme ya en lugar de esta tarde...

—¿Y a qué viene tanta prisa? —pregunta Peláez.

La mirada asustada de Isabel le hace temer lo peor.

—Disculpen —dice Lu—, ¿es que he hecho algo mal?

—Acompáñenos un segundo y lo verá usted misma —repite la teniente cuyo peluquero debería estar entre rejas.

Los tres salen al aparcamiento cercado. En él, solo queda la camioneta blanca de reparto de Isabel. Un enjambre de agentes de la Guardia Civil está examinando el perímetro. Además de la furgoneta de la propietaria, hay otro coche. Lu lo intuye más que lo ve porque el cerco del vehículo está acordonado. También hacen su trabajo los agentes de la científica que Lu está harta de ver en las películas. Van todos de blanco. Llevan guantes y peúcos. No reconoce el coche que investigan, el vehículo que centra la atención de aquellas personas extrañas, atareadas. Un momento. A decir verdad, ese auto sí le resulta remotamente familiar. Es el que ha estado omnipresente desde que Lu llegara la noche del viernes a El Remanso. Oscuro, de alta gama. Con las lunas tintadas.

Trieste y Peláez la invitan a fijarse con más calma en el todoterreno.

—¿Y bien? —acusa Peláez. La teniente lleva la voz cantante, a las claras.

Lu los mira con cara de pez.

—Y bien ¿qué?

—Que de quién es ese coche, señora Nadal.

—Pues si no lo saben ustedes... —Lu suena más insolente de lo que le conviene.

—¿Le dice algo el nombre de Luis Gomis, señora Nadal?

Lu se queda helada porque la cuestión es que sí le suena. «¿Dónde he escuchado ese nombre antes?». De pronto, cae en la cuenta de que la primera vez que ha oído hablar del tal Gomis fue en la tienda de Alma al intentar recuperar la fianza de la actividad.

—¿Se había citado con alguien en este hostal, señora Nadal?

Isabel la mira con gravedad.

Lu asiente. Se siente culpable, pero de lo único que es responsable es de haber quedado con un tipo que le ha dado plantón. Se sonroja. De rabia. De vergüenza.

—Tengo una reserva a nombre de Luis Gomis Vidal —dice Isabel desfondada.

Lu e Isabel se miran.

—Isabel, ¿y no pensaste que eso fuera relevante? —Trieste es muy duro—. Que no apareciera un huésped con lo que flojea tu negocio... ¿De verdad no pensaste en decir nada?

—Pues no le di importancia, Pedro. Pensé que como tantos otros huéspedes había cancelado sin más por lo del chico de la Laguna Negra... Que había cambiado de parecer. Los turistas son así. Caprichosos.

—Entonces, si Luis Gomis jamás apareció, ¿por qué el vehículo que estamos inspeccionando va a nombre de ese caballero? ¿Quién lo trajo? —eleva el tono la teniente Peláez.

Isabel enmudece. Decide callar porque sabe que la cosa no va con ella. Peláez acorrala a Lu:

—Le pregunto, señora Nadal, que quién trajo el coche. —Se toma su tiempo y asesta la pregunta final—: ¿Dónde está el señor Gomis, señora Nadal?

Lu no sabe cómo explicar que ha quedado con un tal Lazcano que ha conocido en una aplicación de citas. Que se habían emplazado en El Remanso porque quedaba a trasmano y porque a ambos les convenía huir de miradas indiscretas, que probablemente está casado y que por eso ha decidido ocultarle su identidad. Y que ahora que lo cuenta todo en voz alta le parece una locura, o una temeridad. O las dos cosas. Pero que es lo más improvisado que Lu ha planificado en su milimétrica rutina.

—No lo sé —responde Lu, vencida, con un hilo de voz.

—Estamos cerca de detenerla, señora Nadal —dice Peláez—. Estamos seguros de que sus huellas dactilares aparecerán en el interior del vehículo del señor Gomis. Además, estamos recabando otra serie de evidencias y hemos tomado muestras de los restos de sangre que hay en la ventanilla y en el asiento del conductor —informa Peláez.

—¿Sangre? —Lu se espanta.

—Sí —continúa Trieste—. Y muchas huellas. Quien atacara al tal Gomis hizo una chapuza.

—Además, hemos encontrado esto. —Peláez enseña un móvil en el interior de una bolsa de evidencias y dice con sorna—: Puede que usted no conociera a ese caballero, pero el propietario del teléfono parece que tenía muy claro quién era usted, señora Nadal.

La teniente Peláez manipula sin abrir la bolsa transparente en cuyo interior descansa el móvil de Lazcano, todavía encendido, para mostrárselo a la funcionaria. La familiaridad con la que Peláez toquetea el dispositivo señala que no es la primera vez que interactúa con el terminal. Un teléfono sin código de desbloqueo. Esa mujer sabe lo que busca. La teniente Peláez entra en últimos mensajes enviados. Antes de que la batería se agote y el dispositivo de Lazcano agonice, en la pantalla puede leerse con claridad:

«En nada podré tocarte».

Enviado por Luis Gomis a las 19.59 de ese mismo viernes. La destinataria es Lourdes Nadal.

14

Lu no está detenida. Sabe que todo lo que tienen contra ella es circunstancial. Aun así, está asustada porque los investigadores sostienen que conocía a dos de las tres víctimas, suponiendo que la pérdida de sangre hallada en el coche oscuro haya resultado mortal y pertenezca a Lazcano. Que está por ver. Por no hablar de la conexión valenciana en todo esto. Su hermana Marta, jurista, le ha pedido que colabore. Por supuesto, se ha ofrecido a viajar a Paria desde Bruselas, pero Lu es la mayor y se ha negado. «Todo está bajo control», le ha dicho. Marta sabe que miente y ha escogido creerla. Por su parte, Lu ha decidido seguir sola un tiempo más. En definitiva, Lourdes Nadal no ha hecho nada. Y de algo ha de servir la maldita verdad.

Es domingo por la tarde cuando Lu acude a la comandancia de la Guardia Civil voluntariamente a que le tomen las huellas y a repetir lo que ya ha dicho en El Remanso. Le sorprenden las proporciones del edificio color salmón desvaído en mitad de una localidad como Paria. El tamaño de la comandancia le intimida. Tanto que se siente empequeñecer. Tenía que haber permitido que Marta o Izan la acompañaran. La enternece el modo torpe con el que el sobrino de Isabel trata de cuidarla.

Una agente le toma las huellas en el segundo piso. Lu se mira las manos: los dedos teñidos. Desde la mesa contigua,

Trieste le extiende una caja de pañuelos de papel para que se limpie los restos de tinta. Lu le agradece el gesto con un cabeceo y sigue la trayectoria de la caja con la mirada, como una autómata. Los pañuelos regresan a su lugar primigenio y coronan unos documentos en los que, entonces, Lu no repara. El escritorio de Trieste es tan caótico como su cabeza. Ve una fotocopia, una ampliación de un documento a color en la que acierta a ver una fecha que la hace sonreír. Esboza una sonrisa como un amanecer cansado que emerge tras el desastre. Lu sonríe porque la cifra al azar que distingue entre el papeleo le resulta familiar: es la fecha de nacimiento de León.

Trieste carraspea. Ha sido muy amable con ella. Lu se escucha decir:

—Estoy sobrepasada, Pedro. Todo esto no tiene ni pies ni cabeza.

El hecho de que se esté valorando su implicación en el caso la tiene noqueada.

—Lourdes, es rutina —miente Trieste—. Tenemos que descartar cosas. Ver si tus huellas coinciden con las del vehículo y, si no lo hacen, podrás marcharte a casa. Tranquila.

—Ah, ¿pero no me puedo ir? Es que mañana, Pedro, mañana yo trabajo...

Se siente tan desamparada que echa de menos una cara conocida: la de Izan, la de Isabel, la de Marta. Cualquiera que, con una mano en el hombro, le dijera que todo va a salir bien.

—No es aconsejable que abandones Paria, Lourdes. Al menos, no por el momento.

—Pero ¿de cuánto tiempo estamos hablando?

—Depende de lo que tarde el laboratorio. Andamos muy cortos de personal y, teniendo encima la Navidad, la verdad es que no sé qué decirte. Eso sin tener en cuenta que estamos con muchas presiones para detenerte, Lourdes. La gente está muy asustada y las elecciones están a la vuelta de la esquina. En unas semanas será la inauguración de la maldita torre del

Reloj del Fin del Mundo y esto, en nada, estará plagado de periodistas. Así que, si me lo permites, pórtate bien. Coopera como lo estás haciendo hasta ahora con la investigación. Quédate en la comarca. Y búscate un buen abogado.

No, para ser sincera, Lu no se lo permitía. Pero no tenía fuerzas para decirle que no fuera condescendiente con ella, que iba a hacer lo que le diera la gana porque para eso era inocente y no estaba detenida. Decirle todo eso para parecer fuerte, independiente. Ciscarse en la madre que parió al condenado patriarcado que la prejuzga por querer tener sexo con alguien que la hacía sentir bien. Con alguien con el que podía hablar durante horas porque la conexión con Lazcano era tan animal como complicada de explicar. Pero, en lugar de decirle todo eso a Trieste, Lu se pone a llorar. Porque ni es fuerte ni independiente ni valiente. Es solo una cuarentona fútil a la que se le ha olvidado vivir al anteponer los intereses de los demás a los suyos propios. Que tiene un trabajo tan anodino que le cuesta levantarse por las mañanas. Una funcionaria de zapatos planos y pendientes de perla de botón a quien el idiota de su marido ha convertido en un tópico al largarse con otra, una réplica de ella. Solo que más divertida y veinte años menor. Una mujer que está atrapada en su vida, que no debe salir de Paria. Una señora sola, sin amigos. Una mujer que está perdida, que tiene miedo. Una Lu con el ala rota.

—No llores, Lourdes —el gigante triste desconoce qué hacer con todas esas lágrimas—, pero reconoce, mujer, que no saber nada sobre el hombre con quien te citaste es raro. Es raro de cojones.

Lu no responde nada. Para qué.

Trieste la acompaña a la puerta y la despide:

—Ya nos veremos.

—Qué remedio —dice Lu.

15

Es noche cerrada del domingo cuando Lu regresa a El Remanso. El hostal está oscuro como boca de lobo. Deja caer el equipaje. Su ánimo emite un quejido sordo y quedo. Los fardos también. Isabel sale en bata a su encuentro, preocupada.

—¿Cómo ha ido, hija?

Lu suspira como respuesta.

—¿Te preparo algo para cenar?

—Sí, por favor, Isabel. Cualquier cosa estará bien. Ha sido un día tan largo. Eso sí, recuerda que no…

—Que no lleve gluten. Sí, Lu, lo sé, lo sé. —Isabel ya trasiega en la cocina.

La propietaria de El Remanso regresa. Sus piernas gruesas se mueven prestas. Realiza varios viajes desde la cocina anexa al pequeño salón, rústico y sobrio, donde se encuentran. Isabel se sirve su enésima manzanilla tocada de anís para templar los nervios mientras Lu devora su cena en silencio. Al finalizar, pregunta por Izan.

—Izan está arriba, recogiendo para irse a Paria. Yo de hecho no sabía qué hacer… ¿Porque tú qué idea llevas, hija?

Lu la mira sin comprender. Se ha quedado colgada de la vida imaginada de las dos personas jóvenes de la fotografía que preside el salón comedor. Son Isabel y, supone, su esposo, que le devuelven una sonrisa luminosa desde un Remanso en blanco y negro. Los protagonistas de la instantánea le sonríen a Lu desde antiguo, desde lejos, cuando aquella pareja eran otros y tenían ganas de reír y energía para perseguir su sueño: levantar con sus manos un hotel rural que fuera un remanso de paz. Y lo hicieron. En la foto, El Remanso luce fuerte, poderoso. Como lo son todas las promesas que no se cumplen.

—Era guapo mi Clemente, ¿eh? —Isabel se levanta, descuelga la foto y acaricia el vidrio cubierto de polvo. Limpia la fina capa de suciedad con su mandil.

—Mucho. —Lu toma la foto y mira la fecha del reverso del marco casi borrada por capricho del tiempo. La mujer que sonríe orgullosa era una belleza, poco más que una cría, y Lu trata de adivinar la edad de Isabel en la imagen.

—Nos conocimos cuando yo tenía veinte años. En las fiestas de la vendimia. Él tenía unos cuantos más que yo. Mira qué manos. Mi Clemente levantó esto —observa en derredor— para mí. Para nosotros. Para llenarlo de niños y de risas. Pequeños no hubo, ya ves. Risas, todas. Hasta que llegó la enfermedad y fue cercenando las fuerzas, las ganas… Hace unos meses que se fue. Y, sin él, El Remanso no es más que otro hotel rural sin mantenimiento, con humedades. Aquí siempre llueve tanto… Esto está que se cae a cachos. Ya lo habrás visto. Izan me ayuda, es un buen chico. Hace lo que puede, pero lo que necesitamos aquí no son manos, sino turistas. El pueblo se desangra…

Lu asiente, se sirve una manzanilla. No se atreve con el anís. Ni a preguntarle por el amor de su vida a Isabel.

—Por eso te decía, cariño, que si te vas a quedar o si regresas a tu casa —aclara Isabel—. No sé, en unas horas es lunes… Y tendrás que llamar a los tuyos, ir al trabajo, esas cosas…

Sí, Lu ha de llamar a Marta para contarle cómo ha ido en la comandancia para que se quede tranquila. Quizá también a su hija, a Clara. Pero no quiere. No puede. Por lo pronto, llamará a su supervisor del IVAX y le dirá que se coge unos días de asuntos propios hasta que se dilucide su situación. «Porque esto, esto, se tiene que resolver. Pronto. Tiene pinta de ser un enorme malentendido».

—Pues, de momento, había pensado quedarme unos días, aquí, en El Remanso, con vosotros. Vamos, si te parece bien.

—Lu, no sé cómo decirte esto… Pero aquí no te puedes quedar, cielo. El Remanso solo lo abrimos los fines de semana. No da para más. Y en temporada baja ni eso. Este fin de semana, previo a Navidad, lo abrimos porque coorganizamos con Alma el retiro. Y mira cómo nos ha salido. Esa chica nos comentó que hay todo un turismo de solsticios en auge y que Paria está de moda, que probáramos. Que sería un filón. Pero lo cierto es que con el jaleo del pobre muchacho de la laguna aquí no ha venido nadie. Solo tú.

—Deben de estar todos de compras en Madrid —se une Izan a la conversación. Y sonríe fuerte para quitar hierro.

—Y este hotel de mi Clemente es un pozo sin fondo que se está tragando todos los ahorros. No puedo permitirme tenerlo abierto sin clientes por mucho que me duela lo que te está pasando, cariño. Entiéndelo. Son las luces de las dos plantas, la calefacción… Calentar El Remanso, conforme están los precios de todo, es un desacato. En realidad, Izan y yo vivimos en el pueblo la mayor parte del año. Él, mañana, trabaja en Paria en la autoescuela de la que es instructor.

A Lu se le cae el mundo encima. Siente que piensa despacio. Muy despacio. Escucha a Isabel como si estuviera lejos, hablando mansamente, desde otra habitación. Desde otro espacio acolchado y mullido. Debajo del agua.

—Hacemos una cosa —dice la mujer—. Esta noche, por supuesto, la pasas aquí. Y mañana Izan, después del trabajo, hace un par de llamadas para ver si puedes alquilarte aquí algo a un precio decente. Hay muchas casas vacías. O un hotel en la ciudad. Lo que veas.

Izan ya ha acabado de recoger sus pertenencias. Una escueta bolsa de deporte descansa sobre el mostrador de recepción, junto a su cazadora.

—Tía, o puede quedarse con nosotros, en casa —apunta Izan—. Nos vendrá bien la compañía… Y —añade bajando la mirada y el volumen de su voz— nos vendrá bien para compartir gastos.

Los tres se miran. Midiéndose.

Callan y se vuelven a mirar.

Porque todos saben que es una buena idea.

16

Lu se muda a la casa de Sotillo de Duero donde Izan vive con su tía al día siguiente. Lo hace el lunes a la hora de comer, momento en el que Izan regresa de la autoescuela a El Remanso a por la funcionaria. Para entonces, Lu ya está lista. Comen de modo frugal, a solas. Isabel ha dejado el hostal temprano para preparar a fondo la habitación de su invitada accidental. En el trayecto ínfimo hasta el hogar de los Linares, Lu e Izan no hablan mucho. Andan enfrascados en sus pensamientos.

Cuando por fin llegan al domicilio, Isabel le enseña la casa honesta y espartana. Invita a Lu a acomodarse en la planta baja.

—Muchas gracias, Isabel. Es provisional —afirma Lu.

—Lo sé —dice la caricia de Isabel.

Aquel hogar es confortable. Con suelo radiante y con un techo de pizarra a dos aguas precioso. Hasta allí también han llegado los fondos europeos para la eficiencia energética, sonríe Lu con deformación profesional. En la planta superior se encuentra la habitación de Isabel, la principal. A Lu le toca la estancia de la planta baja, la de la izquierda. La más soleada y amplia. En la habitación contigua, muy cerquita de la suya, se haya el cuarto de Izan, el centro gravitatorio de esa atracción inexplorada que tanto la desconcierta. Pero Lu no quiere pensar en eso, de momento. Porque bastante miedo le da el dormitorio que la acoge no sabe por cuánto tiempo. No quiere preguntar, aunque tiene la certeza de que se trata de la misma estancia donde dormían, en sus últimos meses de vida, Clemente y su respirador. A Lu le inquieta descansar en una habitación plagada de fantasmas. Sin embargo, no tiene miedo, ella lleva a los suyos convenientemente planchados en la maleta. Así que, cuando Lu deshace su bagaje sobre la cama, sus fantasmas y los de Clemente celebran una fiesta.

Casi a medianoche, Lu reúne el valor para llamar a su hija Clara, que se une a la videoconferencia de inmediato. Y allí está, una mujer joven y bella. Ni rastro de su niña bonita, ni un atisbo de piedad en su mirada. Silenciada algarabía de la juventud. Clara, quien siempre está extrañamente ocupada. Crispada. Huraña. Lejos. En la City. Y se muestra hostil con Lu, sin mover ni un músculo ante una noticia como esa: la tonta de su madre, investigada.

Clara habla despacio pronunciando muy bien las palabras. Borrado aquel rotacismo infantil en sus erres. «Al menos, algo hice bien», piensa Lu, deseosa de colgar. Tanto o más que Clara, que se da por informada.

—Que no sea nada, mamá —dice la bella Clara.

No se dan las buenas noches al despedirse.

17

Alma se dirige a visitar a Lu desde su tienda de Paria, un día más. La bruja novata sabe que la valenciana necesita una amiga. También conoce que Lu lo tiene complicado y que debe de estar aterrorizada. No es que se lo hayan dicho las cartas ni Delfos, qué va. No es clarividencia, solo sentido común. Alma, en su lugar, estaría paralizada de miedo. Con esa idea en mente, conduce a ver a Lu. No lo hace porque sea lo correcto, un acto solidario con una paisana, ni siquiera porque ella sea una buena persona. Simplemente es que Alma también necesita alguien para escapar de la soledad.

Antes de ir a la casa de los Linares, el hogar simulado que su amiga comparte con tía y sobrino, en su estancia forzosa, Alma aparca en la parte baja del pueblo. Lo hace junto al puente empedrado; bajo la estructura fluye con cautela el río Rincón. Hace frío. Como siempre. El cielo amenaza lluvia. Alma desafía la predicción meteorológica y decide dar un paseo para ver la marcha de la construcción del Reloj del Fin del Mundo. La edificación de la torre que tanto revuelo ha causado en Sotillo poblando las redes sociales; que ha salpicado todo de ruido y de odio.

Alma y el Reloj del Fin del Mundo. Pocos conocen en Sotillo que fue la torre quien la atrajo como un imán a la comarca. Un secreto apenas compartido. No por falta de ganas, sino porque los días transcurren y no logra mediar palabra con ningún vecino. Su tienda Cuarto Creciente está tardando en despegar más de lo planificado. Si no fuera por Isabel que le compra fruslerías en las que no cree para mantenerla a flote, Alma ya estaría pensando en echar el cierre. Y recoger sus cosas. Y volver a comenzar en otro lugar.

Ante el monumental artilugio, Alma rememora cuándo escuchó hablar por primera vez del Reloj del Fin del Mundo. De su destino hipnótico.

«Arrancan las obras del Reloj del Fin del Mundo en Sotillo de Duero», dijo una voz efectista en un informativo nacional. Y Sotillo de Duero, desconocido hacía un segundo y ya no, a Alma le pareció un lugar tan adecuado como cualquier otro para desaparecer. Una aldea convenientemente recóndita para enterrar su derrota por sendos fracasos que no vio venir: el de periodista en el banco y el de la cama de Javi. Por una vez, Alma ha superado a su ex y su estúpida obsesión por jugar a evaporarse de habitaciones cerradas. Su destierro en Sotillo bien valía la primera posición de la *escape room* más complicada.

Acorde a la información acerca del reloj, el alcalde se ha propuesto con su torre que Sotillo sea la nueva Vigo, solo que sin luces. Que ese reloj descomunal atraiga a curiosos y visitantes para revitalizar la economía de una aldea de la que pasan de largo hasta las moscas. La obra es gigantesca. Un despropósito. Una mole inmensa se levanta junto al lavadero que hace unos años recogió otro tótem, igualmente absurdo, el Tótem de Regreso a la Vida Tranquila, que se alzó con el premio del certamen Creando por Paria. La composición escultórica, consistente en un montón de trastos viejos donados por los vecinos y transformados en arte por un creador local, no se entendió. Todo aquel horror culminaba con una proyección, a modo de broma, desde un desfasado aparato de DVD que, por supuesto, nunca llegó a funcionar. A pesar de todo, los curiosos acudieron durante un tiempo a ver la muestra y aquel precedente ha sido suficiente para que el consistorio haya decidido apostar por una intervención mayor. Al alcalde no le costó, supo después Alma, convencer al jurado para que ese año premiara a la instalación del Reloj del Fin del Mundo. Una burda copia del conocido Reloj del Apocalipsis, solo que infinitamente más grande. El Reloj del Apocalipsis, el real, es más un símbolo que otra cosa. Fue creado en 1947 por la dirección de *El Boletín de Científicos Atómicos* de la Universidad de Chicago para concienciar sobre la cercanía de la medianoche. Es decir, que la especie humana siempre ha estado a escasos minutos de un fundido a negro general, entendiendo la medianoche como la destrucción total y catastrófica de la humanidad. Ese reloj, también conocido como el Reloj del Juicio Final, ha ido apareciendo desde entonces en *El Boletín de Científicos Atómicos,* cuya icónica portada diseñara Martyl Langsdorf. Desde 1947, cada enero, el reloj se ha ido poniendo puntualmente en hora. En los años cincuenta, en plena Guerra Fría, donde la aniquilación total y atómica era una amenaza plausible, las agujas continuaron incólumes a dos minutos de la oscuridad. Sucesivamente, los minutos que separan a la humanidad de la negrura de la medianoche se han ido corrigiendo en función de la amenaza nuclear, tecnológica o medioambiental.

En 2017 el reloj se situó a tres minutos de la medianoche. En 2018, a dos y medio. La última actualización sitúa a los humanos a cien segundos de la medianoche. Un recordatorio de la fragilidad y futilidad de la vida en la Tierra.

A su llegada a Sotillo, Alma había escuchado los rumores que corrían por el pueblo. Estos apuntaban a que cuando una buena amiga del alcalde le vino con el cuento de fusilar la creación de Langsdorf este no le puso ni un pero. Fausto Rodríguez solo pedía una cosa: que fuera grande. Muy grande. Ya que las elecciones andaban cerca. Bueno, eso y algo más.

En la memoria del proyecto se debía incluir que el Reloj del Fin del Mundo de Sotillo de Duero marcaría una hora distinta a la del reloj de Estados Unidos. Y, solo por eso, Rodríguez estaba convencido de que los visitantes correrían a verlo y el reloj poblaría las imágenes de las historias de Instagram. Ese metaverso de las apariencias en el que las personas simulan ser quienes no son: personas felices.

Así las cosas, Sotillo estaría a noventa segundos de la medianoche. Porque en la España desangrada por la despoblación la muerte llega antes de tiempo. Y eso, dicen que dijeron, en un titular iba a quedar de lujo.

Y cuando Alma escuchó hablar sobre aquella iniciativa surrealista, aquel Reloj del Fin del Mundo, pensó que era una excusa tan buena como cualquier otra para mudarse a Sotillo de Duero. Para que su ocurrencia de simular su destierro pareciera menos loca. Para trasladar su olvido a un lugar donde el Apocalipsis llegaría sin retraso. Olvidar a Javi iba a requerir de toda su atención; librarse del fantasma de quien se ama, superar ese duelo, debía de ser una tarea a tiempo completo. Y Alma no quería distracciones.

—¿Y dónde dices que te mudas? —Imaginaba Alma que le dirían.

—A Sotillo de Duero, el pueblo del Reloj del Fin del Mundo.

—Ah, sí. Últimamente no dejo de oírlo por todas partes —apuntaría su interlocutor—. ¿Y es tan bonito como dicen?

—Precioso. Muy verde. Llueve tanto…

—Qué ganas tengo de que acaben de construirlo.

—Eso decimos en Sotillo. Que a ver si lo acaban antes de que se acabe el mundo.

Y reirían. Y Alma parecería, durante unos minutos, menos rota.

18

La Navidad pilla a Lu por la espalda. Lo hace en Sotillo y sin avisar. Pasará las fiestas acompañada de Isabel e Izan, con los que está cimentando un vínculo invencible en tiempo récord. Es una Navidad contenida la que se vive en casa de los Linares, porque Lu no está para muchas fiestas y porque la sombra del marido de Isabel lo cubre todo. Los días pasan y no hay mucho que celebrar. La tristeza es tan plomiza como el cielo de Sotillo de Duero, que siempre amenaza con agua. Lu echa de menos la luz de Valencia. Y su rutina.

Se ha tomado unos días sin empleo y sueldo en el IVAX, solo hasta que todo se aclare. Pero, de momento, pistas pocas y la incertidumbre la devora.

Está tranquila cuando no piensa. Cuando bordea el recuerdo de Rober, su mala suerte. Cuando Lu obvia que nadie la espera y se olvida de quién es. De quién era Lu con León, en otra ciudad. En un universo paralelo.

Esos días de espera, Lu pasa mucho tiempo con Izan. Sin embargo, no le conoce en absoluto. Intuye que es un joven que se sabe guapo, que sueña con ser actor, pero que no hace lo más mínimo por conseguirlo. Que mata los días como profesor de autoescuela en Paria y que echa una mano, de vez en cuando, en El Remanso como camarero, como chico para todo. Que vive con su tía en Sotillo, en lugar de en Paria, porque el sueldo de instructor no le da para más. Eso, y porque la excusa de hacerle compañía a su tía es un modo de sentirse querido, más útil, menos tonto.

Otra de las costumbres que Lu está cimentando en la comarca es disfrutar de la compañía de su paisana Alma. Ambas suelen frecuentar bien temprano la taberna de Valdeavellano de Tera, una población cercana a Sotillo. Allí bajan a diario a tomar café, a leer la prensa y, sobre todo, a charlar. Lu ha trabado amistad con la pareja de chicas que regentan el bar. En el valle de La Mantequilla la vida es dura e incómoda por la lluvia, pero más fácil de lo que alguien ha hecho creer a los animales de ciudad. Donde la meteorología obliga a parar; si nieva o llueve con profusión, se trabaja dentro de casa. Porque los hogares están acondicionados. Y todos tienen lumbre. Y leños. Y perro.

Cuando Lu llega a la taberna de Valdeavellano, dos chuchos enormes salen a su encuentro a saludarla. No parecen molestar al resto de los clientes. A ella tampoco. Es curioso cómo en tan solo unos días ha dejado de ser quien solía ser para convertirse en otra persona. Diferente. En una nueva. Menos nerviosa, asustada y rígida. Cuando la vida abofetea con la mano abierta que haya mascotas en un bar supone un cambio de perspectiva interesante.

—Buenos días, Lu. ¿Lo de siempre? —pregunta la propietaria de los canes.

—Hola, guapa. Sí. Lo de todos los días.

—Nunca me acostumbraré a tus tostadas con aceite de oliva y mermelada.

—Vivir para ver.

Lu hace lo que puede por encajar en el valle. Sin embargo, la mantequilla no le va y ese desprecio inocente es percibido como un choque frontal a su identidad por ciertos parroquianos. Por muchas semanas que hayan pasado desde su cautiverio voluntario, no logra desprenderse de su etiqueta de apestada, de forastera con privilegios, que acuñan sobre su frente los prejuicios de los aislados. Dos mundos complementarios, el rural y el urbano, que prefieren continuar con sus cómodos reproches heredados en lugar de desmontar el chiché. La forastera es pija y punto. Una estirada que desprecia la mantequilla, que mira por encima del hombro a los aldeanos del sector primario como todos los turistas remilgados que la han precedido. Aquellos que inmortalizan su escapada de desconexión para subirla a la red.

Lu no los culpa. Quizá merezca su fama de sosa, de prevenida, de distante. Es una de esas mujeres que prefieren tomarse la vida con precaución. De las que disfrutan de la vida lo normal, sin atreverse a extraer el plástico que recubre la pantalla de sus emociones. No se le vayan a arañar. Atrapada como está en un bucle de justificaciones y en un cómputo frenético de calorías, Lu acostumbra a tomar unas sencillas tostadas sin gluten con aceite. Con mermelada de melocotón si tiene un buen día. En estéreo, con mantequilla y confitura si hay algo que celebrar.

—Sabes que estamos en el valle de La Mantequilla, ¿no? Tus tostadas aquí son una aberración —responde la camarera—. La mantequilla forma parte de la economía de la comarca.

—Cómo olvidarlo. Hay una escultura de unas vacas de bronce precediendo las puertas del lavadero de Sotillo, donde están levantando el Reloj del Fin del Mundo. Son muy bonitas, las vacas. —Trata de ser amable Lu.

—Sí. En cambio, del reloj no se puede decir lo mismo. Es enorme —apunta Alma.

—A mí, ese reloj... Qué queréis que os diga... Me da mala espina. —La camarera pasa un paño frenético a la barra y dirige su mirada a la puerta.

Los perros ladran y acuden alegres a saludar a Trieste, que entra en la taberna. Le lamen la mano. Pedro Trieste les atusa el pelaje y los llama por su nombre. Y eso le gusta a Lu. Su belleza, su cercanía, sus hechuras de gigante bueno. Hoy se ha afeitado. Está guapo a rabiar. Lu le sonríe, pero el sargento no le devuelve la mirada. Trieste pide un café solo y paga. También deja saldada la cuenta de la mesa dos, la de Lu y Alma. Recoge el café con parsimonia, dilatando el tiempo, como si no quisiera hacer lo que ha venido a comunicar desviándose de su ruta. Se acerca a la mesa, el brebaje tiembla en el platillo, la gaceta local bajo el brazo contrario.

—Buenos días, señoras.

Deposita la taza y el diario sobre la mesa mellada.

—¿Puedo? —Alarga Alma el brazo para coger el diario. Lo coge. La pregunta es retórica.

—¿Has leído *El Heraldo* hoy? —la previene Trieste.

Lu niega con la cabeza.

—Todavía no, Pedro. Acabo de llegar.

—Se ha filtrado el tema del pigmento dorado que ha aparecido en los cuerpos, Lourdes, y no sé cómo, alguien ha dado tu nombre —dice Trieste, que odia los diminutivos y los atajos. Hoy, para él, Lu es de nuevo Lourdes.

A Lu se le atraviesa el bocado.

—Mira, Lu. ¡Dios mío! —Señala Alma la primera página de *El Heraldo*—. Tu cara, ¡tu cara está en la portada!

Lu le arrebata el diario a su amiga y despliega el periódico con ambas manos. Va directa a la primera plana. Han escogido una fotografía antigua, probablemente de internet. En ella, una Lu algo más joven sonríe a la cámara. Cree reconocer la imagen, la capturó León en una boda, y la instantánea la muestra con la barbilla elevada. La elección del retrato no ha sido casual. La van a crucificar porque la imagen refleja a una mujer alegre de posición desahogada. La belleza como sinónimo de culpabilidad.

Lu lee con pasmo el titular:

LA PRINCIPAL SOSPECHOSA DEL CASO DORADO CONOCÍA A LOS DOS HOMBRES DESAPARECIDOS

—Fenomenal. Ahora soy una especie de devorahombres de medio pelo.

Trieste resopla preocupado.

—Esto no te beneficia, Lourdes. Los periodistas han bautizado la investigación como «caso Dorado», como has visto. Y la exclusiva de *El Heraldo* ya ha saltado a los digitales. Tu foto está por todas partes.

—Deberías darme la enhorabuena, Pedro —bromea Lu—, protagonizo una investigación con nombre propio. Desde hoy, soy oficialmente mediática.

—¿Se sabe algo más? —tercia Alma.

—No mucho más. Continuamos atascados inspeccionando el vehículo, pero no hay nada concluyente. Ni nada que no supiéramos ya. El coche está plagado de huellas del tal Luis Gomis, como esperábamos. El análisis de los restos de sangre hallados junto a los cristales de la ventanilla del aparcamiento de El Remanso confirma que se trata de sangre humana.

—¡Madre mía!

—Sí, también es de Gomis. La hemos cotejado con el grupo sanguíneo de su historial médico. La buena noticia es que esa pérdida de plasma es compatible con la vida.

Lu suspira.

—La segunda buena noticia es que quedas descartada. Al menos, de momento. Tus huellas no encajan con las que hemos encontrado en el interior del automóvil. Quería decírtelo personalmente.

—Te lo dije. No tengo nada que ver con este embrollo.

—Eres libre de marcharte cuando quieras.

—Siempre lo he sido.

—No empieces… Ya sabes lo que quiero decir.

—Sí, Pedro. Ya lo sé, y te lo agradezco. Pero ahora que mi cara está en todas las portadas de este país, como comprenderás, lo que menos me apetece es volver a casa. ¿Qué le digo a mi familia, ¿con qué ánimo aparezco yo en mi puesto? Trabajo para un organismo oficial del gobierno autonómico…

—No tengo respuesta para eso. —Se levanta para marcharse y añade—: Siento lo que te está ocurriendo, de verdad. El caso se está enfriando, Lourdes. No tenemos nada y lo más probable es que alguien bajo presión haya filtrado tu foto. Necesitan una cabeza de turco. Las elecciones andan cerca, otra vez.

—Pero no tiene sentido. Quien se llevara a Lazcano debió de dejar algún rastro, algún tipo de huellas. De pisadas, no sé…

—Tampoco. Contaminasteis la escena, Lu. —De nuevo, vuelve a ser Lu. La dualidad de su nombre en los labios de ese hombre la estremece—. Tú, Isabel e Izan. Ocurre todo el tiempo. Lo he visto otras veces. Las personas cercanas al hallazgo, cuando tratan de ayudar, destruyen las posibles evidencias al caminar sobre el escenario. Vosotros también, Lu. Anduvisteis sobre las rodadas y arruinasteis cualquier cabo del que tirar.

Lu suspira. No puede creer su torpeza.

Lu sigue atrapada en aquel valle. Sabe que pueden pasar días, incluso semanas, hasta que las muestras den con una coincidencia. Y eso si llega a ocurrir. Quizá la persona que atentara contra Lazcano ni siquiera esté en la base de datos. Lu se recompone y decide hacer lo único que está en su mano: continuar con lo más parecido a la normalidad que conoce. Y eso es la casa de los Linares. Al día siguiente es 6 de enero y, a pesar de la situación, Isabel ha decidido hacerla sentir como en casa. Se ha esmerado en la cocina y en hornear un roscón. Desde hace días, un humilde nacimiento preside el recibidor de aquel hogar. Es la decoración contenida que necesitan para celebrar el día de Reyes por primera vez desde la muerte de Clemente. El recuerdo del artesanal pesebre, elaborado por el marido de Isabel cuando sus manos aún eran fuertes, impele a Lu a vivir el momento. A invitar a casa a un hombre que ansía conocer mejor.

—¿Sabes lo que te digo? —comienza Lu arrancando de cuajo la protección de su pantalla emocional—. Esta noche vienen los Reyes, y he pensado que quizá mañana pudieras pasarte a tomar el roscón con nosotros, en casa de Isabel.

Lu casi puede escuchar los sonidos de la mente del sargento al dudar sobre aquella invitación disfrazada de dulce escarchado. No ha visto la proposición venir y se queda ahí plantado admirando la grandeza de esa mujer menuda. La respuesta del sargento tarda en llegar. Se queda congelada. No porque Trieste valore las derivadas de comerse un roscón sin gluten con ella, que también. Simplemente se detiene en averiguar de dónde sacará un regalo a esas horas. No puede presentarse en casa de Isabel con las manos vacías.

Trieste sonríe un poco ausente antes de responder porque, en efecto, no hay nada que le impida tomar café con una amiga. Alguien que ha dejado de ser persona de interés en el caso Dorado.

—¿A qué hora dices que me esperas mañana? —responde Trieste por fin.

19

Es 6 de enero, día de Reyes, cuando Trieste llega a casa de los Linares. Es la hora del café, y el sargento sabe que a pesar de haber sido bueno no tendrá regalo, todavía. Sin embargo, cuando Lu le abre la puerta se siente como un niño. Tiembla bajo el traje de las ceremonias de otros.

—Pasa, Pedro —sonríe Lu, bellísima.

Pedro se quita el abrigo, maldiciendo haberse arreglado tanto, y se sacude la nieve y la vergüenza en el felpudo de la entrada. La casa de los Linares parece de nuevo la de una familia. Isabel se mantiene ocupada tras la muerte de Clemente, Izan ve más el agua de la ducha y Lu, esa mujer gris que conoció hace unas semanas, parece haber rejuvenecido a pesar de la presión mediática.

—Te he traído esto. —Pedro le tiende un pequeño regalo a Lu. Se sonroja. Mucho—. Es una tontería.

Al sargento le divierte que Lu lo abra, frenética, tratando de encontrar una calma que ha perdido desde su llegada a Sotillo. No lo consigue, parecer calmada. Y desgarra el envoltorio. De entre el papel sacrificado asoma una cajita con un logo que reconoce de inmediato, el de Cuarto Creciente, y Lu extrae unos pendientes grandes, alegres, familiares. Son idénticos a los que lleva todo el tiempo Alma, la bruja novata.

—Muchas gracias, Pedro. —Le besa en la mejilla.

El beso es fugaz. Suficiente para que la atracción entre ambos cargue el ambiente; y para que el pantalón del sargento encoja unos centímetros.

—Me encantan, pero... —comienza a decir Lu.

—Pero ¿qué? —pregunta divertido—. Ya sabes lo que dicen: lo que va antes de un «pero» queda invalidado.

Ambos estallan en una carcajada, nerviosos.

—Qué risas os traéis vosotros dos, ¿no? —se molesta Izan desde la cocina—. ¿A qué viene tanta chanza?

—Nada, Izan —responde Lu—, que aquí el sargento me ha regalado unos pendientes porque no ha caído en que no tengo los lóbulos perforados.

—¿No tienes agujeros? —dice Pedro cuando consigue recoger su mandíbula del suelo—. ¡Vaya ruina de investigador!

—Todo un lince.

—No te preocupes. Tal vez me arme de valor para hacerme las aberturas. O tal vez no —duda—. Sea como sea, mil gracias por el detalle, de verdad, Pedro. Me han encantado.

—Ten cuidado, Lu —advierte Izan—, que se comienza con un piercing y te conviertes en un colador... Mírame a mí.

Ríen.

—Lamento la torpeza, Lourdes. —Vuelve a ser Lourdes para Trieste, que acerca y aleja a Lu como un yoyó—. Puedes devolverlos si quieres. Creo que ya sabes dónde cae la tienda...

Lu ha lucido desde siempre pendientes de presión. Pequeños, feos, discretos. Pero desde ayer, el día de Reyes, el sargento Pedro Trieste le ha creado una necesidad imperiosa. Y le da susto. No por su terror a las agujas, sino por esa urgencia inexplicable tan suya de querer gustar a toda costa. De buscar aprobación. De esa necesidad, Lu no se ha desprendido aún. Pero el plácet que requiere Lu es uno muy concreto: el de ese armario ropero de metro noventa de traje desfasado.

Lu entra en Cuarto Creciente decidida a devolver el regalo de Trieste. Porque piensa que no procede. Que dónde va ella con esos pendientes tan vistosos, grandes, de colores, cuando su cara puebla todas las portadas de las gacetas del país. Le conviene un complemento discreto, silente. Y no anunciar su llegada como un gato con cascabel. En su lugar, suena la campana tubular con esa musicalidad que le tritura los nervios. Alma se alegra de verla. Sonríe. Lu comparte su alegría. Por su amistad, aunque esa camaradería sea efímera. Las dos saben que la funcionaria se irá por donde ha venido muy pronto. Que Lu se aleje del valle de La Mantequilla es solo cuestión de tiempo, sobre todo ahora que nada la relaciona ya con la desaparición de Lazcano.

—Son demasiado grandes. —Muestra los pendientes en el aire—. No me pegan nada. Parezco una cíngara.

Al depositarlos sobre el mostrador asoma de su muñeca derecha la pulsera de hilo naranja. Lu verifica que está surtiendo el efecto deseado para abrir todos y cada uno sus chakras. Porque se atrae lo que se desea. Y Lu desea y mucho a ese sargento desmañado. Aún no ha acabado la frase y ya se arrepiente. Porque los pendientes «de cíngara» son idénticos a los que lleva Alma en ese momento. Solo que Alma parece haber nacido para lucirlos. Esbelta y grácil con unas gafas de montura etérea, como las de las modelos de óptica de vista perfecta.

—Son preciosos. De hecho, son los que mejor vendo. Solo que tú, Lu, me da la impresión de que eres de ir poco a poco. Y esto, amiga —sacude la baratija, que tintinea alegre—, es pasar de cero a cien. —Le enseña entonces otros pendientes. Menudos, brillantes, diminutos. Son los que Alma le va a colocar en su lóbulo inexplorado.

Alma sale de la habitación y Lu la espera en un taburete. Su amiga regresa decidida con los abalorios, las agujas de perforar y todo lo demás. Lu ha dado por buenas todas las explicaciones: que son hipoalergénicos, que no le dolerá y que cuando la herida deje de palpitar, tras alguna que otra cura, podrá ir probando con cosas más pesadas. Experimentar con otros materiales, texturas y sensaciones. No sabe cuándo, pero Lu tiene la sensación de que han dejado de hablar de pendientes hace rato.

—Allá vamos.

Alma le desinfecta la zona con un algodón empapado en alcohol. Y Lu cierra los ojos, obediente.

—¡Ay!

—Venga, Lu, no seas quejica. Que aún nos queda el otro.

—Au.

—Y dos. Y ahora un té para reconfortar. Lo siento. No me quedan piruletas.

Ríen.

No sabe por qué, pero Alma siempre consigue tranquilizarla. Con su parsimonia aprendida, todo su tiempo del mundo. Con sus movimientos pausados, tiene la virtud de hacerla sentir como si fuera la única persona de la habitación. No en vano, el negocio de Alma se sustenta en la soledad de las personas. En la necesidad de establecer vínculos de confianza, de hacerlos visibles, que sus parroquianos se sientan escuchados. Para Alma, saber leer a sus clientes es clave para interpretar sus necesidades. Y poder imaginarles un futuro brillante por el que pagar en Cuarto Creciente.

—Alma, ¿me echas las cartas otra vez?

La bruja la mira escéptica.

—Anda, va —insiste Lu—. Mira a ver si tus cartas saben decir cuándo se me va a pasar este dolor de orejas.

Alma se resiste porque sabe lo que los naipes deparan a su amiga: agua y fuego. Desvía su atención como en un truco de magia donde los espectadores miran el lugar del escenario equivocado.

—Todo saldrá bien —tranquiliza Alma a Lu, interesada por otro tipo de dolor—. Es normal que estés inquieta, pero las cosas se asentarán en tu vida, tarde o temprano. Mi deseo para ti, Lu, es un final abrupto y un principio prometedor relacionado con el inicio de año.

—Adoro cuando te pones mística.

—El mes de enero es el mes del año más inquietante de todos. Al menos, para mí. Diciembre es el de los buenos propósitos. Y enero es el que da verdadero vértigo porque es un mes ambiguo.

—¿En qué sentido?

—Según la mitología romana, enero era el mes del dios Jano o Ianus. Una deidad que se escenificaba como un ser con dos caras. Una que mira al pasado y otra que mira al futuro. Enero, en cierto modo, me recuerda a ti.

—¿A mí?

—Verás, enero es el mes de las transiciones. El de los principios y los finales. El primer mes del calendario está entre dos años. Como tú, Lu, que no sabes lo que quieres ni dónde estás ni hacia dónde te diriges.

Lu se revuelve como si aquella mujer le estuviera leyendo la mente; la escapada a Sotillo había sido una excusa para imaginarse una vida sin León. Para demostrarse tantas cosas. Para conocer a Lazcano. Para atreverse a vivir. Para ser ella misma.

—En realidad, la etimología de enero no está muy clara. Algunas voces apuntan a que *Januarius* deriva de la voz *Ianus*; otros expertos se decantan por que su origen se encuentra en la voz *Janua*, que significa puerta. Y, por tanto, tiene todo el sentido del mundo que sea el mes por cuya puerta se cuele el principio del año.

—Y eso quiere decir…

—Que originariamente el año no comenzaba en enero, sino en marzo. Porque el calendario primitivo romano tenía diez meses, unos trescientos cuatro días. El mes de marzo estaba dedicado al dios de la guerra Marte, a Martius. Algunas fuentes apuntan a que fue el sucesor de Rómulo quien añadió los meses de enero y febrero para completar el calendario lunar y llegar hasta los trescientos cincuenta y cinco días.

—Pero aun así me faltan diez...

—Claro. Porque aquello ocurrió en el 713 antes de Cristo.

—Pensaba que nuestro calendario era mucho más posterior. Me quedé con aquello del calendario gregoriano, ¿eso cuándo fue? ¿Por la Edad Media?

—Casi. Fue en la Edad Moderna. Gregorio XIII lo introdujo en el siglo XVI, pero pocos conocen que fue Julio César, en el siglo I antes de Cristo, quien impuso el nuevo calendario. Y, posteriormente, los romanos, con su imperio, fueron exportándolo al resto de los territorios conquistados.

—Excepto a China —apunta Lu.

—Y a los países musulmanes. ¿No te parece flipante? En China estamos en el 4723 y en los países musulmanes, en 1447. Todo un viaje en el tiempo en la misma época. Sin salir de casa.

—Pues, chica, la verdad es que no lo había pensado nunca.

—Porque el tiempo es una gran convención. No dejamos de inventarnos mecanismos para dar respuestas a los grandes misterios de la humanidad. Somos una especie muy curiosa. Al fin y al cabo, el calendario primigenio solo pretendía seguir los ciclos lunares para establecer pautas. Los ciclos de la vida y de las cosechas. Si no había qué comer, poco habría que conquistar.

—Y todo esto me lo cuentas por... ¿por mis orejas?

Ríen.

—Mira que estás tonta, de verdad —la reprende con cariño—. ¿Cómo vas? ¿Te duele?

—Casi nada, sigue, anda...

—Te lo vengo a decir por los ciclos lunares, Lu. Creo que he dado con un patrón en el caso Dorado. Las tres personas desaparecidas lo hicieron cuando la luna estaba en cuarto creciente.

—Pero dos de esas tres personas han muerto, Alma. La chica del Este y...

—Sí. Vania. He oído que se llamaba así.

—Y, después, Roberto.

Alma asiente con gravedad y añade:

—Y ambos aparecieron con restos de pigmentos áureos, días después del cambio de ciclo.

Lu abre mucho los ojos. Y ata cabos. Según Trieste, la pérdida de sangre hallada en el vehículo de Luis Gomis no ha sido mortal. Se trata de una gran cantidad de plasma, sí, pero eso solo significa una cosa: que Lazcano, su Lazcano, podría continuar con vida en algún lugar. Quizá por poco tiempo. Si Alma está en lo cierto, el cambio de ciclo lunar marcará para Lazcano una inminente cuenta atrás en las proximidades del Reloj del Fin del Mundo.

—¡Eso significa que Lazcano podría estar en peligro! Tenemos que encontrarle, Alma —exclama Lu angustiada.

—Si al menos supiéramos su signo...

Mirada de expectación.

—¿El signo de Lazcano? —Lu parece confusa—. ¿Para qué?

—Además del ciclo en el que estaba la luna cuando desaparecieron los tres, Vania, Roberto y Lazcano, he podido establecer una correlación aproximada con el signo zodiacal de cada víctima, de las dos primeras, quiero decir. Sospecho que tanto Vania como Roberto habían nacido bajo signos de fuego. Y, si tu Lazcano también pertenece a este grupo, créeme, Lu, que está muy pero que muy jodido.

—Alma, tengo miedo.

La bruja lee a su amiga.

—Lo sé, cariño, yo también temo por ti. Sé que tu elemento es el fuego...

—No me refiero a eso, Alma —desvía el curso de la conversación—; resulta que sí sé cuál es la fecha de nacimiento de Lazcano.

—¿Me tomas el pelo? ¿Cómo vas a saber esa fecha de un hombre del que no conoces ni su cara ni su voz?

—Pues es así. Vi una fotocopia de su documento de identidad. Una ampliación de su carnet sobresalía del expediente enorme que tenía Trieste el día que fui a prestar declaración a la comandancia. No reparé entonces en que aquel documento era del tal Luis Gomis, de Lazcano. No llegué a ver su fotografía. Solo recuerdo intuir, como un fogonazo, la fecha del reverso porque me hizo gracia que los dígitos del nacimiento fueran similares a los de León, excepto que Lazcano es un par de años más joven. Por eso lo recuerdo.

—¿Y esa fecha es?

—16 de abril de 1973.

—Aries. Lazcano es aries, por tanto, es un signo de fuego. Vania era sagitario. También fuego. No puede ser casualidad. Lu, ¿sabrías decirme la fecha de nacimiento de Roberto?

—Puedo hacer una llamada —responde la funcionaria.

Lu regresa blanca como la pared, con la pantalla de su móvil todavía iluminada. Roberto, nacido en agosto, era leo. El fuego era su elemento.

—¿Qué está pasando aquí? —gritan los ojos de Lu.

—Parece que alguien se está dedicando a extinguir fuegos en el valle. La tradición habla de los cuatro elementos: tierra, aire, agua y fuego —se explica Alma—. Los doce signos del zodiaco, trece si incluimos el mío, Ofiuco, encajan en estas cuatro categorías y nos sirven para definir con trazo grueso el temperamento de las personas. Los nacidos bajo signos de fuego se caracterizan por ser personas enérgicas, con carácter. Extrovertidas, entusiastas y con una gran fuerza vital en su biografía.

—Un modo elegante de describir a un hedonista —concluye Lu—. Personas desinhibidas a las que les gusta gustar, seducir. Individuos que paladean el placer, quienes disfrutan del sexo sin ambages.

—Eso es. Es como si alguien estuviera queriendo extraer su fuerza sexual, de algún modo. Pero no sé cómo... Tengo una corazonada y está relacionada con las cartas.
—¿El tarot?
—Más o menos. Vamos a hacer una cosa.
Y la cosa es hacer una videollamada con Delfos.

20

Al segundo tono, Delfos se conecta.

—Holaaaaaa, belleza —exclama jovial.

—Algo feo está pasando en la zona, Delfos. —Alma demuestra con su tono de voz que no hay espacio para gentilezas ni para presentarle a la mujer con la que comparte pantalla en Paria.

Delfos es todo oídos.

—Dispara, niña.

—Necesito que me refresques cómo era la técnica de descomposición de la fecha de nacimiento de una persona para reducirla a un solo dígito y asociarla a una única carta del tarot. No lo he hecho nunca.

—Entiendo. Te refieres al arcano mayor, el misterio profundo que rige nuestras vidas.

La técnica que el profesor le refresca a Alma en la llamada resulta ser la de la correlación de la fecha de nacimiento con los arcanos del tarot, una teoría según la cual a cada sujeto le corresponde un arcano que representa cuáles serán las complicaciones a las que se enfrentará a lo largo de su existencia. La baraja, rememora Alma, está compuesta por setenta y dos cartas. De ellas, veintidós son los arcanos mayores, pero son los primeros nueve arcanos los que simbolizan los portales de entrada a misterios oscuros.

—Arcanos —concluye la bruja novata antes de colgar—, los mismos por los que ingresaremos a lo desconocido. De nuevo, los inicios. De nuevo, las puertas.

Los arcanos como puentes. Acto seguido, y ante la mirada atónita de su amiga, Alma se dispone a hacer números: los cálculos precisos para trasladar la fecha de los tres desaparecidos a las primeras nueve cartas del Tarot Rider, correspondientes a los arcanos mayores. Las cartas más poderosas y determinantes de las lecturas. Alma toma lápiz y papel y anota despacio las fechas de nacimiento de Vania, Roberto y Lazcano. Le da un poco de vergüenza, pero se ayuda con una calculadora porque teme equivocarse.

Lo que sigue son las descomposiciones numéricas resultantes:

Luis Gomis Vidal

16 de abril de 1973 es $16 + 04 + 1973 = 1 + 6 + 0 + 4 + 1 + 9 + 7 + 3 = 31$

Teniendo en cuenta que el desglose de 31 es $3 + 1 = 4$, el arcano mayor que rige el destino de Lazcano es el número 4.

Vania Navickas

El arcano de la profesional del Este, sin familia ni referencias, es por aproximación la carta número 6, los enamorados.

Roberto Costa
El número 1, el mago.

Alma recurre al *Manual de interpretación del tarot*, su sexta edición, aunque se lo sabe de memoria. Es consciente de que el cálculo más relevante es el de Lazcano; todo apunta a que aún continúa con vida.

Según el manual, Luis Gomis Vidal, el arcano número 4, resulta ser el emperador.

—Imposible —dice Alma—. Ha salido el emperador.

—¿Y eso es bueno o es malo? —retruca Lu.

—Ni bueno ni malo. Es raro. Raro porque es una buena carta. Habla de una persona poderosa. Con don de mando. Ambicioso, con coraje y espíritu de lucha —explica Alma.

—Sí, Lazcano era... Es un poco así. —Se encoge de hombros Lu.

—Quizá gracias a su carácter de superviviente tengamos una oportunidad.

Se miran en silencio, graves. Es la funcionaria quien se atreve a romper el hechizo y pregunta por su arcano. Por el arcano que rige los días de la vida de Lu.

Alma suspira. Se toma su tiempo.

Por una parte, porque no quiere decepcionar a su amiga. Por otra, porque, cada vez que roza un naipe, el tarot se empeña en poner una diana sobre la cabeza de Lu. Y verla en peligro es algo que la aterra.

Alma realiza el sumatorio varias veces, despacio, y el arcano mayor de Lu resulta ser la carta número 7. Cuando sale el carro, Alma exhala el aire contenido, fuerte, aliviada.

—El carro —responde Alma—; tu arcano mayor es el carro.

La respuesta no satisface las expectativas de la funcionaria.

—¿Un carro? ¿En serio? Soy aburrida hasta para el nombre de la puerta que va a dar a un misterio insondable.

Lu no oculta su frustración y su sentido del humor ayuda a rebajar el ambiente.

—No, Lu, no te dejes engañar, porque no se trata precisamente de una carta anodina. Los carros llevan ruedas. Y las ruedas denotan movimiento. Lu, tan solo estás inmersa en un proceso de cambio. Y, además, llevas mucho peso. Como las carretas. Tiene sentido.

Aun así, Lu se encona en su falta de exotismo.

—Soy un carro, Alma. ¡Un carro! No me extraña que el cretino de León se largara con otra. —Por primera vez en meses, Lu se permite verbalizar ese pensamiento atravesado en la garganta, como una espina rebelde, que no pasa ni con miga de pan: León la ha dejado—. No sé qué quieres que te diga. Tanto horóscopo, tanto arcano… si todo está escrito desde siquiera antes de comenzar, ¿dónde está la gracia si apenas tenemos margen de maniobra? ¿Dónde queda el libre albedrío?

—Nada es ni tan blanco ni tan negro, Lu. Además, te olvidas de los ciclos lunares —desdramatiza Alma—. Todo saldrá bien, Lu. Confía. Ya verás.

Y Alma ve cómo su amiga se dirige a la salida de Cuarto Creciente reconfortada con unos pendientes discretos en sus agujeros nuevos. Y los pendientes de Pedro, en el bolso pegado al pecho, muy cerquita del corazón.

21

Cuando Alma se queda a solas, marca de nuevo el número de Delfos. Su corazón está a punto de salírsele por la boca. En esta ocasión, pilla a su mentor en el súper, haciendo la compra.

Entonces sí, con las descomposiciones minuciosas realizadas una y otra vez, y sabiendo que tiene algo gordo entre las manos, Alma le explica con libertad para qué necesitaba la teoría de los arcanos. Pone a Delfos en antecedentes:

Dos muertos.

Un desaparecido.

En aquel rinconcito de Paria.

Delfos no da crédito:

—Ahora que me marcho, niña, comienzan a pasar cosas interesantes en el valle de La Mantequilla.

Alma obvia la chanza de su maestro.

—Temo no dar la talla, Delfos.

El sonido de la megafonía del súper anuncia una irresistible oferta de mantecados artesanos.

—Todo esto me supera, Delfos —eleva Alma la voz para hacerse oír ahora sobre las bondades de los polvorones—. Soy una farsante. Soy un chiste.

—No digas eso, Alma. Te has preparado a conciencia. Conozco a pocas videntes que se hayan documentado, que hayan investigado y aprendido tanto como tú.

—Deformación profesional —aclara, triste—. Los periodistas me temo que jamás podemos dejar de serlo. Podemos cambiar de trabajo, pero la vocación nos persigue y nos alcanza como una maldición. Supongo que no puedo evitar interesarme por todo, Delfos, leerlo todo. Investigar cualquier nimio detalle astrológico sobre el tema que me ocupa. Sobre todo, si este amenaza a Lourdes.

La alegría chillona de los villancicos resulta exasperante.

—Estoy pagando en la caja del súper, querida. ¿Qué me querías contar?

El bip bip del punto de venta interrumpe la conversación a cada momento y a Alma le cuesta pensar. Aquel hombrecillo parece estar comprando para un regimiento.

—Las tres personas que te he comentado desaparecieron cuando la luna estaba en fase creciente. Además, todos nacieron bajo signos de fuego.

Bip, bip, bip.

—¿Arcanos?

—Por orden de desaparición: Vania, los enamorados; Roberto, el mago; y la cita de Lourdes, Lazcano, el emperador.

—Hay algo que se nos escapa, Alma. No sé qué tiene que ver la laguna en todo esto, pero nadie escapa al agua, a su poder de atracción.

22

A finales de noviembre, Roberto Costa abrió un ojo. Y después otro. Un dolor de cabeza indescriptible le impedía pensar con la rapidez que necesitaba. Miró en derredor. El espacio no le resultaba familiar en ese momento. Estaba oscuro. Hacía frío. Olía delicioso. A un aroma penetrante, a barrica y fermentos. A tierra, a ciruela. A bayas del bosque. A dinero.

Intentó incorporarse, pero no pudo. Estaba tumbado sobre su vientre, atado de pies y manos con su fular de Hermès. Para que luego dijeran que el lujo no servía para nada. Trató de forcejear con su cuerpo, con sus piernas. No quería romper el pañuelo, pero sabía que su vida estaba en juego. Finalmente, la seda y la lana protestaron ligeramente con un leve chasquido, y Roberto pudo flexionar las rodillas; reptó como una larva sobre el suelo impoluto y liberó su mano izquierda. Otro elegante crujido y el *carré* cedió. Consiguió girar sobre sí mismo y liberarse, entumecido, de su crisálida improvisada. Los ojos de Roberto se habían habituado al espacio; estaba en una bodega, pero ¿dónde?

Roberto desconocía cómo había acabado en aquel zulo exquisito, sin embargo, recordaba al detalle su motivación: encararse con aquel hombre maduro que estaría esa noche en las entrañas de Sotillo. Sabía que su padre se encontraría allí por un soplo desde el interior de The Bridge. Alguien, que le debía un favor, se lo había filtrado. Había coincidido con el actor de pasada en algunos servicios sexuales para la organización en la que trabajaban ocasionalmente como acompañantes o *scorts*. El aspirante a intérprete no tenía por qué mentirle, el hombre que obsesionaba a Roberto figuraba en la lista de confirmados.

Rober no lo pensó mucho más. Tenía que verse con él. Se trataba de su prioridad. Para salir a su encuentro, debería encontrar una burda excusa para faltar a su trabajo oficial; cualquier camelo serviría para burlar a Lourdes Nadal, la crédula de su jefa. Dejó Valencia, la ciudad que le acogía desde hacía unos meses, para verse con él, con su padre. La perseverancia y el azar hicieron que Roberto metiera las narices donde no debía en el interior de una casa de puerta roja.

Después, aquel pinchazo en el cuello.

Frío y paralizante.

Roberto no tuvo tiempo de pensar que el líquido escocía, como en las vacunas que le ponían en su Padua natal no hacía tanto… La puerta roja y el resto del edificio se fueron a negro.

En aquella bodega, Roberto recuperó la consciencia. Junto a ella, el fuego del resentimiento. No era la clase de persona que dejaba las cosas a medias. Sabía que su padre estaba en aquella casa, que era un hombre con poder, que tenía dinero y que era un sátiro. Y quería que pagara por ello.

Roberto también era consciente de que su propia vida estaba en juego. No era estúpido. Alguien que trabajaba para The Bridge le tenía retenido contra su voluntad, tal vez esperando a que acabara la fiesta de aquella noche para decidir qué hacer con el molesto polizón. Debía pensar rápido porque sabía que la organización se protegería como un ser orgánico, que no se andaba con tonterías. Y, en breve, eliminarían cualquier cabo suelto, discordante. En aquellos momentos, Roberto se debatía entre escapar o buscar a su padre. Estaba furioso. Su respiración era sonora, jadeante. El miedo hacía que la sangre le corriera con brío por el cuerpo melifluo, la adrenalina entraba desbocada en su torrente sanguíneo. Había estado tan cerca de desenmascararle… Intuía que aquel hombre era clave. La frustración le consumía. Sin embargo, Roberto apostó por la practicidad. El instinto de conservación, solvente, le conminó a salir de allí. Cuanto antes.

A tientas, Roberto palpó la pared hasta dar con un interruptor. *Voilà*. Una pequeña bombilla iluminó con calidez el habitáculo. Y… sorpresa. Estuviera donde estuviera, allá abajo había una auténtica fortuna en vinos.

Cuando el terror cedió un poco, el hambre entró en acción. Roberto cayó en la cuenta de que llevaba más de un día sin ingerir bocado. Y el frío le tenía preso de una danza involuntaria. Tiritaba. Tomó una botella al azar del primer estante que su escasa estatura le permitió alcanzar. Su mente, aturdida, eligió el caldo que le pareció más caro por forma, etiqueta y color del líquido granate de su interior. La tímida luz que colgaba del techo no dio para leer bodega, añada o variedad. Cuando Roberto la abrió de malas maneras, el aroma y el sabor colmaron sus expectativas de razones: había escogido un vino delicado pero fuerte. Extremadamente caro. Y sonrió. Aun en las situaciones más difíciles las personas no pueden impedir ser quienes son. Y Roberto era un auténtico imbécil. La gula le pudo. Y degolló una segunda botella estampándola contra una mesa limpísima destinada a hacer cualquier tipo de catas. La botella restalló y bebió el líquido de su interior. A borbotones. Aromas discretos pero complejos en boca con un fondo de frutas del bosque. Elegante, con taninos finos y restos de cristales gruesos que no tendrían tiempo de matar a Roberto, quien aún no lo sabía, pero moriría en minutos.

«Enormemente complejo en boca», sonrió complacido. Muletilla que había repetido cientos de veces en veladas con personas relevantes cuando no tenía ni idea de qué decir. Porque el secreto de parecer cultivado radicaba en combinar adjetivos aleatorios con el sustantivo al que acompañaban para provocar en el interlocutor un espejismo de sutileza de la que Roberto carecía. Como calificar una obra pictórica de salada, una hamburguesa de fauvista o una bebida de elegante. El vino enormemente complejo en boca comenzaba a surtir efecto cuello abajo, al menos, como placebo. Sentía que la sangre circulaba briosa y que su cuerpo se desentumecía, pero no era el alcohol, sino la adrenalina. El miedo, en suma. Decidió ponerse en marcha. Echó el último trago, largo, y dejó la botella medio vacía sobre la mesa.

En la penumbra, los ojos de Roberto intuyeron unas escaleras. Se arrebujó en su pañuelo a modo de chal sobre los hombros. Subió el primer peldaño. Cada paso que le acercaba a su libertad, le traía una mezcla extraña de músicas. Sentía la cabeza ligera y se dijo que tal vez no había sido buena idea beber tan rápido con el estómago vacío. Lo que Roberto vería a continuación era poco más que un sueño. ¿Era esa su madre? Ante la aparición de la figura onírica, espigada, Roberto intuyó que algo no iba bien. Sintió una punzada en el estómago y se retorció de dolor. Creyó que se trataba de su intuición, pero, qué va, eran los cristales.

Roberto logró abrirse camino hacia un espacio grande, amplísimo. Cálido, de madera, con luces tenues aquí y allá. La música suave lo envolvía todo como en una ensoñación. Su madre, desnuda, su *mamma*, se llevó el dedo índice a los labios. Acto seguido, le tomó de la mano.

—No hables. Calla. Solo ven —parecía decir el ser dorado.

Roberto se dejó hacer. El pánico fue desapareciendo poco a poco. Se sentía reconfortado por aquella desconocida que no era su madre, que no podía serlo, por la juventud de la estatuilla. El parecido era sutil como el rastro de un perfume delicado. Aquella mujer que le tomaba de la mano supuraba belleza. Sobre el rostro, una clase de tintura a modo de máscara. Un velo dorado que la dotaba de un sentido de irrealidad sexual y atrayente. Por el alcohol, Roberto no pudo reconocer el maquillaje dorado que tantas veces había lucido en sus servicios, el pigmento corporal sumamente conseguido que homogeneizaba a todos los encargos de la velada, como robotitos multiformes. Solo que respetando sus facciones. Sugerentes pero reconocibles. Roberto pensó que aquella divinidad, además de su madre, se asemejaba a una estatuilla de los Óscar. Sonrió. Estaba ebrio.

El trofeo que había reconocido al chico como a un igual guio a Roberto hacia la salida. De camino, dieron a una estancia mucho más amplia rodeada de espejos. Con muebles pesados y elegantes. Confortable. Moderna. Lujosa sin artificios. Cara.

Sin duda, aquel vasto salón era el corazón de la casa, el corazón del laberinto: la sala de juegos. De ella salían numerosas habitaciones en las que se recreaban, en las que Roberto alcanzó a ver conversaciones, escenas cotidianas. En algunas estancias, las menos, se practicaba sexo. Estaba claro que los clientes habían pagado cantidades absurdas para disfrutar de un buen momento con las figuras doradas, sin embargo, que la recreación finalizara en un acto mecánico no era una prioridad para la mayoría de los congregados. Las celebridades jugaban a las muñecas, a recordar vidas pasadas con las que revertir el paso del tiempo, el curso del destino.

En el trayecto, Roberto comprendió de dónde venía la amalgama de melodías que había escuchado desde la bodega. Cada fantasía llevaba aparejada un decorado acorde con cada petición. Con cada gusto, un hilo musical. Un lugar que ya había habitado en el sueño de otros.

Roberto y la estatuilla caminaron como si fueran invisibles. Y en cierto modo lo eran, porque los invitados, enfrascados en sus representaciones particulares, no repararon en la pareja. La maestría de su guía dorada demostraba que aquella mujer sabía manejarse con habilidad por aquel terrario. No como Roberto, que había trabajado para The Bridge en un único espacio y no conocía cómo seguir.

«¿Cuántas reuniones de aquella naturaleza se habrían producido previamente en aquel lugar? ¿Desde cuándo? ¿Cada cuánto tiempo?», pensó Roberto en su recorrido con su Cicerone dorada. De camino hacia la salida presenciaron todo tipo de juegos de poder; conversaciones gentiles, desapasionadas. En una sala, un hombre maduro jugaba con su venus áurea a una suerte de karaoke doméstico. En otra, recreada como una pequeña sala de multicines, dos mujeres maduras compartían una película y un rayado cubo de palomitas, rojo y blanco. En la caja de cartón sus manos habían coincidido y ninguna se atrevía a retirarla, extasiadas por el roce del contacto adolescente. Otro espacio era un banco de un parque, en el que una pareja comía pipas y hablaba de naderías. En otro habitáculo, un hombre tumbado sobre la cama charlaba por teléfono fijo, con cable enroscado, sujeto en la pared, con alguien que estaba a medio metro en una conversación que parecía llevar horas en curso. En la recreación de enfrente, un anciano contemplaba un tablero salpicado de casillas de color negro y marfil mientras esperaba a su acompañante.

—Me tengo que ir —el acento eslavo de la chica sacó a Roberto de su ensoñación.

—¿Te vas a jugar a las damas?

—No, el mío no se anda con rodeos. Al menos... acaba pronto.

—¿Por qué me ayudas? —preguntó un chico que jamás había ayudado a nadie, salvo a sí mismo.

Silencio.

Pasos apresurados.

La figura melada se desvaneció. Más pasos y finalmente un silbido. Alguien sí los había visto, después de todo, y había dado la voz de alarma. Roberto divisó la puerta a lo lejos. No podía creer que hubiera dado con la salida de aquel lupanar. Roberto avanzó. A trompicones, caminó los escasos metros. La distancia se acortaba. Diez, cuatro metros. La puerta principal estaba ya a solo un par de zancadas. Roberto corrió. Suspiró aliviado, casi podía rozar con los dedos el portón que daría al exterior, a su libertad. Alcanzó la salida. Alargó la mano y accionó la manivela y, contra todo pronóstico, esta cedió a la primera. La puerta se abrió con un quejido.

Roberto consiguió salir. Ya en el exterior respiró hondo, con los ojos cerrados. Una profunda bocanada de aire gélido invadió sus pulmones. Lo había logrado. Estaba fuera. A la intemperie. La luna, centelleante, estaba en cuarto creciente. El frío de Paria en invierno le recibió con ardor. Roberto se resguardó en su pañuelo como pudo, una prenda estúpida que se empeñaba en desenredarse y enroscarse en su cuello mientras el viento arañaba su cara y complicaba la huida. Ni rastro del abrigo que su captor le debió de quitar al retenerle en la bodega. Apretó el paso y echó a correr al sentirse amenazado. El viento ululaba, el Hermès le dificultaba la visión. De nuevo, unos pasos le alertaron. Al girarse, un objeto centelleó en la mano de la sombra que se aproximaba como una certeza: la persona que le seguía de cerca tenía un arma. Con todo, no tuvo oportunidad de detonarla. A escasos metros del camino mojado, Roberto resbaló enredado con su propio fular incapaz de maldecir su torpeza.

Roberto Costa murió en el acto al golpear su cabeza contra el cuidado empedrado del patio trasero de la Casa de los Ingleses. El chico tampoco respiró lo suficiente para presenciar cómo su perseguidor introducía su cuerpo en un amplio maletero tras tomarle las constantes. Ni cómo, después de conducir largo rato, la mujer depositó su cadáver en los aledaños de la Laguna Negra.

Lo colocó con cuidado. La mujer con nombre de tempestad perdía uno de sus acompañantes más populares. La ejecutiva negó con la cabeza y acarició con afecto la cara del chico por última vez. También le cerró los párpados. Quería ahorrar a quien le hallara la perplejidad que Roberto lucía en la cara.

23

—¿Me repites la ruta?
—Disfrutar de la naturaleza, comer en un buen sitio, dormir con vistas al Duero y estar de regreso el domingo por la mañana. ¿Hace?
—¡Hace! Suena bien... —Lu accede a la escapada que le ha propuesto Izan para olvidarse de las desapariciones, de las cartas, de la investigación, de Trieste y hasta de sí misma. Un fin de semana para conocer el valle que la acoge y respirar un poco. Un poco de paz, de alegría. De normalidad. Isabel ha insistido tanto...
—Estaba indeciso entre el cañón del río Lobos y la Laguna Negra, pero iremos a la laguna hoy, que ya se puede. —Enfila Izan la carretera—. Es una pasada, ya verás, un espectáculo de la naturaleza. Y, por la tarde, al antiguo monasterio de San Juan de Duero.
—¿Es ese el famoso Monte de las Ánimas de Bécquer? —pregunta Lu.
Izan asiente.
—A ver cómo de valiente me ha salido la chica de ciudad...
—Pues ya te digo yo que regular, aunque un poco de románico no puede hacerle daño a nadie.
Ha salido un día frío pero despejado. Precioso. A estrenar. El sol brilla y Lu entrecierra los ojos sintiéndose a salvo. Pega

la frente a la ventanilla y nota el cristal helado. Disfruta del paisaje. Se deja mecer por el viaje. Ve cómo las nubes juegan con ella y cómo el sol de invierno tímido y lavado la ciega, un poco, haciéndole recordar aquellas escapadas al pueblo que hacía con sus padres cuando el mundo era otro, hace tanto. Un mundo mucho más mullido y habitable.

Le gusta viajar de copiloto. Dejarse llevar. Por una vez, no estar pendiente de todo. Dejar de ser la fuerte, el pilar, el carro que soporta la carga mental de la rutina, la casa, el orden. Eso le gusta, le gustaba —se corrige—, de su vida con León. A su lado, todo parecía estar bajo control. A veces se le olvida. Que no está. Que León ya no está a su lado. Y, mientras él hace su vida, Lu tiene que obligarse a seguir viviendo como si nada. Fingir y planear que es otra persona. Esa que en ese instante viaja a bordo de una cámper Van verde estilo California con un veinteañero que le hace de guía fingiendo que todo está bien. Que Lazcano solo ha sido un sueño. Y que está bien, en alguna parte. Para poder seguir levantándose de la cama. Un día más.

Lu pone la radio. Suena «En el paraíso», de Izal.

En menos de una hora llegan al aparcamiento que precede a la Laguna Negra. Apenas cincuenta y siete minutos son los que separan Sotillo de la Laguna Negra de Urbión. Unos cuarenta y seis kilómetros por la PA-820 que le han sabido a gloria. Aparcan en el estacionamiento e Izan paga el importe del acceso para continuar el ascenso. Cuatro euros por persona.

—Yo invito.

Y a Lu se le derrite el corazón por la ternura de aquel chico que no sabe nada de la vida.

—Son dos kilómetros de subida. Si quieres, podemos tomar el autobús que nos lleva hasta arriba, que nos deja a unos trescientos metros de la laguna, o subirlos a nuestra marcha dando un paseíto. Es un recorrido muy agradable, pero está más empinado de lo que parece.

—Caray, Izan. ¿Por quién me tomas? Que la lesión la tengo en el hombro, no en las piernas —dice Lu, de buen humor.
Ríen.

Entre miradas de complicidad, comienzan la ascensión. Un recorrido mágico y endiabladamente empinado que, en los últimos metros, Lu sube al trantrán. No lo confesaría ni bajo tortura, pero a Lu le pesa el culo. Así que la funcionaria para de vez en cuando con la excusa de tomar fotografías a la densa vegetación de pino albar, más típica del norte de Europa. Cuando llegan, todo lo que le han dicho sobre la laguna se queda corto. Contempla el paraje boquiabierta. El espejo líquido que refleja las montañas que encajan el agua, los picos nevados, los glaciares, el contraste con la vegetación verde, naranja, amarilla. Aquella paz la embarga.

—¿Sabes a qué me recuerda?... —Lu no finaliza la frase porque al voltearse hacia Izan se trastabilla con una raíz. Bracea en el aire, da un mal paso y sus pies arrastran un pedazo de tierra seca que desaparece, pulverizada, bajo sus suelas ínfimas. Izan reacciona a tiempo y la agarra presto. Toma a Lu por la cintura y la atrae bruscamente hacia él para evitar su caída.

Sus narices entrechocan.

—Por los pelos, Lu.

—Ha estado cerca, sí. —Lu siente la expansión de Izan contra sí, su respiración agitada. Se separan sacudiéndose motas de polvo que jamás estuvieron ahí. Lu se siente extraña, no sabría decir si feliz o abatida.

La mañana transcurre sin más incidentes. Comen unos bocatas blandos regados con cerveza tibia en algún risco de la laguna. Por primera vez en mucho tiempo, Lu se siente liviana. Una mujer normal. Las vistas son excepcionales y el agua, de una profundidad desconocida para Lu, ejerce un efecto sedante, hipnótico.

—¿Qué profundidad tiene la laguna? —pregunta Lu.

—La leyenda dice que no tiene fondo, y que hay unas grutas subterráneas que la conectan con el mar. Es nuestro lago Ness particular —bromea—. Aunque, entre tú y yo, no debe de tener más de diez metros de fondo.

—Me quedo con la leyenda, dónde va a parar…

—Desde siempre he oído contar historias terribles relacionadas con este lago de origen glaciar —continúa Izan—. Que si hay una dama que sale por las noches, que si emite malas vibraciones… ¿Sabes? En esta laguna se inspiró Machado para el romance «La tierra de Alvargonzález». Quizá te suene porque se incluye en *Campos de Castilla*.

—Me sorprende usted, jovenzuelo.

—Mujer, otra cosa no, pero la mantequilla y don Antonio aquí son religión. «La tierra de Alvargonzález» es un romance muy triste porque habla de dos hijos que asesinan a su padre por una herencia y arrojan el cuerpo a la laguna. Según la leyenda, los terrenos del legado que tanto anhelaban dejan sorpresivamente de producir y, por hacerte el cuento corto, vuelve un tercer hermano, un rico indiano, y compra las tierras, que dejan de ser baldías.

—Y se lo cepillan, claro.

—¡Claro! Y al final acaba todo como el rosario de la aurora, como te puedes imaginar.

Izan saca su móvil y lee en voz alta desde la aplicación de notas:

«Otro día, los hijos de Alvargonzález tomaron silenciosos el camino de la Laguna Negra. Cuando caía la tarde, cruzaban por entre las hayas y los pinos. Dos lobos que se asomaron al verlos huyeron espantados. Al llegar a la laguna contemplaron un momento el agua tranquila. "¡Padre!", gritaron, y cuando en los huecos de las rocas el eco repetía: ¡Padre!, ¡padre!, ¡padre!, ya se los había tragado el agua de la laguna sin fondo».

—Eres una caja de sorpresas.

—No te creas. Tengo demasiado tiempo libre en la autoescuela y quería ser un buen guía —se disculpa—. Este relato data de 1906, pero la laguna ha dado para mucho más y numerosos escritores, desde Erasmo Llorente a Juan José García, han dejado volar la imaginación sobre estas aguas; la más antigua es la documentada en el *Libro de grandezas y cosas memorables de España* de Pedro de Medina en 1548, quien describió que «en ella han aparecido cosas monstruosas».

Las nubes negras regresan a la mente de Lu. Y cubren por completo el cielo de la Laguna Negra.

Ninguno de ellos quiere pensar demasiado en la muerte de Roberto. Ni en que un asesino anda suelto. La misma persona que pudo atacar a Lazcano.

Como en un acuerdo tácito, resuelven que el caso Dorado no centrará su atención ese día.

No quieren hablar del tema.

Así que no lo hacen.

24

Pasan unos minutos de las cinco de la tarde cuando Lu e Izan llegan al monasterio de San Juan de Duero. Poco antes de que comience a anochecer, Lu contempla el ficticio Monte de las Ánimas que inspiró a Bécquer y puede sentir que en aquel lugar hay algo magnético, telúrico.

La funcionaria intenta distraerse y busca un lugar dónde estacionar la furgoneta. La cámper Van verde es un préstamo de un conocido de Izan y este se ha comprometido a cuidarla. Deciden que la dejarán cerca de allí, en la misma explanada del aparcamiento del monasterio, tras el centro de recepción de visitantes. Recorren el conjunto arquitectónico más rápido de lo que debieran con un ojo en el románico y otro en internet para elegir dónde cenar. El tono amarillento de las piedras juguetea con los cambios de color del cielo. Cae la tarde, lenta.

La mirada de Lu deambula feliz desde los arcos majestuosos del antiguo claustro a la riqueza de su ornamentación. Una vez visto el patio, realizan una visita desganada a la iglesia con templetes en el interior. La solidez del románico y el arte monacal atrapan a Lu mientras Izan permanece insensible a la belleza de las esculturas de los capiteles. Ella se sonríe cuando descubre al chico aplacar el quinto bostezo.

La terrible elección de Izan para cenar, insiste en invitar de nuevo él, no sorprende a Lu. Es un restaurante italiano. Izan ha elegido un italiano. En Paria. Tiene que tragarse sus prejuicios. La calidad del establecimiento la sorprende por las numerosas adaptaciones para celiacos. Cenan animados. La velada ha transcurrido interesante e Izan le ha presentado al enésimo amigo, un cocinero italiano de Perugia que llegó a aquel punto recóndito con la intención de reconstruir su vida tras un devastador terremoto que ya nadie recuerda. Los ñoquis sin gluten no han estado mal, pero ahora le están bailando una tarantela en el estómago a la que, solidario, se ha unido el postre. Ya no tiene edad para cenas tan copiosas, piensa. El lambrusco que les han recomendado desde la cocina no se ha querido perder aquel bendito malestar que la va a hacer caer en la cama como un leño.

Desde el restaurante al aparcamiento donde han estacionado la furgoneta donde pasarán la noche apenas hay un kilómetro, una distancia que cubren paseando en un silencio espeso. Cuando llegan a la cámper Van, mientras Izan fuma en el exterior, Lu se cambia y se enfunda un pijama de unicornios rosa tan calentito como ridículo. Los grandes almacenes y su manía de aniñar a las señoras de mediana edad. Se recoge el pelo de cualquier modo y se arrebuja en la litera de abajo.

Izan no es sutil cuando se deja caer sobre el lecho.

—Buenas noches, Lu.

Silencio.

Izan se queda con las ganas.

Un mensaje ilumina el habitáculo a oscuras.

«Luciérnaga, soy yo. Ayúdame».

Lu se incorpora de un respingo. Rompe a sudar porque sabe quién es su remitente. En mitad de la oscuridad, se las compone para grabar el número en su agenda de contactos como Lazcano Nuevo. Porque tiene la certeza de que se trata de Lazcano. Está segura.

Lu se revuelve en la litera de una furgoneta en la que no quiere estar porque sabe que no puede ser. Izan ronca, ajeno a todo como un bendito. Pero sí. Solo hay una persona en el mundo que la llame Luciérnaga.

Y esa persona es Lazcano.

Ese apelativo, «luciérnaga», ha sido desde el principio una broma privada entre los dos. Surgió de un modo natural, en las primeras fases del tonteo, en esas donde una pequeña anécdota da lugar a un mote cariñoso que unirá a los futuros amantes en una conexión privada, única, cómplice. No es ningún secreto que a Lu le cuesta hacer amigos. Es una limitación que arrastra desde niña. De adulta, se ha escudado en su carácter adusto y en la falta de tiempo; siempre cuidando de los demás, de su madre, de su hermana, de León, de su hija Clara... Pero con Lazcano fue distinto. Conectaron de inmediato porque, gracias a aquellas conversaciones por mensaje, eternas, que podían dilatarse horas completas, Lu se sentía a salvo, en casa. En aquellas charlas mostrarse vulnerable no dolía. En las que Lazcano la ha hecho reír. En las que se lo han contado todo. Lu se abría y le iluminaba en los aspectos más diversos de su vida: desde cómo le había ido el día en el trabajo hasta por qué le entristecían las luciérnagas. Esos pequeños insectos que, para un proyecto escolar, metió de cría en un bote de vidrio. Hasta que ha conocido a Lazcano, Lu sentía haber vivido atrapada en un frasco al que León se encargó de ajustar la tapa. Una luciérnaga de luz cansada. El encuentro en El Remanso, decía Lazcano, serviría para hacerla brillar. Y hacerla sudar de nuevo. Su amante frustrado la bautizó como Luciérnaga. Y Lazcano es el único que la llama por aquel apelativo, Luciérnaga. Tan naif como refulgente.

Por aquella complicidad, el hecho de que Lazcano no se hubiera presentado en Sotillo supuso para Lu una decepción mayúscula. Un golpe a la ilusión, a las posibilidades de quien podría haber sido ella brillando fuerte.

Ese fogonazo, el del rayo del amor, solo ha atravesado a Lu en dos ocasiones: la primera con León; la segunda con Mario, aquel desastre de aventura que a punto estuvo de costarle su rutina. Lu no sabe decir si aquel juego con Lazcano, aquel espejismo, pudiera haber desembocado en otro amor centelleante.

Espera otro mensaje, que no llega.

Solo la oscuridad del desconcierto.

25

A la mañana siguiente, el regreso en la autocaravana parece un funeral. Lu está irreconocible. Seria, huraña. Por su parte, Izan no sabe en qué momento la escapada ha podido torcerse así. Lu no llora porque nunca ha sido de llorar. Ni mucho ni poco. Pero está tan confundida que no queda ni rastro de aquella plenitud que ha experimentado hace unas horas al contemplar la laguna. El grito de auxilio de Lazcano ha ahogado su calma.

Lu oye cómo Izan trata de darle conversación, pero ella está lejos. Apoya la frente en el cristal, de nuevo. El retrovisor le devuelve la imagen de una mujer sin rastro de maquillaje y con la tez apagada.

Lu sabe que el sobrino de Isabel no le quita ojo. Se toca el pelo con un gesto mecánico. Se recoge de nuevo los cabellos en un moño deshecho. Con uno de esos coleteros de silicona, rizados. Esas gomas que fijan el peinado y que, al liberarlo de presión, se diría que nunca estuvieron allí. Una de las pocas cosas de la vida que no dejan huella. Su mente trabaja en bucle.

«Luciérnaga, soy yo. Ayúdame. Luciérnaga, soy yo. Ayúdame. Luciérnaga, soy yo. Ayúdame. Luciérnaga, soy yo. Ayúdame. Luciérnaga, soy yo. Ayúdame. Luciérnaga, soy yo. Ayúdame. Luciérnaga, soy yo. Ayúdame. Luciérnaga, soy yo. Ayúdame. Luciérnaga…».

Llegando a Sotillo, Lu rompe su mutismo para decir:

—Izan, llévame a la comandancia de Paria, por favor.
—¿Tan mal ha ido el viaje que me quieres detener? —Último cartucho.
—Me ha escrito Luis Gomis.
—¿Quién?
—Lazcano o Gomis, el hombre con el que me había citado en El Remanso. Me ha escrito, Izan. Necesito que me lleves a Paria.

Incredulidad.

—Pero… pero ¿ese hombre no estaba desaparecido, Lu?
—Precisamente. Por eso necesito ver a Trieste. Llévame a la comandancia, por favor, Izan. Ahora.

Cuando llegan a la ciudad, el sargento los está esperando en el edificio rosa. Los hace pasar a una sala del segundo piso.

Lu le cuenta lo que sabe.

Trieste sale a por un café para la funcionaria y hace unas cuantas gestiones. Cuando regresa, Lu ya sabe lo que va a decirle: que el número es irrastreable porque el mensaje se ha enviado desde un terminal con tarjeta de prepago. En cambio, el sargento hace algo que Lu no se ha atrevido a hacer desde que su pantalla se iluminara en la furgoneta la noche pasada: llamar.

Pedro Trieste lo hace después de grabar el contacto en su teléfono a partir de los números que le ha cantado Lu de viva voz.

Y llama.

La funcionaria contiene la respiración y cierra los ojos durante los segundos que duran los tonos, una eternidad. Pero no hay suerte.

Una voz metálica y neutra les informa de que el número al que llaman está apagado o fuera de cobertura.

26

No han transcurrido ni veinticuatro horas de la recepción del mensaje cuando Lu le comunica a Isabel su decisión. Se va. La casa de los Linares ha sido poco menos que su hogar en las semanas que la han acogido y en las que han pasado tantas cosas, pero Lu concluye que seguir abusando de su hospitalidad no es una opción. Regresar a Valencia tampoco lo es, de momento. Algo la impele a continuar en el valle de La Mantequilla hasta que se solucione ese monumental embrollo.

Así las cosas, Lu traslada a Isabel su plan vital de las próximas semanas: apurará el mes de enero en la zona, en otro alojamiento, hasta que recobre el aliento. En su trabajo, en un organismo oficial, le comenta, se lo han puesto sencillo para que se tome unos días sin empleo y sueldo hasta que la cosa se calme. Las elecciones autonómicas andan cerca y Lu sabe que tener un enjambre de periodistas zumbando alrededor de una empleada de la Ciudad Administrativa no es plato de gusto para nadie. Ni para ella ni para la institución.

El día en que Lu se muda a la casa de Alma, las obras de construcción del Reloj del Fin del Mundo están próximas a su finalización. De camino a Paria, Lu ratifica que la torre anexa al antiguo lavadero supondrá una atracción lucrativa por su monumentalidad. Lu aminora la marcha para contemplar por la ventanilla el conjunto arquitectónico. El reloj es colosal, piensa sin imaginar que es incluso mayor de lo que Lluvia Sanchis proyectara para Sotillo de Duero.

Dada su monstruosidad, a Lu no le extrañan las primeras voces contrarias a la instalación. Ya comienzan a asomar las primeras sábanas con pintadas en los balcones más cercanos al lavadero. La mayoría de ellas impulsadas por la plataforma Time Out, un colectivo de jóvenes del pueblo.

A pesar de la tensión vecinal, ha calado el relato que Lu da por bueno: el avance en la instalación es frenético. Una grúa inmensa preside el espacio y un ejército de obreros trabaja con denuedo para erigir el esperpento. Lu desconoce que se dan ciertos reveses que contravienen el sueño del alcalde. Esos contratiempos no trascienden porque Rodríguez se encarga de ello. El Reloj del Fin del Mundo, ese que marca los segundos que quedan para que la humanidad desaparezca, víctima de su propia estupidez, ha sido el eje de su campaña. Gracias a la promesa extravagante, la formación Ahora Paria ha conseguido tres procuradores en las Cortes de Castilla y León, más la alcaldía de Sotillo, en los últimos comicios. El alcalde Fausto Rodríguez no se puede permitir ningún percance con su juguete.

Así las cosas, el Reloj del Fin del Mundo iría con diez segundos de adelanto respecto al reloj simbólico de Chicago. Porque el servidor público decía que la muerte llevaba prisa en una España desangrada de población. En cambio, y para cabreo del alcalde, la copia apocalíptica anda con retraso. Los diarios obvian la causa: la cimentación ha dado con agua dulce y esta mana sin control. Nadie parece poder subsanarlo.

Por fin, Lourdes deja atrás el reloj y Sotillo. Cuando llega a casa de la bruja novata, su equipaje desvalido encuentra a una Alma de buen humor. La propietaria de Cuarto Creciente ha despejado la habitación de trastos y ha preparado un dormitorio acogedor.

Tendrían que darle una manita de pintura, eso sí, pero para unos días el cuarto es funcional, y con eso sobra. Su nueva estancia es blanquita y sencilla. Humilde, por no decir económica. Bonita, por el cariño que pone Alma en todo lo que hace. Aunque contra la campana tubular de la puerta del dormitorio Lu no ha podido hacer nada. «Tú verás. Era eso o un atrapasueños *king size*», la ha amenazado jovial Alma, toda amor, toda brazos en jarras. Imposible contrariarla. Por supuesto, el horrendo artilugio móvil ha conservado su lugar de honor en la nueva habitación de Lourdes Nadal porque Lazcano ya puebla de sobra sus sueños sin necesidad de que ningún amuleto le conjure.

Tras acomodar sus pertenecías, toman un té mientras Lu escucha, pensativa, cómo Alma parlotea. Su amiga le relata cómo la construcción del Reloj del Fin del Mundo está dinamizando la comarca. Sonríe al escuchar que algunos turistas, aparte de hablar alto, hacer fotos con el móvil y comprar imanes para la nevera, hacen noche en Paria. De ellos, algunos curiosos han acudido puntuales a hacer cola a Cuarto Creciente para ser los primeros en comprar una réplica en miniatura del enigmático Reloj del Fin del Mundo. Por primera vez en mucho tiempo, Alma Rey ha hecho una caja decente y el dinero le arde en las manos.

Esa noche, a Alma el cuerpo le pide celebrar.

Lu tiene sus reservas, pero la alegría de su casera es innegociable y la arrastra con ánimo festivo.

Alma y Lu saldrán a quemar Paria.

27

Lu y Alma bailan animadas en el Tentaciones de Paria. Un local con bebidas en vaso de tubo y torreznos que haría las delicias de Paquita Salas. Se han tomado unas cuantas copas. Algún chupito. El vino de la cena y las cañas del aperitivo no cuentan. Es viernes y el pub está a reventar. Lu se ha atrevido con los pendientes de Pedro. Se han puesto guapas. Se sienten guapas. Son guapas.

Alma regresa de la barra por enésima vez.

—Es terraplanista, pero me lo voy a calzar igual —dice Alma en la pista de baile. Ebria, su dicción de las erres resulta adorable.

—¿Cómo dices? —pregunta Lu, atontada por el alcohol.

—El amigo de Izan, que está como un queso, pero es tonto el pobre. No deja de hablar de sandeces: de que si la Tierra es plana, de un tal movimiento Time Out y demás teorías conspiranoicas.

Lu mira a su amiga como en trance, borracha como un piojo. Apenas parpadea, trata de mantener la dignidad como puede y apura de un trago el cubata con la mano derecha. Un fino reguero de ron cola acaba decorando su blusa. Accede a acercarse un poco a la barra del local donde un grupo de hombres jóvenes se acoda. Las miran como unos cromañones devorarían unas bayas silvestres, por dulces y exóticas. Que Alma vaya con ella ayuda a esa sensación de euforia nocturna, a la que Lu no acostumbra. La bruja es un plus. Son, a las claras, flores de otro mundo. Demasiado sofisticadas para un viernes normal. «Si se sale, se sale», se han dicho y, como buenos peces de ciudad, andan heladas en sus atavíos.

Cada vez que ríe, Lu hace tintinear los pendientes de Pedro. Porque ha salido a reír hasta reventar. Alma no defrauda y la tienta otra vez con chupitos. Se abren paso, de nuevo, hasta la barra. Allí las esperan Izan y sus amigos. Un grupo heterogéneo de hombres guapos y jóvenes, ninguno con futuro. Lu hace un barrido mental a los resentidos de la marginación y esto es lo que ve: varios antivacunas, más de un empotrador, un terraplanista... Achispada, constata que Izan es el paria del grupo, el «vendido al sistema». Sospecha que la humillación de chistes sin gracia radica en que es el único funcional de la jauría. Unos amigotes que no le perdonan sus dos empleos precarios. «A menudo, es la envidia la que motiva el destierro». Entre ellos, Izan parece distinto. Habla alto, ríe, como forzado para encajar en el clan de inconscientes. Lu ve cómo Izan les sigue el juego y entra en una dinámica de ganarse su respeto.

Los pendientes de Pedro se agitan otra vez cuando Lu cabecea al beber un licor. Otro más. Como las campanas de viento de su dormitorio, los zarcillos obran su magia y el sargento Pedro Trieste entra en el pub. Le acompaña un señor mayor a quien no conoce. Lu piensa qué estrategia de aproximación deberá emplear para que Pedro la vea. Pero no hace falta. Izan lo hace por ella.

—¡Doctor Pardo!, ¡doctor Pardo! —Bracea Izan desde el otro extremo del local—. ¡Qué alegría, hombre! —grita—. Véngase con nosotros.

Y es así como el extraño grupo acaba bailando en el Tentaciones, a ritmo de C. Tangana. Todos a excepción del doctor José María Pardo, el antiguo médico rural de la zona, quien a pesar de haber superado la edad de la jubilación no encuentra el momento para retirarse. Pardo continúa levantándose temprano y yendo a diario a su consulta. «Alguien tiene que atender a los vecinos que deciden quedarse en el valle», es la cantinela aprendida para justificar su vocación. Para eso y para hacer seguimiento a las criaturas a las que ha traído al mundo en décadas de ejercicio. Entre ellas, a Izan. El pueblo le debe mucho a ese médico rural. Y más que nadie, ignora Lu, Pedro Trieste. El sargento pudo conservar la pierna de milagro tras el accidente de tráfico. Como secuelas de aquella caída en moto, Trieste exhibe todavía una ligera cojera. Y una profunda tristeza.

Por la sonrisa torcida de Pedro, la valenciana comprende que aquel médico ha visto más miserias que un confesor. Por sus silencios, el doctor Pardo es una institución en Sotillo y en el resto del valle.

—¿No toma nada, doctor? —pregunta Izan.

—A mis años… No, gracias, hijo. Venía buscando a Fausto, ¿habéis visto al alcalde?

El clan de perdedores niega la evidencia. Hace rato que los chicos han visto marchar al alcalde junto a una mujer atractiva con más peligro que una tempestad. Sin embargo, los jóvenes eligen callar. *Omertà*.

El médico se despide. Cuando el doctor Pardo hace ademán de salir, Lu observa cómo la muchedumbre del bar se abre como lo haría el mar Rojo a su paso. El pueblo reverencia a aquel hombre escueto que atesora más claves que una caja de seguridad.

La noche transcurre vertiginosa y Alma continúa engolosinada con Jaime, el terraplanista guapo.

—Nena, me voy con el amigo de Izan a casa de sus padres, que hoy no están en Sotillo —dice Alma guiñándole un ojo—. Quiero comprobar si, a fin de cuentas, hay vida inteligente… ahí dentro.

—¿Estás segura, Alma? ¿El tal Jaime es de fiar? —pregunta Lu.

—Parece buen tipo.

—Bueno, avísame cuando llegues a su casa. Escríbeme por mensaje la dirección exacta para que te pueda localizar. —Besa cariñosa a la bruja—. Yo me quedo aquí con el sargento un ratito más.

—¿Es de fiar?

—Ya se verá.

Y, a juzgar por la conversación que mantendrán en unos minutos, Lu diría que sí, que el sargento Pedro Trieste es de fiar. Tanto que le entran unas ganas enormes de ser el cayado que equilibra sus pasos.

28

Quizá sea el alcohol, pero la cara de Lu se aproxima a la suya como un meteorito. Es un intento inocente de atrapar una pestaña de la mejilla del sargento. Una pestaña que no existe porque nunca ha estado ahí. Trieste se revuelve incómodo y piensa que a Lu le divierte ese juego de aproximación, ese cuerpo a cuerpo, en público.

Torpe y perplejo, se revuelve contra esa intimidad sobrevenida. Luego la funcionaria frunce los labios y, tras el consabido «pide un deseo», le sopla a medio centímetro de la boca.

Trieste se rehace y la mira de frente, Lu recoge el guante que pende de sus ojos. Se dirigen a un lugar más discreto del bar.

—Y bien, Pedro, ¿cuál es tu historia?

Silencio.

A Pedro se le dan fatal los juegos dialécticos. Y los de cualquier tipo.

—Me refiero a que tú lo sabes todo de mí. La chica de las portadas del caso Dorado y todo eso. Mi divorcio, mi cita con Lazcano… En cambio, yo no sé nada de ti, Pedro.

—Me temo que no soy muy interesante, Lourdes.

«Ya estamos con Lourdes», se desespera.

—Eso lo dirás tú. Hombre, venga. Suéltate un poco, Trieste. ¿Cuál es tu historia? ¿Cuál es tu puente de Madison? —habla el alcohol por la boca de Lu.

—Mi ¡¿qué?!
—Tu puente de Madisooon. —Lu alarga mucho la «o»—. Todos tenemos una historia de amor insuperable que nos supera. Un imborrable.
—Y tú has bebido demasiado...
—Eso es verdad. Pero no se escabulla, sargento...
Trieste se toma su tiempo. Los chupitos le han sentado bien a la funcionaria. Desde que la conociera semanas atrás, aquella mujer parece otra persona. Esa noche de viernes, Lu se ha soltado el pelo y lleva sus pendientes, los que él le compró como regalo de Reyes, y no puede negar que el gesto le gusta. Mucho. También luce una pulsera macarra de hilo naranja que, de repente, parece estar en consonancia con la persona que fue, una chica de extrarradio que se casó bien. Antes de convertirse en la esposa amilanada de un radiólogo. Una mujer desesperada con chaletazo en las afueras.
—¿Y la tuya? —se zafa el sargento y redirige el foco del interrogatorio.
—De eso nada —ríe Lu—, no me respondas a la gallega. He preguntado primero, venga. ¿Cuál es tu historia? No me digas que, de vez en cuando, no piensas en alguien como si fueran a borrarle.
La mirada de Trieste, por deformación profesional, apunta hacia la barra del Tentaciones donde estaba Izan hasta hace un segundo. Ha salido. Prefiere no presenciar cómo acabará la conversación.
—Sí, Lourdes. —De nuevo, es Lourdes—. Pienso en mi mujer. En Carmen. El cáncer se la llevó hace dos años. Y no estuve a la altura. Y sí, pienso en ella todos los días como si fueran a borrarla porque, de hecho, su cara ya comienza a estar desdibujada. ¿Contenta?
Cuando Lu se da por vencida, nadie puede competir con un fantasma, Pedro el triste rebaja su rabia. Y le muestra su herida. Porque el sargento también perdió la cabeza una vez.

Por una compañera de gimnasio de Paria. Lo sabe. «Qué estúpido. Qué cliché». La típica chica curvilínea, operada, prescindible, mil por mil follable. «Al principio fue una tontería», le dice. Miradas. Después, coincidir en la bici estática contigua. Forzar cenas de gimnasio. Instagram. Mensajes directos. Wasaps. Y, de ahí, a la cama. Y Carmen se enteró. Calva como una bola de billar. Y sin un pecho, pero con unos cojones como los del caballo de Espartero. Ni dramas ni ultimátum del tipo: «O ella o yo». Qué va. Solo dijo: «Tú y yo juntos somos más fuertes que todo esto». Aun así, Trieste no pudo escapar de ver a su cliché una vez más. Y otra más. El deseo aullaba en su interior como una sirena imposible de acallar. Trieste se engañaba por aquel entonces diciendo que expiaba su dolor a través del placer. La verdad era mucho más prosaica: adoraba sentir su deseo.

La borrachera se le ha pasado a Lu de cuajo. Escucha en silencio lo que el gigante tiene que contarle. Sabe de qué le habla. Ella también ha cruzado ese puente, del que casi no regresa. Estuvo a punto de abandonarlo todo por él, por el tópico, por Mario. Arriesgar familia, amigos, trabajo.

Finalmente, no imperó el sentido común. Lo hizo la cobardía.

Ajeno al drama que Lu vivió hace quince años, Trieste continúa:

—El día que los médicos desahuciaron a Carmen iba a cenar con Davinia. Da-vi-nia —pronuncia muy despacio cada sílaba—. ¿Te lo puedes creer? La tensión de la doble vida pudo conmigo. Y tuve un vahído. En la moto. La hostia casi me cuesta la vida. Y la pierna. Por ese orden. De ahí mi cojera. Y mi enfado crónico. Y sí, respondiendo a tu pregunta, mi mujer es la historia insuperable que me supera. Todos los días pienso en Carmen como si fueran a borrarla. Todos. La expulsé de mi lado cuando más me necesitaba. Ella me perdonó. Yo aún no lo he hecho. —Pedro baja la mirada—. ¿Sabes?

Durante algunos minutos al día consigo no pensar en ella. Solo unos pocos. A veces hasta varias horas seguidas. Entonces viene un cambio de tiempo, de estación o de humedad, esta maldita lluvia que siempre azota al valle, y la pierna izquierda me lo recuerda. Me recuerda lo que hice, que soy una mierda.

Para a tomar aire, desfondado, y apura de un sorbo su cerveza caliente. Prosigue:

—Bueno, pues ya lo sabes, Lourdes. Supongo que no era lo que esperabas. ¿Y ahora qué? ¿Cuál es mi película favorita?

El sargento Trieste sabe que ha echado el resto, y ha excedido cualquier límite de intensidad aceptable. Que es lo último que necesita una mujer que está tratando de encajar, de ser amable, jugando a preguntas sin respuesta. Una dinámica que no domina por falta de horas de vuelo. Por eso, Pedro no la deja responder y se disculpa:

—Lamento el arrebato de sinceridad, Lourdes. Es la primera vez en años que le cuento esto a alguien. Bueno —matiza—, ahora solo lo sabéis tú y el doctor Pardo. Nadie más sabe qué hacía yo un día de lluvia huyendo sobre mi moto. Al tiempo, tras el accidente, cambié la Triumph por la furgo.

—Un momento, ¿la cámper es tuya?

Él asiente orgulloso.

—Sí, tengo una autocaravana. Modelo California 2006. Verde. Es de segunda mano. No sabía cuánto me iba a durar el sueño romántico de tener una casa sobre ruedas —sonríe como un niño—. Soy de tomar riesgos pequeños, aquí donde me ves.

La música del pub se apaga. Es hora de cerrar.

Ambos se dirigen con pasos calmos hacia sus respectivos coches dilatando la espera, resistiéndose a despedirse. Trieste juguetea con sus llaves. Lu alza los ojos. Sus miradas se entrecruzan.

Es el momento del beso.

Un zumbido como el aleteo de una luciérnaga se cuela en la escena.

La funcionaria sortea la mirada del incendio de los ojos de Pedro y la centra en su bolso. En el fondo, su dispositivo continúa iluminado.

Su rostro cambia, demudado.

Ha recibido otro mensaje. Trieste no acierta a leerlo, pero ve quién es el emisor, un número que Lu ha grabado como «Lazcano Nuevo».

Lu le acerca la pantalla a Pedro y le clava una mirada de súplica.

Hace un frío de mil demonios.

El mensaje que ninguno de los dos se atreve a pronunciar es el que sigue:

Sábado, 24 de enero a las 02:56.

Lazcano Nuevo:

«Luciérnaga, soy yo. Tienes que ayudarme. Por favor, ven. Ayúdame».

29

Es lunes y al alcalde Fausto Rodríguez tantas noticias feas le vienen mal. Al hallazgo meses atrás del cuerpo de la lituana —que ya era casualidad que alguien hubiera elegido su pueblo para dejar a esa fulana cerca de la Casa de los Ingleses— se sumaban los continuos retrasos del Reloj del Fin del Mundo. «No está pagado tanto disgusto», musita. Porque el alcalde no percibe retribución alguna, por lo que se ve abocado a compensar su vocación con salario emocional. Una comida aquí, relevancia social allá, y en trazar una nutrida red de contactos por sus constantes desvelos por la comunidad.

El alcalde Rodríguez decide ir paseando hasta el lavadero para interesarse en persona por el estado de las obras del reloj y, de paso, presionar a los operarios con su sola presencia. Tuerce el gesto al comprobar que tiene la instalación cuajadita de carteles de protesta, otra vez. «Esos tarados del Time Out y su fijación con el reloj», se lamenta Rodríguez. Por fortuna, son pintadas sobre sábanas blancas; sabe cómo neutralizarlas con facilidad. Mira a un lado y a otro. Las descuelga con sigilo y se deshace de las telas húmedas ocultándolas tras una caseta provisional de los operarios. Satisfecho por su pericia, telefonea a su secretaria para que cierre una comida con los de la Diputación. A ver si cae de una vez por todas aquella subvención nominativa, que se resiste a llegar.

Una gota helada se estrella contra su nariz afilada. Alza una palma de la mano. Efectivamente, llovizna. Rodríguez maldice por lo bajo. No llueve mucho esa vez. Con el paraguas de las emergencias el alcalde se apaña. Las horas avanzan perezosas; por contra, le complace que el ritmo del Reloj del Fin del Mundo haya mejorado. Hay demoras, aunque, ante la inminente inauguración, son menores de lo esperado.

La coerción tiene mala fama, pero siempre da sus frutos.

Y eso que el jefe de obra de la instalación es duro de roer. Ese andaluz no quiere hacerse responsable de los retrasos ocasionados por la cantidad de agua que no deja de manar desde que comenzaron a perforar. La acalorada discusión de entonces acude avivada por la llovizna a la mente de Rodríguez:

—Alcalde, sé que esto no es lo que quiere escuchar, pero tenemos que parar las obras —le dijo meses atrás—. No deja de salir agua cada vez que sondeamos. Y este hecho no es que ralentice los trabajos, es que es peligroso. El fondo de la edificación es altamente inestable, se trata de toba calcárea, Rodríguez, un material muy maleable. Por la misma razón, por la textura de la roca, avanzábamos tan rápido al principio en las primeras prospecciones. La tuneladora se abría paso en la preparación previa como si el terreno fuera de mantequilla. Pero, ahora, mire cómo estamos, Rodríguez. Tenemos que trabajar con botas de agua, con el complejo anegado. Barro por todas partes, hasta las rodillas. Hemos tenido que instalar una bomba de achique para drenar este desastre... Pero, llegados a este punto, continuar ya no es viable. Insisto, sé que no es lo que quiere escuchar, pero... —se aclaró la garganta— debe saber que hemos encontrado algo más. Algo gordo, ahí abajo.

El servidor público le interrumpió.

—Tiene razón. No es lo que quiero escuchar y no pienso hacerlo. Soluciónelo. Es su trabajo. Ni usted ni ninguno de sus hombres verá ni un duro de la prima que les prometí por acabar en tiempo y forma. Usted verá si le compensa enfrentarse a toda una cuadrilla que ya cuenta con ese dineral, que ya ha hecho sus planes.

El jefe de obra continuó informando sobre la situación:

—¿Ve cómo no escucha? Es que ya no es por el agua. Esto es más grande que usted o que yo mismo, Rodríguez. Trasciende a nuestra voluntad o a nuestros deseos. Le digo que tengo que dar parte al servicio arqueológico de la mancomunidad. Creo que se trata de un hallazgo relevante: una cisterna romana inmensa, antiquísima. Y eso no es todo, ese receptáculo profundo y en buen estado continúa por el subsuelo con una red de canalizaciones. Creemos que podríamos estar ante un complejo sistema de abastecimiento de agua pluvial que ha permanecido oculto a lo largo de los siglos y que podría haber dado servicio, aprovechando el desnivel, a otras poblaciones cercanas a través de unos depósitos menores.

—Eso no puede saberlo.

—Claro que no, no dispongo de los conocimientos ni de los medios para eso, mucho menos para afirmar si esas otras supuestas cisternas han existido alguna vez. Solo puedo decirle lo que he visto y, por las dimensiones de lo que tenemos bajo nuestros pies, la cisterna bien podría haber abastecido a todo Sotillo. Esta mañana he hecho descender una videocámara anudada a una linterna gracias a una cuerda. La grabación demuestra, Rodríguez, que el depósito sobre el que ahora mismo hablamos es colosal. Puede superar fácilmente los doscientos metros cuadrados si, como sospecho, dispone de otros aljibes más pequeños alrededor concebidos para modular la presión hídrica. Estaríamos hablando de cientos, de miles de centímetros cúbicos de agua.

—¿Dónde quiere ir a parar?

—Con una correcta recuperación, este hallazgo sí que sería el reclamo que tanto persigue. Quizá estos tanques superen en tamaño a las cisternas de Córdoba. A las de mi localidad natal. Las de Monturque son unas de las mejor conservadas del mundo a pesar de que durante décadas se utilizaron como osario, como una parte más del cementerio…

—No me dé lecciones. Las ruinas aburren. Solo quiero dar a Sotillo una oportunidad, dotarla de futuro, de espectáculo. De modernidad… Un poco de épica, por favor —zanjó el alcalde—. A ver si nos aclaramos, capataz. Aquí no se avisa ni a Dios, ¿estamos? Esa cisterna, como usted la llama, se conoce en Sotillo desde que el mundo es mundo. Ha estado en funcionamiento de un modo u otro hasta finales del siglo XIX, hasta la epidemia de cólera de 1885. Desde entonces, ese espacio ha sido poco menos que un vertedero y los vecinos han ido arrojando toda suerte de vertidos a este pozo sin fondo. Hasta que mi abuelo, a principios de los años treinta del siglo pasado, decidió cegarla para siempre para evitar que alguien cayera y se tronzara un hueso o una desgracia peor.

—Mire, Rodríguez, ya ni siquiera es por el patrimonio, usted verá lo que hace con este tesoro. Es por seguridad. El Reloj del Fin del Mundo se levanta sobre una superficie de toba calcárea. Eso sumado a unos cimientos muy endebles… Podemos hormigonar, eso sí. Echarle litros y litros de mortero hasta crear una base relativamente estable, pero eso es una chapuza. Porque el hormigón taparía momentáneamente la fuga y su instalación se asentaría sobre la estructura de arcos de medio punto de piedra que sustenta los muros de la cisterna.

»Además de esa cantidad ingobernable de agua almacenada, hemos de sumar la que pasa bajo el puente del río Razón, la que acoge el lavadero y la piscina natural al otro lado del parque…

—El río Razón está anémico, apenas lleva agua.

—La suficiente para que, en el deshielo, ese río renazca en forma de agua de riego para las tierras de la comarca y llene de risas la piscina en la que se bañan los críos en verano —dijo el cordobés, asentado en el valle desde hacía dos décadas.

—En este maldito pueblo ya no quedan críos…

—Sabe de sobra a lo que me refiero —levantó la voz sobre el sonido de la bomba de succión—. Nadie en su sano juicio obviaría el peligro de edificar algo tan pesado como su estúpido reloj sobre un terreno hueco, tan cercano a un río. Si usted quiere ser tan tonto como para despreciar la fuerza de la naturaleza, adelante.

—Nuestro río es la mar de razonable. Jamás permitiría una desgracia.

—Alcalde, ni siquiera usted puede doblegar la voluntad del agua.

Y no hubo más que hablar. Ese hombre, a quien Rodríguez lamenta no haber podido despedir personalmente, se limitó a no aparecer por la construcción al día siguiente. En su lugar, Lluvia Sanchis seleccionó a un nuevo director de proyecto más alineado con el hormigón que con los romanos.

El repiqueteo de las gotas sobre su paraguas hace que el alcalde Rodríguez espabile. Una gota gélida le ataca. Mira al cielo amenazante. Es más que una nube. Aprieta el paso antes de que el cielo se abra y comience a jarrear con ganas. Rodríguez gira a la izquierda y cruza el puente sobre el río que divide Sotillo en dos mitades. Ya apremiado por la furia de la lluvia, corre cómicamente a guarecerse hasta dar con el bar del pueblo. Por la parte trasera del establecimiento ve la hierba que espera renacer como una promesa sobre la piscina natural y el parque con pequeños columpios, tanto tiempo sin niños. Sus pies le conducen a la Casa de los Ingleses como un camino de sobra conocido. Nadie sabe a ciencia cierta a qué responde el apelativo de aquella casa inmensa, de piedra, de puertas y ventanas rojas. De un color cuidado, brillante como un destello.

Corrió el rumor, años atrás, de que una familia británica la había comprado para acondicionarla. Lo cierto es que nadie ha conocido a sus misteriosos habitantes. De vez en cuando, los vecinos dicen ver por allí a Isabel, la dueña de El Remanso. En invierno, la mujer hace las veces de guardesa y vacía las cañerías para evitar que revienten en lo más crudo del frío y caldea la casa elegante cuando se lo piden. Lo que más le extraña a Rodríguez de la vivienda es la cinta estática del segundo piso, que se puede observar desde el enorme ventanal acristalado. «Venirse al campo y comprarse una máquina para pasear a cubierto. Ingleses». Excentricidades aparte, lo único que ha trascendido del interior de la casa es su vasta bodega. Que jamás se ha visto algo igual, que qué lástima de colección de caldos si nunca nadie la bebe ni admira. Y, por lo que dice Isabel Linares, la viuda de Clemente, esos vinos de baratos tienen poco. Pero, claro, qué sabrá esa pobre mujer sobre nada.

A su llegada al bar, el alcalde Rodríguez deja el paraguas goteante en el perchero, empapando el resto de abrigos de sus votantes. Come con profusión y, de regreso, se echa la siesta en su despacho. Cuando abre un ojo, la tormenta no ha mejorado. Tampoco su humor ni los avances del caso Dorado.

A primera hora de la tarde, convoca a Trieste y a Peláez para demostrar quién manda en el valle. Por tensar la cuerda, nada más. El mandamás no traga al gigante Trieste ni a la gorda de Peláez, pero ya se sabe. Más vale malo conocido.

30

Pedro Trieste se agita en la sala de espera del ayuntamiento de Sotillo, donde le ha citado el alcalde. Ha salido de la comandancia sin paraguas y está empapado. La ropa mojada comienza a pesarle, se le pega al cuello, a las piernas y a los brazos y, aunque le cueste reconocerlo, está helado. Una humedad paralizante se le ha instalado en los huesos, como un mal augurio. Desde que ha llegado allí no ha dejado de jarrear. Y de eso ya hace más de una hora. Es la enésima borrasca que azota al valle en unas semanas.

El alcalde Rodríguez le hace esperar como muestra de poder.

Por fin se abre la puerta:

—Esto le queda grande, sargento.

Trieste elige no seguirle el juego y calla. El alcalde zanja el mutismo.

—Veo que viene solo, Trieste. ¿Es que su jefa no se ha atrevido a venir?

—Ya sabe cómo va esto, Rodríguez. Pocos medios, mucho trabajo… Además, estoy aquí por cortesía. No puedo ni debo desvelar ningún detalle que pueda comprometer la investigación…

—Me va a comprometer usted los cojones, Trieste. Que en apenas dos meses llevamos en mi municipio una muerte y una desaparición, al menos que se sepa. ¡Aquí! En esta aldea donde nunca ocurre nada. Y, de repente, esto parece un parque temático para periodistas, hombre.

—Alcalde...

—Y mucho me huelo que la muerte del chaval, ese que apareció en la laguna, haya transcurrido también en Sotillo. He oído que el cuerpo del tal Roberto pudo ser trasladado *a posteriori*...

Estupefacción.

Trieste no da crédito a que ese dato se haya filtrado. En efecto, el cadáver del chico fue colocado allí. La autopsia no dejó lugar a dudas.

—Venga, hombre, no me ponga esa cara ni me vaya a venir con historias ni con lo del secreto de sumario, que uno sabe dónde preguntar... Falta muy poco para la inauguración del Reloj del Fin del Mundo y reconocerá usted que esta situación es muy incómoda para los inversores, para la comarca, para el turismo, en fin, para todos. Que con los cartelitos y protestas de los lumbreras de los negacionistas ya tengo bastante.

—Sí, también he visto las pancartas del movimiento Time Out contra el Reloj del Fin del Mundo —concede Trieste—. Los negacionistas son los luditas del siglo XXI.

—¿Los qué?

—Déjelo.

—Por no hablar —sigue el alcalde a lo suyo— de esa mujer con la que se le ve a todas horas...

—Lourdes Nadal.

Rodríguez asiente.

—Esa mujer, Trieste, me da mala espina. Quizá... esté en el centro de todo.

—Sabe tan bien como yo que Lourdes ya no es sospechosa, Rodríguez. Se descartó que tuviera nada que ver con la muerte del chico.

—Trieste —le interrumpe Rodríguez—, solo le digo que su bragueta no le deja ver con claridad. Piénselo, ¿esa mosquita muerta aparece en este pueblo por arte de magia porque se ha citado con un tipo al que no conoce? Y, ¡puf!, ese caballero se evapora.

Trieste maldice a Isabel y a su falta de discreción.

—Unas horas antes de esa desaparición, en las proximidades de la laguna, se descubre el cadáver de un economista que ha sido el becario de esa mujer. Solo falta que el amante también sea de la misma ciudad que su amiga.

—No estoy autorizado a facilitarle ese tipo de información.

—Solo digo que está demasiado cerca de esa pánfila como para ver nada. Solo eso.

—Y, según usted, ¿qué tiene que ver esa pánfila con la muerte de Vania Navickas?

—¿Con quién? —pregunta el alcalde.

—Con la primera víctima aparecida cerca de la Casa de los Ingleses.

El cuerpo sin vida de la lituana apareció con unos restos de pintura en el rostro que la lluvia y su agresor se empeñaron en retirar. Aquella joven esbelta como la bailarina de una cajita de música había muerto por asfixia. Según el forense que la examinó aún conservaba una expresión de incredulidad, como si pusiera en duda su estado. El experto también extrajo del puño de la chica una elegante tarjeta con un puente ingrávido en relieve dorado. Vania se había tomado la molestia de reducirla a una bolita arrugada y ocultarla, en una especie de intento de ayudar a la investigación desde el otro lado. Por el gramaje del papel y el acabado negro mate, aquella tarjeta de visita arrugada hablaba el lenguaje universal: el del dinero. Al menos, esa fue la primera impresión de Trieste al inspeccionar la cartulina. Una corazonada fue la causante de que Trieste se hiciera con una copia que aún conserva en casa.

—Ah, con la puta... —dice Fausto Rodríguez—. Pues no lo sé, Trieste. Pero si no estuviera tan obsesionado con meter-

se en las bragas de la funcionaria quizá le quedaría algo de tiempo libre para investigar.
—No le consiento...
—Trieste, solo le digo que, como pase algo más en este pueblo, estamos a medio minuto de que la Unidad Central Operativa de la Guardia Civil se haga cargo de la investigación. Y eso, convendrá conmigo, no nos interesa a ninguno de los dos.

31

A mediados de febrero, el Día de los Enamorados, se inaugura el Reloj del Fin del Mundo. Contra todo pronóstico, las obras han finalizado en tiempo y forma. El pueblo se ha engalanado para la ocasión. El ruido mediático por los hallazgos de los cuerpos les ha dado una tregua. Una nueva guerra ha estallado en algún lugar lejano que nadie ubica.

El Reloj del Fin del Mundo es gigantesco. Se erige enmarcado en un escenario extemporáneo. Entre el antiguo lavadero y la escultura de las vacas de bronce. La mala iluminación no ayuda. La torre descomunal desafía el paso del tiempo, fantasmagórica. El reloj continúa marcando fijamente los noventa segundos para la medianoche. La aguja pequeña está casi pegada a las doce, la mayor anda muy cerca. Con lo que ver las dos manecillas en la esfera casi superpuestas produce escalofríos.

Con todo, la fiesta de inauguración comenzará en unos minutos. Lu se está maquillando en el baño de la casa de Alma para acudir a la recepción oficial que el consistorio da en El Remanso. Su amiga, contenta, la apremia. Conociendo a Rodríguez, la celebración posterior a la inauguración estará a la altura de alguna fiesta privada de los Goya. Lu se da los últimos retoques con parsimonia, casi apenada.

Sabe que, tras esa noche, será el momento de poner el punto final a su estancia en el valle y retomar su vida. Quizá por ello paladea los instantes con sus amigos, intenta fabricar buenos momentos. Tras esa fiesta, será la hora de cerrar heridas y temas pendientes. Ya nada la retiene en ese valle de La Mantequilla. Echará de menos a Alma, por supuesto. Algo más a Trieste.

Pero la evocación de esas dos personas imprescindibles en la vida de Lu estará ligada a varias muertes para siempre. Y eso le inquieta.

Llaman a la puerta del baño.

—Lu, llegamos tarde. ¿Te falta mucho? —Alma está nerviosa.

—Un segundo, un último detalle y salgo. —Lu se mira las manos. Suspira y deja la alianza de León sobre la repisa del lavabo—. Ahora sí, ¡lista!

Cuando salen del piso compartido, las campanas tubulares de la puerta las despiden con estruendo. Si tiene alguna certeza es que aquel sonido es lo único que no añorará de ese lluvioso lugar. Suben al Passat destartalado de Alma. Al pasar por la imponente instalación del Reloj del Fin del Mundo hacia la fiesta, los carteles centran la atención de Lu. A pesar de los esfuerzos de Rodríguez por retirarlos, han vuelto a aparecer.

No al reloj. Time Out. Sin tiempo para Sotillo, lee mientras atraviesan el puente de camino a El Remanso.

—Es curioso el fenómeno de las protestas... —continúa Lu mirando por la ventanilla.

—Sí. Y lo bueno es que el pueblo entero sabe quién está detrás de estas patochadas y nadie hace nada... —dice Alma al volante.

—Pues lo sabrás tú...

—Claro que lo sé y, además, de buena tinta... —ríe divertida—, el bueno de Jaime, ¿recuerdas?

—¡Cierto! Ya me contaste que mucho ruido y pocas nueces...

—Estuvo bien. No es mal chico… Después de retozar nos quedamos tendidos hablando hasta las tantas de sus terraplanismos y sus fabulaciones. ¿Sabes? No le culpo. Aquí, en el valle, no hay mucho más que hacer… Entre calada y calada, se ablandó y me dejó caer que detrás de las protestas contra el reloj estaban él y sus amigos del bar.

—Secretos de alcoba a ti… Menuda Mata Hari estás hecha…

Alma prosigue:

—Yo pensaba que Izan y sus amigotes boicoteaban cualquier iniciativa de Rodríguez por sistema, pero fíjate que Izan con el tema del reloj se puso muy serio. Que si el Reloj del Fin del Mundo no iba a traer nada bueno, que si Sotillo se iba a gentrificar… Gentrificar, dicen. Qué ternura. Para eso primero tendría que haber gente… Vamos, digo yo.

—Mujer, pues serán cosas mías, pero últimamente no dejo de ver cochazos por la comarca algunas noches. Quizá, después de todo, la idea del reloj como reclamo sí esté funcionando…

Cuando llegan a El Remanso, Isabel las recibe efusiva y Alma se dirige al vestíbulo de la entrada para colgar los abrigos. Lu pasa lista mental entre los asistentes y advierte, con afecto, que se han ataviado como solo saben hacerlo las personas humildes que anhelan causar una buena impresión.

Lu saluda a los presentes. Al primero al alcalde, sabe rendir pleitesía, quien le devuelve el gesto tendiéndole una copa a la valenciana. El vino y la fiesta le saben a Lu a despedida. Y los disfruta. Acaricia a los invitados con la mirada. Uno a uno. Izan está guapo. Más tranquilo. Con un nuevo tatuaje, un corazón con estética de cómic que acoge un amanecer. Un sol interior que nace en algún ventrículo. Estos dos meses de pérdidas, muertes y desconcierto parecen haber curtido al profesor de autoescuela. Está más mayor. Y con el pelo de persona. Ha dejado de pelearse por unos días con la decoloración y su cabello crece de su color natural, un castaño oscuro que se abre paso brioso con la fuerza de la juventud. A la fiesta también ha acudido la teniente Olvido Peláez, cincuentona, labios rojos, cabellos violín. Pelo corto y rizado, contundente, redonda. Una mujer en un mundo de hombres, soltera y sin hijos por decisión propia. Algo que la convierte para los asistentes de la fiesta en particular, y para los habitantes de la región en general, en una mujer bajo sospecha.

Isabel, por su parte, está radiante. Esplendente. Como si, por un momento, se hubiera olvidado de la muerte de su Clemente, de su dolor, hasta de ella misma.

La fiesta está en pleno apogeo. La alegría abre el apetito.

Isabel saca de la cocina más jamón. También más vino y otras especialidades de la comarca encargadas a la taberna del pueblo vecino.

Lu se acerca a la mesa de los quesos de la región. Allí está el sargento Trieste. Se saludan con un cabeceo. Ambos se limitan a hincarle el diente a los entrantes. Lu teme que Pedro le pregunte por Lazcano y su último mensaje. No tarda en hacerlo:

—Lourdes, ¿ese hombre ha intentado ponerse en contacto contigo desde el último mensaje de la otra noche? ¿Lo has hecho tú?

—No —responde Lourdes—. Ya sabes que siempre que llamo a ese número está apagado...

—Por favor, Lourdes, prométeme que, si recibes otro mensaje o te pide que te reúnas con él, seré el primero en saberlo. De lo contrario, no podré protegerte. He conseguido aplacar al alcalde Rodríguez porque no le gustas un pelo. Por no hablar de que la teniente Peláez te tiene en el punto de mira...

Lu no dice nada.

—Recuerda que la triangulación de tu móvil te situó muy cerca de la desaparición de Lazcano la noche que os habíais citado a tu llegada.

A Lu le parece que los hechos que relata el sargento sucedieron hace un millón de años.

—Pues claro, porque, como recordarás, me hospedaba en El Remanso…

—Lu, solo te digo que te andes con ojo.

—No seas paranoico, Pedro, hace casi veinte días del último mensaje y no he vuelto a saber nada. Quizá se trate de una broma de mal gusto…

—Eso es lo que le he dicho a Peláez… Pero ahora en serio, Lourdes, esto no me gusta. Algo me dice que hay una conexión rara que conduce a ti, de un modo que todavía no veo. Puede tratarse de una trampa. Prométeme que me llamarás cuando recibas otro mensaje.

Porque Pedro está seguro de que habrá un tercer wasap con instrucciones. Lo que desconoce es que Lourdes ya lo ha recibido mientras hablan.

—¿Prometido? —insiste Pedro.

—Prometido.

Lu conserva una sonrisa tontorrona cuando se dirige al baño con la cabeza ligera. Nada más alejarse unos pasos comienza a sentirse indispuesta. Y es extraño. Lu tiene una mala salud de hierro, pero es firme y fuerte. En su trabajo solían tomarle el pelo porque no había faltado un solo día por enfermedad en todos los años que tenía la plaza; se reían de su sentido del deber, de su disciplina. Ni siquiera con el peregrinaje por las pruebas del hombro había dejado de acudir a su puesto una jornada.

Y ahora, desde que ha llegado a la fiesta, no deja de sentirse frágil; ese malestar, el cuerpo pesado, la cabeza liviana. La sensación de irrealidad, toda esa vulnerabilidad. Quizá ha sido la conversación con Pedro la que la ha noqueado emocionalmente.

O quizá la copa de vino que Rodríguez le ha insistido en apurar.

Ya en el cuarto de baño, se moja la cara, la nuca, las muñecas. El espejo del aseo le devuelve una cara emborronada por el rímel. Abre el bolso en busca de pañuelos de papel para enmendar el desastre cromático. La pantalla iluminada del teléfono en el fondo del bolso le indica el camino como un faro en alta mar. Su mano rescata el dispositivo obviando cualquier otro objeto.

En efecto.

El último y decisivo mensaje de Lazcano ha llegado.

Jueves, 14 de febrero a las 22:24.

Lazcano Nuevo:

«Luciérnaga, se me acaba el tiempo. Ven sola».

Y una ubicación.

La realidad se ralentiza. Trieste le acaba de advertir porque sabe que el mensaje llegaría tarde o temprano. En el baño, Lu se debate unos segundos entre lo que quiere hacer y lo razonable. Sin embargo, la decisión ya está tomada.

Lazcano la necesita y le ha dicho que vaya sola. Y eso es lo que va a hacer.

Su instinto protesta, pero su mente procesa la información tan despacio... Sus piernas, en cambio, se dirigen presurosas hacia la salida decididas a romper una promesa.

Nadie vuelve a tener noticias de Lourdes Nadal cuando se evapora de la fiesta.

Tercera parte

32

A Alma Rey le cuesta elegir una foto de su amiga que compartir en las redes y medios de comunicación para anunciar la desaparición de Lourdes Nadal. Una foto en la que Lu no esté demasiado seria, porque odia las fotos. Alma elige una instantánea que le encanta, del día en que Lu se mudó a su casa de Paria, en la que Lu miraba a la cámara de frente, desafiante, alegre.

Viva.

Con sus pendientes de aro, el pelo todavía en una coleta baja, discreta. Y piensa en cómo ha cambiado su amiga desde el primer día que entró en su tienda reclamando el importe de una actividad que nunca ha llegado a producirse. Cuántas cosas han pasado desde entonces. Qué transformación ha sufrido esa funcionaria apática, cómo se ha forjado esa amistad bonita, plena, entre ambas. Y cómo ella, Alma Rey, la bruja novata, se ha convertido en un ser imprescindible en la vida de Lu en tan pocas semanas.

No puede creer que sea precisamente ella quien esté escogiendo la fotografía de Lu.

> # DESAPARECIDA
>
> Lourdes Nadal Gracia. Responde al nombre de Lu.
> Edad: 43 años. / Altura: 1,60 metros aprox.
> Complexión media. / Color de ojos: Marrones.
> Color de pelo: Castaño. / Melena corta.
> Vista por última vez el 14 de febrero en Sotillo de Duero (Paria).
>
> En el momento de su desaparición, Lu llevaba vestido negro, zapatos de salón granates y un plumífero oscuro.
>
> **Para cualquier información, por favor, llame a la comandancia.**

Al día siguiente de evaporarse de la fiesta, se organiza la primera batida por Sotillo. Alma sabe que es cuestión de tiempo que la zona se llene de nuevo de periodistas por motivos que difieren a los que Rodríguez quiere, su maldito reloj. Porque a los medios les arrebata la historia. Y la investigación no puede evitar que las filtraciones acaben en los noticieros. Demasiado jugosa. Al calor del drama, acuden medios de diferentes puntos de España. Las unidades móviles lo toman todo, deseosas de sus conexiones en directo, como abejas a la miel. La historia lo vale: la funcionaria que ha estado relacionada con el caso Dorado ahora también se volatiliza en misteriosas circunstancias. Lourdes Nadal fue vista por última vez saliendo de la celebración que acogía El Remanso dos noches atrás.

Alma reparte los carteles con la cara de su amiga a cualquiera que se cruce a su paso.

—Han venido voluntarios de todas partes, Alma. La encontraremos. —El sargento Trieste la conforta un poco—. También he informado a la familia Nadal.
—¿Cómo está su madre? —pregunta Alma.
—Atendida. No te preocupes. He hablado personalmente con ella. Al parecer, la hermana menor de Lu ha volado en las últimas horas para estar con ella. Marta también se ha encargado de alertar a la hija de Lu en Londres.
—Sí, a Clara… —Baja la mirada Alma—. Gracias, Pedro, por encargarte.
—Es mi deber…
Alma sonríe quedamente. Los dos callan por un segundo.
—A quien no hemos podido localizar es a León, su exmarido… —dice por fin Trieste.
Pero Alma no quiere escuchar siquiera hablar de León. Está arrasada. El dolor, que la ciega, habla por ella:
—Estas batidas no sirven para nada, Pedro. Lo sabes tan bien como yo.
—No seas negativa, mujer. Solo es el primer día de búsqueda y hay mucho terreno por peinar.

En los días sucesivos, Alma ve cómo hasta seiscientas personas se unen para buscar en diferentes dispositivos a Lourdes Nadal, la mujer con más mala suerte del planeta. Trieste le cuenta, aunque no debería, que la triangulación de la señal del móvil de su amiga se pierde en un camino rural, en un desvío en medio de la nada. Entre Paria y Sotillo de Duero.
Alma solo tiene ganas de llorar. Observa la escena ausente, ajena a todo. Mira a todas esas personas, a esos desconocidos. A esa jauría humana. No reconoce a nadie salvo a Isabel, a Izan, a la camarera del bar de Valdeavellano y a alguna que otra persona cuyo rostro le es familiar, curiosos de la zona. No es raro. Imposible conocerlos a todos. Son un total de

cuatrocientos cincuenta voluntarios, algunos con sus propios vehículos. El resto, hasta completar la desorbitada cifra, personal de Protección Civil, Cruz Roja y Guardia Civil a los que se han unido más efectivos policiales. Alma no entiende nada. De dónde sale toda esta gente.

Un asistente de la fiesta que persigue sus diez minutos de gloria se va de la lengua. Trasciende que las últimas personas que han visto a Lourdes con vida estaban en la celebración de El Remanso. Esas personas resultan ser Isabel, Rodríguez, Trieste, Alma y Jaime Estrada. El Jaime de Alma. El guapo terraplanista, hijo de la teoría de la conspiración, con el que la bruja tuvo un lío fugaz como una bengala. El mismo chico que protesta con virulencia contra el Reloj del Fin del Mundo.

El interrogatorio de Jaime da sus frutos y arroja algo de luz: vio caminando a Lu con paso errático por Sotillo mientras atravesaba el puente que divide en dos el municipio. Aunque esta pista no logra esclarecer gran cosa, tan solo corrobora la ubicación de la señal del teléfono de Lu en el momento de su volatilización.

Todo parece conducir a un callejón sin salida.

—¿A dónde ibas, Lourdes? —llora Alma—. ¿A dónde?

33

Pasan las noches. Las batidas en busca de Lourdes Nadal no dan resultado. Los helicópteros y drones se retiran al cuarto día por las lluvias. Al quinto, los perros. Sin olor, imposible seguir ningún rastro. Se cansan los voluntarios. Dimiten los cánidos. Cesan las vigilias por Lourdes. Se apagan las velitas que ya no titilan a merced del viento. Los peluches acumulan polvo y humedad, como chuchos abandonados. Los carteles con la sonrisa forzada de Lourdes se ajan. Ni rastro de los ramilletes de flores baratas. Los periodistas se marchan. Y, con ellos, esa alegría extraña que trae consigo, como pegada, la gente de la farándula. Se llevan sus furgonetas de parabólicas blancas, de conexiones milimétricas en la duración y en la gravedad impostada.

Se marcha el ruido y la prisa. La información de *clickbait*. Las noticias malas.

34

Con la desaparición de Lourdes Nadal todo se complica. También para Trieste. La cabeza le estalla. La pierna le mata. Su cuerpo solo exterioriza una realidad inminente que su mente se resiste a aceptar.

Trieste sabe que su relevo del caso Dorado era cuestión de tiempo. La desaparición de Lourdes solo ha acelerado el proceso. Ha activado el radar de la UCO. Se diría que la Unidad Central de Operaciones de la Guardia Civil ha escuchado los alaridos de Rodríguez desde Madrid al maldecir otra mancha en su municipio.

En ese momento, en el que Trieste espera en la sala de reuniones de la comandancia junto a Olvido a que les den la noticia, Pedro empatiza con un agente de la Guardia Civil anónimo. De pronto, siente en sus carnes por lo que debió de pasar el cabo de Vinuesa que encontró el primer cuerpo. «Muchas gracias por los servicios, paleto. No moleste». El hallazgo de los restos de Vania, los primeros con pigmentos, había sucedido meses atrás. Entonces, él mismo y Peláez se hicieron cargo de la investigación desde la comandancia de Paria. Acto seguido, lo normal: entró en acción la científica y se abrieron diligencias desde el Juzgado de Instrucción de Burgo de Osma y la Fiscalía de la Audiencia Provincial. Pero con la desaparición de Lourdes Nadal, una mujer de otra ciudad, la cosa ya se ha salido de madre; excesivas conexiones demasiado jugosas para la prensa. Y, como si de una profecía se tratara, Trieste refresca la advertencia de Rodríguez en su despacho de la alcaldía: «Solo le digo que, como pase algo más en este pueblo, estamos a medio minuto de que la Unidad Central Operativa de la Guardia Civil se haga cargo de la investigación. Y eso, convendrá conmigo, no nos interesa a ninguno de los dos». Esa amenaza ha obrado el conjuro y, tras la desaparición de Lu, se han personado en Sotillo un par de efectivos de la UCO.

Han venido de Madrid y se comportan con una desenvoltura y seguridad de quien se sabe en superioridad de condiciones. «Parecen sacados de una serie, los muy desgraciados», piensa Trieste al verlos entrar por la puerta de la comandancia. Porque que ese calvo y esa rubia van a adueñarse de su investigación es algo fuera de cualquier duda. Simplemente se da por hecho.

Trieste y Peláez esperan instrucciones sin mirarse, derrotados, en la sala de la comandancia.

—Hoy es el día, Trieste —rompe el silencio Peláez—. Hoy les pasamos el testigo a estos figuras y, a partir de aquí, pintamos menos que una mona.

—Ya lo sé, Olvido. Ya lo sé.

Trieste bufa.

—Vamos, jefa, nos llaman. Buena cara, ¿eh? No nos queda otra.

Por supuesto, buenas palabras. «Somos compañeros». Puesta al día de las investigaciones, evidencias, expedientes, sospechosos, posibles móviles... Y a correr. La reunión de traspaso con la UCO va bien. Sorpresivamente bien; tensa pero afable. Y más larga de lo que el sargento ha previsto. Al parecer, el Ministerio del Interior tiene los ojos puestos en el caso Dorado. Hay voluntad y la reunión con los agentes ha durado más de cuatro horas. «Teniente, sargento, gracias por su contribución. A partir de aquí, seguimos nosotros. Por supuesto, contamos con su colaboración como apoyo local por su conocimiento del terreno para cualquier cosa que podamos necesitar».

«Y una mierda», piensa el sargento.

Y con ese pensamiento fúnebre que le ha dolido a Trieste más que una patada en la entrepierna, qué dice, más que una patada en la pierna mala, los han dejado a Peláez y a él fuera de la investigación de la desaparición de Lourdes Nadal. Solo que Trieste se ha guardado un as en la manga.

Bueno, quizá dos.

Tal vez tres.

Trieste fuma despacio y recapitula lo que ha olvidado oportunamente mencionar a sus compañeros: primero, los mensajes de Lourdes con Lazcano; segundo, la certeza de que el bolso de Lourdes no ha aparecido hasta la fecha —los nuevos investigadores no lo echan de menos porque no saben qué se llevó consigo Lourdes de la fiesta—; y, tercero, la foto de la tarjeta de visita que Vania ocultaba en su puño cuando murió y que fue hallada con el cuerpo cerca de la Casa de los Ingleses.

Su instinto le dice que ese trozo de papel es relevante en el caso.

En realidad, Trieste no ha ocultado ninguna de las tres pistas. Solo se ha limitado a no poner el foco sobre ellas. Y, en el caso de la tarjeta de visita, a colocarla en el fondo del expediente de la última caja de las diez que se apilan en el sótano. Ánimo.

«Colaboración sí. Idioteces, las justas», piensa un Trieste a quien nadie le ha impedido, con todas las letras, que continúe investigando la desaparición de Lourdes Nadal en su tiempo libre.

Empalma un cigarrillo con otro mientras hace una llamada rápida. Al regresar al aparcamiento, Peláez le mira con idéntica determinación. Parece leerle la mente:

—¿En tu casa o en la mía? —dice la teniente.
—Ay, Olvido, pensaba que no lo ibas a proponer nunca. En la mía. Vamos a la mía.

Trieste arranca el motor.

35

Pocos minutos los separan del piso de Trieste en Paria. Cuando entran en la vivienda, ambos contemplan el mural de pruebas que el sargento ha improvisado en el salón de su casa. Pedro ve cómo Olvido Peláez pone las manos en jarra y evalúa la habitación dislocada: la mesa, las sillas y los sofás se amontonan contra la pared opuesta al mural.

—¿Qué?

—Nada, nada... Sabía que el orden no era tu fuerte, Pedro, pero, chico, es que esto... Esto es una pocilga.

—Anda ya, Olvido. Que he hecho lo que he podido con el tiempo que hemos tenido y me he anticipado a la asunción del caso por parte de los *rock stars*. Así que no me vengas ahora con remilgos.

—Nada, solo te digo que estás viejo, Trieste. ¿Has oído hablar de los tableros en la nube?

—Sé que todo esto —señala el tablón de evidencias— ya no se lleva, pero ¿qué quieres que te diga? —replica encogiéndose de hombros—. A mí, pensar con las manos, jugar a los recortables, me viene bien para pillar a los malos. Las máquinas no pueden hacerlo todo por ti.

—Ya llegará el día, descuida. En fin, ¿qué tenemos hasta ahora? —disimula la admiración que siente por su subordinado por lo prolijo de la recopilación de datos y evidencias.

—Dos muertos y dos desaparecidos. Los cuerpos fueron hallados con restos de pintura dorada en la cara.

Trieste se aleja y ve el mural de la investigación con los nombres, las fotografías, las fechas y las chinchetas que unen con hilos rojos los lugares donde aparecieron los cuerpos de Roberto y Vania. Roberto, en las inmediaciones de la Laguna Negra; Vania, cerca de la Casa de los Ingleses en Sotillo.

Sobre la mesa arrastrada al otro extremo del salón están las pistas sueltas.

Los descartes que no encajan. Entre los ochos y los nueves, y otras cartas marcadas, yace semienterrada la fotografía de la tarjeta arrugada, la que trató de ocultar Vania en su puño en el momento de su muerte. Una pista que Trieste ha impreso en una ampliación a todo color después de que el forense de la autopsia de la lituana, ese viejo amigo, le enviara una foto del hallazgo por mensaje.

—Veamos qué nos estamos perdiendo... —piensa en voz alta Trieste. Sin embargo, el sargento no tiene mucho tiempo para pensar. En ese momento llaman al telefonillo. Con insistencia.

Trieste abre de modo mecánico.

Suena, ahora, el llamador del apartamento. Al observar por la mirilla, unos agitados Alma y Delfos están al otro lado de la puerta. Su imagen aparece deformada a través de la lente como un pequeño ojo de buey.

Les abre la puerta y Alma irrumpe en el salón del sargento sin resuello:

—Todos los desaparecidos lo hicieron cuando la luna estaba en cuarto creciente —espeta Alma, muy grave.

Peláez escruta a los pitonisos como quien mira su zapato tras pisar blando en el parque. Bastante inútil se siente ya como para tener que aceptar la ayuda de un par de videntes.

—¿Qué hacen estos dos aquí?

—Los he llamado yo. Delfos tiene experiencia en casos nacionales de desaparecidos... Además, solo quieren ayudar.

—Ayudar... Si este pobre desgraciado no pudo ver que Isabel no dejaría a Clemente ni después de muerto...

Delfos encaja el golpe en son de paz.

Peláez toma su silencio por bueno y decide cooperar.

Trieste acompaña a Alma a la habitación contigua. Delfos y Peláez los siguen. De inmediato, Alma proyecta el contenido de su tableta en la televisión del sargento. Enseña un mural muy similar al analógico de Pedro, solo que debajo de cada retrato aparece la fecha de desaparición, su fecha de nacimiento y su arcano.

Los investigadores no entienden nada.

—Sabemos lo de la pintura en la cara de Vania y de Roberto —añade Alma.

—Tú y todos los que sigan de cerca la actualidad. El caso Dorado ha estado copando los informativos de este país durante semanas.

—Cuando te pones así de condescendiente no te soporto, Trieste —continúa Alma—. Me refiero a que sabemos cuál puede ser el origen de ese cosmético y que por supuesto hay una conexión, estamos ante un patrón.

Los investigadores alucinan con que Alma haya encontrado el nexo.

—En otra vida fui periodista, ¿recuerdas?

—Al grano —se impacienta Trieste.

—Aquí hay una pauta, algo que se repite. Accidentalmente o no. ¿No lo veis? —exclama Alma tratando de no arrastrar la erre, pero no puede. El rotacismo se le acentúa cuando está nerviosa y le resta credibilidad—. Recapitulando: todos los desaparecidos lo hicieron cuando la luna estaba en cuarto creciente —repite—, y las dos víctimas mortales tenían restos de esa tintura en alguna parte del cuerpo... Y eso solo puede significar dos cosas.

—O alguien los maquilló, los señaló de algún modo que aún no comprendemos para diferenciarlos del resto —deduce Trieste—. O se mancharon al tocar a otra persona que había estado en contacto con la sustancia brillante.

Alma asiente:

—Y, lo que es más importante, los dos fallecidos nacieron bajo signos de fuego. También Lazcano. Y Lourdes. Los cuatro. —Miradas de horror—. En unas horas la luna estará en cuarto creciente de nuevo. Debemos impedir que alguien más aparezca sin vida y con restos dorados en el rostro.

—Me temo que no son solo dos los muertos, Alma. —Delfos se lleva el dorso de la mano a su frente perlada de sudor—. Lamento ser portador de malas noticias, pero ya llevamos tres víctimas; puedo ver cómo a la última chica, a Lourdes, se le ha acabado el tiempo. La manecilla del reloj ha dejado de avanzar para ella.

—¿Y esa mierda qué quiere decir exactamente? —pregunta Trieste, fuera de sí.

—No lo sé. La conexión viene y va. —Delfos responde con los ojos entrecerrados—. Esto no es una ciencia exacta.

—Por favor —truena la teniente de cabellos color violín—, ¡no es una ciencia en absoluto!

—Dejad que se concentre —pide Alma.

Delfos continúa:

—Veo una torre. Veo agua. Veo… veo… un puente. No sé. ¿Tiene algún sentido para vosotros un puente? —dice Delfos, exhausto.

Trieste ve cómo la teniente Olvido Peláez está a punto de intervenir. La llamada que se lo impide los deja temblando. Es su contacto del ministerio. Tras una breve conversación, Peláez cuelga. Incrédula, se limita a informar a los presentes:

—Ha aparecido el bolso y un zapato de Lourdes Nadal en los alrededores del Reloj del Fin del Mundo.

—¿Dónde? —quiere saber Delfos.

—Cerca del puente. Flotando sobre el río Razón.

Todos se miran.

Si no resultara tan mezquino, Trieste enviaría a enmarcar la cara de asombro de la teniente Olvido Peláez.

36

Esa misma noche, cuando los demás se han marchado a descansar un poco, el sargento Trieste no puede dormir. Se levanta de la cama y se dirige al salón, cansado de comer techo. Sus ojos enrojecidos no pueden dejar de repasar una y otra vez el improvisado tablero de pruebas de su casa. Trieste es un león enjaulado, y ese tablón, carne cruda. No tiene jurisdicción, no tiene potestad para continuar esa investigación. Es un paria. Pero nadie puede impedirle que haga lo único que sabe hacer: meter la nariz en la vida de los demás un domingo de febrero de madrugada.

Todas esas muertes, que no encajan en ese maldito rompecabezas dorado. Ni las víctimas ni el *modus operandi* en cada una de las muertes —asfixia en Vania y traumatismo en Roberto— ni el lugar donde han sido halladas las víctimas o algunas de sus pertenencias —la Laguna Negra, la Casa de los Ingleses y el Reloj del Fin del Mundo, donde estaba el bolso de Lourdes flotando sobre el río, a escasos metros—.

Tampoco confía ciegamente en las conjeturas de Alma y Delfos, pero, como ser supersticioso trae mala suerte, opta por no descartarlas de momento. Alguien está jugando con ellos al despiste. Lo del pigmento melado es un callejón sin salida. Lo intuye en la pierna mala y en las tripas. Sale a fumar al balcón contiguo al comedor. La luna está en cuarto creciente. La lluvia, agotada, se ha tomado un respiro para regresar con fuerzas renovadas.

Hace unas semanas que Trieste ha vuelto a fumar después de tantos años. Y mira que le revienta haber recaído, porque se lo prometió a Carmen. Le prometió que dejaría el tabaco para esquivar la ruleta rusa del cáncer. Pero nada. Otra palabra rota más en el deber del triste Trieste. No importa, se dice, Carmen no está ya para verlo. Cómo la echa de menos...

Recorre los metros que separan la terraza del tablón de enlaces hasta llegar a la mesa del salón en busca de otro cenicero. El del balcón está repleto de colillas empapadas. Al buscarlo a tientas sobre el caos de la mesa, sus dedos dan con la ampliación de la tarjeta que Vania Navickas, la primera víctima mortal del caso Dorado, escondió en su puño.

Trieste ha dejado la copia de la cartulina en el apartado de los enigmas sin respuesta. El bosque de pistas contradictorias de su escritorio se ha encargado de soterrar la evidencia decisiva. Cuando la recupera, Trieste sabe que ha dado con lo que le quitaba el sueño. Con el cigarrillo entre los dientes que le nubla la visión de un ojo, coge una chincheta roja y coloca la tarjeta bajo la foto de Vania en el corcho que enlaza las pistas. La pierna izquierda se le tensa. Vienen curvas. Trieste lo intuye y se aleja para tomar perspectiva. Y, de repente, el hilo rojo invisible de su cabeza parece unir todo aquel galimatías, que cobra sentido por primera vez. Enciende la luz para tratar de imaginar la textura y el gramaje de la tarjeta real que está en poder de la investigación oficial: papel negro de calidad, de buen grosor, supone que mate con un relieve elegante, imperceptible. «Esto es una tarjeta de visita. ¿Cómo no he podido verlo antes?». Pero no una cualquiera; aquel trozo de papel es a todas luces la de un discreto servicio de acompañantes, de *scorts*.

Se frota los ojos al distinguir el logotipo dorado de una compañía llamada The Bridge. Se trata de una construcción que la mente de Trieste quiere reconocer... Es el puente del

Azud del Oro. Pestañea perplejo porque él mismo ha atravesado paseando de parte a parte ese pontón tan característico. Lo hizo con Carmen. Cuando su esposa estaba sana, cuando eran felices, cuando eran otras personas. Una pareja más, ajena a la muerte y a la enfermedad, que visitaba Valencia en una escapada cualquiera por Semana Santa. Debió de ser, calcula, en las vacaciones de 2009. Las obras de construcción del Azud del Oro de Santiago Calatrava habían finalizado unos meses antes, en diciembre de 2008. Y con aquella pasarela ingrávida culminaba el conjunto arquitectónico de la Ciudad de las Artes y las Ciencias. Una estampa futurista que puso a la capital del Turia en el mapa a un precio que aún continúan pagando los valencianos en la actualidad. Y los hijos de sus hijos. Ese puente en forma de arpa y nombre ampuloso contrasta con el apelativo por el que es conocido en la ciudad: «el jamonero».

Trieste no sale de su asombro. Se mesa los cabellos y exclama perplejo: «Este logotipo es el maldito jamonero».

Valencia. La capital del Turia de nuevo. Se pasea por su salón tratando de dilucidar qué relación guarda un servicio de *scorts* con las víctimas y por qué las cuatro personas, las dos asesinadas y las dos desaparecidas hasta la fecha, Lourdes y Lazcano, han residido en algún momento en la misma ciudad.

—¿Qué tiene que ver Valencia en todo esto? —se pregunta Pedro Trieste en voz alta.

Se enciende otro cigarrillo. Y ya van mil. Y arranca la ampliación de la tarjeta del tablero para verla de cerca. La aleja para enfocar. La presbicia no se apiada de nadie. Ni siquiera de los buenos. Su vista cansada logra encuadrar un número de teléfono.

Busca su móvil. No lo encuentra. Peláez tiene razón: su casa es una auténtica leonera. Tras unos segundos eternos en los que su tensión arterial se dispara al ritmo de sus improperios, el terminal aparece mimetizado bajo una pila de expedientes. Al fin, marca uno a uno los dígitos.

Una voz odiosa le dice lo último que desea escuchar: el número está apagado o fuera de cobertura.

Sin embargo, su mente recuerda algo que sus manos han pasado por alto al teclear, porque Trieste tiene la certeza de que ha visto ese número capicúa en algún sitio. La adrenalina inunda su cuerpo, sus pensamientos están tan arremolinados que no cae en que su teléfono ya ha atado cabos por él, que ha reconocido al usuario de esa línea.

Cuando vuelve a marcar, el número que figura en su pantalla corresponde con el que tiene grabado como Lazcano Nuevo.

37

Lu ha perdido la cuenta de los días que lleva encerrada, del tiempo que ha transcurrido desde su cautiverio. Cuando se despierta aturdida, desconoce que han pasado cinco largos días desde la desaparición más mediática de España: la suya.
Abre un ojo. Está oscuro. Hace frío, huele a humedad y a madera. No se ubica. No sabe dónde está. Le cuesta entender que ya no va de camino a reunirse con Lazcano tras recibir el mensaje durante la fiesta en El Remanso. Un texto que incluía una angustiosa petición de auxilio y una ubicación.
De aquella celebración tan solo recuerda retazos inconexos. Estar hablando con Trieste, mojarse la cara y las muñecas en el baño. Escabullirse sin ser vista, casi de un modo infantil. Ocultarle a Trieste el mensaje poniéndolos en peligro a todos. La urgencia punzante de tener que reunirse con ese hombre, de salvarle como quien salva las fotos de un incendio, con esa pulsión tan suya de arreglar el mundo, de salvar a los demás, excepto a sí misma.
Es inexplicable, lo sabe, pero Lazcano ha establecido con Lu un cordón robusto como una maroma. El hechizo de esas conversaciones en línea tras la separación de León la ha hecho sentir viva, deseada; la ha transportado a otra relación furtiva, la que tuvo con Mario Alonso, su único desliz, quince años atrás. Un amante antiguo que la tocó como nadie más supo

hacerlo. Por alguna razón, Mario y Lazcano son las dos únicas personas que han llegado a conocer a Lourdes mejor que ella misma. Por supuesto, más que León, que no quiso conocerla en absoluto.

De aquellos amores míticos, guardaba para Mario una habitación regia en el palacio de su memoria. No muy lejos quedaba la amplia suite de Lazcano.

Con él, con Lazcano, simplemente había sucedido: se habían encontrado, avistado entre la multitud de las redes. Y ese vínculo con su amante anónimo, esa última voluntad de Lu de materializar su deseo, se había convertido en una condena a muerte que iba a ejecutarse contra Luis Gomis de modo sumario.

Lu se sentía tan responsable de la desaparición de Lazcano... En su zulo, maldice la hora que su bajo vientre accedió por ella a citarse en esa aldea alejada de miradas indiscretas.

—¿Dónde estoy? —gime, mareada.

El dolor de cabeza es descomunal.

Los cinco días que Lu ha pasado en un estado de semiinconsciencia le pasan factura. A pesar de que ha estado atendida, dado que es un encargo importante, la funcionaria ha perdido peso y sus piernas, fuerza. Su organismo no es capaz de eliminar los fármacos a la velocidad que su mente requiere. Su abotargamiento es tan invalidante que no puede moverse, imposible pensar. Vomita. Lu se echa a un lado. Está débil y febril. Le estallan las sienes, pero al menos el dolor de estómago se ha diluido. Reconoce ese frío helador; sus captores, por error, deben de haberle facilitado algún alimento con trazas de trigo. La intoxicación la hace delirar.

Vomita de nuevo. Lu se arrebuja y entra en una duermevela subrepticia, inquieta, ligera, en la que sueña. Sueña que flirtea con Trieste, cuánto le gusta aquel hombre bueno. Fantasea que sus cejas pobladas le hablan, dos cejas que son dos bocas de dibujo animado. Sonríe. Desbarra. Y devuelve por tercera vez.

Sueña que Rodríguez coquetea con ella, con su cara roja estirada y esa nariz de águila. Lu recuerda a Rodríguez ofreciéndole una bebida. «Sí —se dice—. Fue esa copa de vino. Tuvo que serlo». Pero esa certeza se diluye, se va por donde ha venido. No sabe. No ve. Todo se entremezcla y se cruza en su mente.

De aquella noche, solo una reminiscencia queda diáfana: el grito de Lazcano en forma de mensaje de texto.

«Luciérnaga, se me acaba el tiempo. Ayúdame».

Y un lugar.

La ubicación era la Casa de los Ingleses. Apenas diez minutos a pie, a buen ritmo, desde El Remanso.

Nada más salir del hostal tras la fiesta, Lu consultó la hora. Aquella imagen de su muñeca acude, súbita, como un fogonazo: las 00.53. También lo hace el frío terrible, cortante; la humedad que anegaba su prisa. El viento y la lluvia en un baile secreto del que Lu desconocía los pasos. A medida que se alejaba de El Remanso, la luz fantasmagórica del complejo la abandonaba haciendo que la noche se la tragara por completo. Miró al cielo. Empapada, comprobó que la luna ya en cuarto creciente no ayudaba a combatir la negrura. Apretó el paso. Pronto dejaría la fiesta muy atrás. Sus pies crepitaron contra la gravilla. El corazón casi se le paró cuando su teléfono zumbó.

Otro wasap:

«Luciérnaga, date prisa. ¿Dónde estás? MI TIEMPO SE ACAB...».

A las 00:54 Lu fue testigo impotente de cómo Lazcano había pasado de «escribiendo» a la nada. Al silencio más espeso. El mensaje fue enviado por una persona desesperada, que temía por su vida o estaba a punto de morir.

El río Razón bramaba crecido bajo sus pies. Al aviso de las aguas se unió puntual el augurio de Alma. El viento húmedo ululaba la frase que vieron las cartas: «Aléjate de los puentes».

Con los ojos aún pegados a la pantalla iluminada, Lu se trastabilló por un pequeño mareo. Le vino justo para guardar el dispositivo en su cartera, que se le caería un minuto después. Un pequeño vahído la hizo perder el bolso y el equilibrio. Sus pertenencias acabaron engullidas por las aguas furiosas. Tambaleándose, Lu dejó el pontón a sus espaldas y llegó a la piscina natural, en las proximidades de la Casa de los Ingleses. Según la ubicación, Lazcano debía de estar cerca, en el interior de aquella edificación de puertas rojas. La misma que acogía en el balcón acristalado una cinta estática donde el Conseguidor solía correr a cubierto con vistas a los robles, las hayas y los pinos albares. El bosque de la Suiza de Paria.

De aquella noche Lu no recuerda nada más. Solo un cierto malestar. Un mareo definitivo. Visión borrosa. El corazón atronando. Un zapato menos.

Fundido a negro.

38

Desde el lugar de su cautiverio, Lu se incorpora. Se despereza. Alguien la ha tumbado sobre una mesa y las piernas le cuelgan, como las de un títere. Desciende poco a poco. Primero un pie, luego otro. El frío helador le atraviesa los pies desnudos, sin embargo, una sensación de irrealidad la abraza. Poco a poco, sus ojos comienzan a habituarse a la escasez de luz. Fuerza la mirada. Al menos, consigue enfocar. Lu mira en derredor y recorre con la vista un espacio que casa con la descripción de un cuidado almacén de caldos exclusivos. Una bodega.

Sueña que una mujer esbelta y grácil, como la bailarina de una cajita de música, le toma la mano. Su cara es dorada. Es tan bonita que resulta imposible no dejarse llevar por la figura onírica. La estatuilla de los Óscar conduce a una Lu somnolienta a un baño cercano y la introduce en una tina blanca con patas. La sujeción de la bañera imita las garras de un animal mitológico de oro repujado. El agua está caliente. Lu se desmadeja en el baño. El vaho la atempera, como el amor. Una esponja delicada le recorre los brazos, el cuello, los senos. Los movimientos minuciosos de la figura áurea desprenden una entrega calma, la que solo conocen las madres que aman su trabajo. Lu no mueve un músculo para rechazar todo ese amor de la figurilla de Óscar que no tiene edad ni de pensar en ser madre.

La mujer dorada, diligente, le lava a Lu las axilas, después el sexo. Por supuesto el cabello. Con dos pasadas. También una tercera con acondicionador. Después, la joven le adecenta el pubis. Le recorta el vello, delicada. Tras eso, le seca el cabello y le hace un recogido rápido, esponjoso, que deja al aire sus lóbulos desnudos. La figurilla hace ademán de quitarle la pulsera naranja de la muñeca, pero Lu ofrece resistencia. Luego viene la parte del ungüento. Lourdes siente cómo la bailarina dorada la tumba en una camilla anexa a la bañera, en la que caería rendida de puro cómoda si no estuviera ya soñando, y se deja hacer. Masaje a cuatro manos. Otras dos se han unido al ritual. Manos expertas, también de mujer. Ahora son dos los rostros dorados los que la miran, serenos. Pronto serán tres, los óvalos brillantes, al maquillarle el suyo, rostro, cuello y escote, con una pintura untuosa, dorada, extraña. Lu se mira y no se reconoce. Está bellísima.

Parece un regalo.

El regalo de alguien.

Para alguien que ha querido someter su olvido.

Las mujeres doradas le retocan el peinado.

—Ponte de pie, despacio —le ordenan con voz suave.

Lu obedece. Cubren su cuerpo desnudo con un ligero albornoz de seda fluida, negra.

—Está lista, Conseguidor —dice una de ellas.

Lu es ahora un muñequito dorado. Entre las otras dos figuras, Lu parece empequeñecer. Las mujeres que la flanquean son altas, como modelos de pasarela encaramadas sobre tacones imposibles. Han calzado los pies desnudos de Lu con unas sandalias color cámel, sencillas, sin artificio. Con apliques negros y dorados, de tacón medio. Mira el calzado, sedada. Y sonríe a las mujeres con sororidad. Continúa medicada.

En ese estado febril, de duermevela, Lu no es consciente de que nada de eso es un juego. Ni un sueño. Ni de que fue Rodríguez el que la noche de la fiesta vertió en su copa el potente somnífero, que surtió el efecto deseado. Sedación que ha sido supervisada, día tras día, por el doctor Pardo tras la pifia de su intoxicación alimentaria el primer día de su retención.

Ya han rodado cabezas.

Mientras despierta de un largo letargo, Lu está lejos de intuir que un hombre la ha encargado a The Bridge para jugar. Y que será la pieza clave para disputar la partida definitiva de su vida. Solo tendrá que decidir si será de las figuras doradas que avanzan con movimientos rápidos, temerarios, o de los peones que consiguen por desgaste el jaque mate.

Cuando Lu levanta la barbilla maquillada y trata de enfocar, logra entrever que, arriba, alguien la espera. La silueta de una figura imponente aparece recortada en el tramo final de esas escaleras kilométricas que nacen desde el sótano.

—Sube, Lourdes. Ven aquí —dice la sombra.

Lu obedece. Comienza el ascenso sobre sus sandalias cámel.

Ya está a escasos centímetros del quicio de la puerta. Casi puede percibir el olor de aquel hombre poderoso. Tan familiar. Las puertas de la sala regia del palacio de su memoria se abren de par en par para recibir aquel porte, aquella voz, ese aroma.

El hombre le sonríe.

La Lourdes de hace quince años le devuelve la sonrisa.

El hombre que la espera al final de la escalera es su antiguo amante.

Es Mario.

Mario Alonso, su imborrable.

39

Trieste, por su parte, espera en su casa de Paria a que se haga de día. Sabe dónde encontrar a Alma, quien, ajena a lo que acaba de averiguar, estará desayunando unas tostadas con aceite y mermelada en honor a su amiga en Valdeavellano. A la bruja novata continuar con ciertos rituales la ayuda a conservar la paz. Pedro entiende ese modo de mantener a raya la cordura en una investigación que ha puesto patas arriba el valle de La Mantequilla.

Trieste aparca de cualquier modo su cámper Van verde a las puertas de la taberna. Desde que la UCO se hiciera cargo de todo prefiere conducir por sus propios medios. Una decisión carente de practicidad porque las calles de las aldeas en Paria son tan estrechas que cuesta creer que por ellas circule algo más que ganado. Cuando Trieste entra en el bar, Alma está compartiendo desayuno con Delfos. Nadie parece tener prisa hoy por abrir Cuarto Creciente.

La bruja novata mira hacia la puerta. Sus ojos tropiezan. A Alma se le atraviesa el bocado.

No hay tiempo para cortesías.

Trieste los pone al día de lo que ha averiguado la noche anterior: el hombre que se había citado con Lourdes en El Remanso —vuelve a ser Lourdes— la conoce, a todas luces, desde hace tiempo. Aún no ha conseguido unir todos los puntos, pero tiene la certeza de que la desaparición de Lourdes y, probablemente, los dos asesinatos estén relacionados de algún modo con una organización llamada The Bridge. Una red de acompañantes de altos vuelos.

—¿Una red de prostitución aquí, en Sotillo? —Izan arquea una ceja desde el fondo del bar—. Vamos, hombre. Y mi tía Isabel no se ha enterado. —Jaime, su amigo y compañero de mesa, le ríe la gracia.

—Esto no va contigo, chico. Déjanos a los mayores y sigue con tu ColaCao, anda.

—Ya habló el picoleto. Actúas como si Lu fuera tuya.

—Dejaos de estupideces ya —media Alma—. Esto no me gusta. No me gusta un pelo ni esa sociedad de la que hablas ni el flujo lunar.

Delfos asiente con gravedad. Alma continúa:

—Trieste, la luna está en cuarto creciente. Y si… ¿Y si fuera a ocurrir algo horrible antes del cambio del ciclo de la luna?

—¿Y qué propones?

—No sé tú, Trieste —dice Alma—, pero yo me voy a buscarla. Creo que puedo saber dónde está. Dónde la retienen, pero tenemos que esperar hasta que anochezca. No podemos ir allí a plena luz del día.

—Vamos a mi casa. —Se pone la chaqueta Trieste—. Ya tendrás tiempo de contarnos por el camino qué más has averiguado.

Alma, Delfos y Trieste se dirigen a la salida de la taberna de Valdeavellano en silencio.

—¡Esperadme! Voy con vosotros. —Izan se une.

Trieste le mira. La determinación del joven no da opción a réplica.

—Entonces nos quedaremos en mi casa mejor —dice Alma—. No te ofendas, Pedro, pero creo que en la mía estaremos más… —piensa «limpios», dice—: cómodos.

40

Hacen tiempo en casa de Alma hasta que anochece. A las siete de la tarde, de ese mediados de febrero, deciden salir. La oscuridad los engulle por completo. Las averiguaciones de Alma los guían hasta el Reloj del Fin del Mundo. Cuando llegan, la teniente Peláez los está esperando. También una cortina de agua densa, una borrasca terca que no los ha abandonado desde hace cinco días, los mismos que lleva desaparecida Lourdes. No es fácil para Peláez confesarse a sí misma que los ha seguido.

El tiempo apremia. Es complicado determinar quién va y quién se queda en la operación de rescate. Si algo tienen claro los congregados es que los cinco no pueden adentrarse en las tripas del reloj. Delfos se ofrece como voluntario para guardarles las espaldas. Aunque enjuto, no dispone de la flexibilidad que requiere la búsqueda de la funcionaria. Con Peláez la negociación es más dura. No es de las que se quedan atrás, en la retaguardia. Sin embargo, Trieste la hace entrar en razón. La hoja de servicios de su superior es tan portentosa como sus caderas. Ambos prodigios merecen ser preservados de ciertas estrecheces. La expulsión de Trieste del cuerpo por desobediencia pende de un hilo. Peláez aún puede salvarse. Convienen que les hará un mejor papel como respaldo en la superficie. Pactan que, si a la hora acordada Alma, Trieste e Izan no están a salvo en el punto de encuentro, el lavadero, darán la voz de alarma. Alertarán a la UCO.

Con la decisión tomada, Alma enfila la entrada del reloj. Trieste e Izan la siguen.

—Es por aquí, es por esta puerta. —Alma conoce la entrada, más por casualidad que por los astros, y aclara—: Hace dos noches no podía dormir y vi a una mujer rubia salir a fumar por esa puerta de servicio de la torre del Reloj del Fin del Mundo. Esa portezuela pequeña que, una vez cerrada, queda absolutamente encajada en la fachada de piedra del torreón disimulando la cavidad. Jamás habría pensado que hubiera un acceso ahí. Aquella mujer sofisticada, como una *celeb* de Las Vegas —explica Alma—, realizó una llamada corta desde el lavadero. Desde donde estaba no pude escuchar la conversación completa, tan solo retazos. Me pareció que hablaba con un médico sobre una persona que ya estaba mejor de una intoxicación alimentaria, más recuperada… Apagó su cigarrillo con un movimiento rápido de tacón y regresó por donde había venido. El Reloj del Fin del Mundo se la tragó. Ahora estoy completamente segura de que hablaba de Lu.

Trieste se despide de Olvido y Delfos, que, frustrados por no poder ayudar, presencian cómo otros se adentran en las entrañas del Reloj del Fin del Mundo. Peláez y el vidente se guarecen de la lluvia bajo la cubierta del lavadero.

El resto de la comitiva, con una simple inspección al tacto, encuentra el linde de la entrada mojada a pesar de la oscuridad. Han de actuar con rapidez y forzar la cancela sin ser vistos. Izan extrae de su riñonera flúor una llave multiusos. El cielo jarrea con fuerza dificultando la visión. En cambio, la cerradura sucumbe al rápido juego de muñeca del chico.

Trieste suspira. Le enerva la habilidad de Izan.

Se encuentran en el interior de la torre. Miran hacia arriba. El torreón es angustiante, angosto y estrecho como el habitáculo vertical de un aerogenerador. Como la base de los aerogeneradores, la torre del Reloj del Fin del Mundo también cuenta con una escalerilla metálica alargada, gigante, de la cual no se ve el final. El sonido del segundero acelerado del Reloj del Fin del Mundo les estresa el pulso como en un juego de *escape room* en los que Alma solía participar. «The clock is ticking», decía siempre Javi, la expareja de Alma en otra vida. Él y su afición por las novelas de cuarto cerrado, él y sus absurdos juegos de escape. Aprendieron tantos trucos juntos. Tantas horas muertas... Y, de repente, Alma recuerda una argucia que Javi le enseñó y decide probar. «¿Por qué no?». Saca un mechero del bolsillo. Y la llama tiembla. Y, como en un juego de habitación cerrada de los baratos, sabe dónde hallar la próxima pista. Para ello, se roza con Izan. «Ay».

—Perdona, Izan, sal un momento —dice Alma, decidida.

Izan le deja espacio.

La corriente de aire viene de su derecha. Palpa la pared a tientas. La visibilidad es pobre, pero saben que no deben encender la luz para no levantar sospechas. Alma golpea la pared. Toc, toc. Toc, toc. Palpa buscando el hueco. Como tantas veces vio hacer a Javi en las atracciones de *escape room* del barrio de El Carmen. Y da con la tecla. Una pequeña trampilla lateral, que se abre.

Voilà.

El hueco que insinúa un pasadizo largo se encuentra a un metro y medio de altura excavado sobre la pared. Es, a todas luces, una salida de emergencia. Pero a Alma le sirve. Solo puede pensar en su amiga, en Lu, en que aguante lo suficiente y en meterse en esa cavidad, en la boca del lobo. Alma se apoya en Trieste para tomar impulso y ella pasa primero. Esos dos armarios roperos lo tendrán complicado para entrar sin quedar encajados en ese habitáculo en forma de pasadizo. Nada. No hay manera. Alma apenas puede moverse, no cabe por el túnel. La bruja novata vuelve a salir y se desprende del abrigo, del suéter, de la bufanda y del bolso. Sus pertenencias son ahora un montoncito de prendas mojadas en la base del Reloj del Fin del Mundo. Se coloca el móvil enganchado con una cinta a modo de bandolera y anima a hacer lo propio a Pedro y a Izan.

Los hombres la miran atónitos.

—¿Qué estáis mirando? De otro modo es imposible. No cabemos. ¡Venga! Vais forrados de ropa. —Alma nota cómo Izan le clava la mirada y sus ojos se electrifican, conectados. El profesor de autoescuela mira a esa mujer de vaqueros ceñidos y camiseta lencera como quien descubre un nuevo continente.

El ruido sordo de la ropa húmeda al caer devuelve a Alma a la realidad de la torre. Observa cómo esos dos hombres se despojan de plumíferos y abrigos y cómo Izan conserva su riñonera, práctica y hortera.

En esta ocasión es Trieste quien va primero. El argumento de la pistola es irrefutable. Alma le presta su mechero y, acto seguido, es ella quien se apoya en Izan para encaramarse a la entrada del túnel. Por último, el sobrino de Isabel se adentra por la angosta canalización.

Alma pierde la noción del tiempo. Solo sabe que han reptado unos minutos y que el túnel les da un respiro al desembocar en un corredor más transitable, iluminado con sensores de movimiento cada muchos pasos. El nuevo pasillo, aun siendo estrecho, les permite continuar el descenso erguidos; Izan y Trieste con la cabeza gacha. Se fatigan en el transcurso, resbalan, el aire es escaso. El frío les entumece las manos. Alma escucha el roce de los hombros de Izan contra la roca excavada en algunos tramos.

—¿Cuánto tiempo llevamos caminando?

—Calculo que no más de quince minutos —responde Trieste—. Lo suficiente para cubrir unos… mil metros de distancia.

—Pues a mí se me ha hecho eterno —dice Alma.

—Y a mí, es debido al desnivel. Los últimos metros hemos bajado mucho.

Una música suave es la encargada de anunciarles que ya han cubierto el trecho que los separa de su reencuentro con la funcionaria. Por una portezuela se cuela un jazz anodino, como de peluquería fina. Se requiere de la fuerza bruta para que la puerta ceda.

Trieste continúa abanderando la expedición, pero necesita la ganzúa que porta Izan, el último de la fila. El profesor de autoescuela le pasa la llave multifunción a Alma y sus manos se rozan un segundo más de lo necesario. Alma se la pasa a Trieste, cuyas manos no tienen la pericia de Izan y esa cerradura, como la intimidad con una mujer, le incomoda y se le resiste. La postura de Trieste es imposible. La pierna y la dignidad le duelen. La lesión, un poco menos. Y la cuenta atrás por la vida de Lourdes es tan audible como esa música pretenciosa. El frío le entumece las manazas desmañadas y el mechero se queda sin gas. Languidece la llama. En ese tramo, ni rastro de fotosensores. Alma entendería que el sargento estuviera tentado de enviarlo todo a la mierda y reventar aquella puerta a patadas, girando sobre sí mismo, sobre la pierna mala, pero no hace falta. A la enésima maniobra, la cerradura cede y una bocanada de aire nuevo y cálido los inunda.

El primero en salir es Trieste, quien ayuda a Alma. Después, esta hace lo propio con Izan.

Alma está aturdida. Como el resto. Se estira. Se despereza. Tarda unos segundos en aclimatarse y en reconocer, alucinada, el entorno: está en una casa amplia. La música se escucha cada vez más alta.

—Reconocería este lugar con los ojos cerrados —afirma Izan alucinado—. He acompañado tantas veces a mi tía aquí a evitar que las cañerías revienten en invierno…

Alma no le echa cuentas. Su mirada continúa divagando por un salón amplio, de líneas clásicas, pero actual, con un gran balcón acristalado. Sus ojos tropiezan con la cinta estática cubierta por una sábana en la cristalera. De pronto, Alma también sabe dónde se encuentran.

—Estamos en la Casa de los Ingleses —dicen Alma e Izan al unísono.

La melodía resuena abajo con más fuerza. Alma desciende buscando el origen del hilo musical y las notas la conducen a unas majestuosas escaleras que desembocan en una estancia enorme. Una sala diáfana y elegante que no es más que un distribuidor, inabarcable a la mirada. Es la iniciación a un entramado compuesto por diferentes habitaciones, cámaras de placer, tocadores, salas de atrezo, incluyendo la bodega, la cava. Trieste parece leerle la mente a la bruja novata.

—¡La madre que me parió! —exclama Trieste—. Al parecer, esta vivienda está agujereada, conectada. A saber cuántas habitaciones, cuántos pasadizos hay como el que hemos atravesado. La Casa de los Ingleses siempre ha sido un nido de fabulaciones. Pero esto…, ¿quién podría imaginar esto?

Nadie. La respuesta correcta es nadie. Ninguno de ellos estaba en disposición de saber que la madriguera estaba compuesta por dieciséis salas, la mayoría de ellas en la Casa de los Ingleses. Las subsidiarias, en otro par de casas de aquella aldea olvidada. Un pueblo de construcciones restauradas al calor de los fondos europeos, cuyos propietarios estaban deseosos de vender. Aquel entramado pertenecía a The Bridge, una agencia inmobiliaria que, con la crisis de 2008, pivotó de modelo de negocio hacia uno más lucrativo: la venganza contra el olvido. Un ajuste de cuentas disfrazado de agencia de contactos. Porque lo que hacía aquella empresa de *scorts* de lujo iba mucho más allá de un servicio de acompañantes al uso.

Alma mira a Trieste y después a Izan, tocada por la expresión de horror del chico. Izan, quien se ha criado en Sotillo, no puede dar crédito a lo que está viendo: su pueblo natal, un queso gruyer bajo los pies. La indefensión de Izan le hace parecer más pequeño. Un simple crío ante un galimatías de proporciones bíblicas.

La dueña de Cuarto Creciente debe pensar rápido. Es consciente de que sin ayuda externa no lo conseguirán. No lograrán orientarse en aquel terrario. Ni siquiera saben en qué nivel de la organización se encuentra atrapada Lourdes. Pueden estar vagando horas de sala en sala y, en cuestión de segundos, ser descubiertos.

Escuchan unos pasos.

Cada vez más cerca.

Su tiempo y el de Lourdes Nadal se agota.

Su tiempo toca a su fin en las entrañas del Reloj del Fin del Mundo.

41

Una estatuilla de los Óscar parece haberle leído la mente y le brinda su ayuda. Le hace gestos con las manos. Sus ademanes, esponjados, sumados a su delgadez extrema, le confieren un aire de ave exótica a punto de echar a volar. Los tres la siguen con rapidez, sin temor. Imposible hallar en ella un atisbo de maldad. Todo lo ocupa su incontestable belleza. La figurita dorada los conduce a una estancia donde destaca una bañera con patas de oro repujado en forma de garra animal. En la sala hay varias camillas.

En un rápido vistazo, y conteniendo la respiración, Alma distingue productos de belleza por doquier: perfumes, acondicionadores, pinceles, borlas y brochas con las que disimular cualquier imperfección en el caso de que la hubiera. La habitación es una sala de equipamiento industrial donde acondicionar a los encargos dorados. En el camerino, Alma divisa toda una hilera de espejos con bombillas en los marcos donde las modelos pueden maquillar sus rostros, cual soldados, con el unificador tono áureo marca de la casa.

Marca The Bridge.

Soldados con rostros dorados preparados para librar su enésima batalla contra el olvido.

Alma observa cómo en aquella sala preparatoria se dispone en un perfecto orden militar el resto del arsenal: los percheros o burros donde los actores dejan sus ropajes, y su identidad, convenientemente colgados antes de dirigirse a su misión. A la derecha, los gabanes de seda negra colgados en una hilera inacabable, como sudarios. Bajo ellos, los zapatos con el tallaje correspondiente. Quienquiera que haya diseñado esa maquinaria de sometimiento y poder sabe muy bien lo que se hace. Esa tramoya le recuerda a los camerinos de un desfile que patrocinó su banco, donde cada maniquí tenía junto a su *outfit* su fotografía y medidas. Solo que aquí, puede entrever Alma, también figura un plano con la ubicación de la escena a la que deben dirigirse dentro de la casa. La bruja novata no entiende por qué la figurilla los ha conducido al espacio en el que se encuentran.

—Para estar a salvo, tenéis que ser invisibles. Pasad inadvertidos —dice la figura tan bajito que Alma cree estar leyéndole la mente.

Para ello, Alma se deja hacer, y la figura ingrávida los convierte, en unos instantes, en tres figuras más de ese ejército de androides brillantes. Los lava con esmero y los maquilla. Les pinta de dorado. Alma mira a los dos hombres como dos castillos que la acompañan, antes de ser decorados. Después, un espejo le devuelve la imagen de un grupo de rescate de altos vuelos. Si algo tienen en común los tres corazones solitarios es que son unos animales tremendamente bellos.

Tras media hora de cuidados exprés, Alma, Trieste e Izan son otros muñequitos dorados, deseables. Ya pueden estar allí sin llamar demasiado la atención. Descalzos, perfumados, con sus gabanes de seda negra sobre sus cuerpos desnudos.

—Ya no desentonáis —susurra la estatuilla—. Parecéis un encargo más. Como si alguien os hubiera pedido. Solo un último consejo: tenéis que dividiros.

—¿En qué sentido? —Alma la anima a continuar.

—Verás, nosotros, los encargos, nunca nos desplazamos en grupo. Tenéis que dispersaros. De lo contrario, corréis un se-

rio peligro. Podrían descubriros. Venid por aquí, os acompaño a la sala de juegos.
—«¿La sala de juegos?» —pregunta Izan.
—Sí. La de intercambios grupales.

42

Lourdes Nadal no entiende nada. Se frota los ojos. Y al hacerlo el maquillaje dorado queda emborronado ante la presencia de Mario Alonso, su antiguo amante. El error mayúsculo que Lu cometió hace más de quince años está de pie, frente a ella, en el último tramo de la escalera. «No puede ser. No puede ser él».

—Te estábamos esperando —dice Mario, y la toma por la cintura.

Lu abre la boca, pero no logra articular palabra.

—Acompáñame. Quiero presentarte a alguien.

Lu camina sobre esas sandalias cámel sintiendo que levita, mareada.

Al seguirle, por su itinerario Lu divisa un salón disparatadamente inmenso. Es enorme, irreal, onírico, en el que hay diferentes salas, estancias. En ellas, numerosos muñequitos dorados parlotean con hombres y mujeres con movimientos suaves. Las figurillas entran y salen de las habitaciones con un flujo ordenado, aprendido, intercambiable. Las actuaciones representadas en los pases privados pueden parecer inocentes. Lu observa atónita cómo en las diferentes salas que atraviesa se reproducen charlas, juegos, abrazos, lecturas indolentes, juegos de rol. Y de videojuegos.

—No te dejes engañar por las escenas más amables, Lu. Todo comienza y desemboca en el mismo sitio, ya sabes, en el sexo.

Lu aún lucha contra sí misma para procesar esa realidad absurda. Que aquello que está viviendo es real y que lo está compartiendo, allí, con un hombre al que creía olvidado.

—Dios mío, ¡eres tú! Esto... esto... ¿Qué haces? —se corrige—. ¿Qué... hacemos aquí?

No obtiene respuesta.

—¿Dónde... dónde estamos? ¿Qué es este sitio? —balbucea Lu.

Las palabras se confabulan contra Lu y se amotinan en su garganta. Se niegan a salir. Lu intenta encontrar sentido a ese rompecabezas y bracea exhausta en el aire, tratando de tocar la cara de Mario. Necesita cerciorarse de que ese hombre es real, de que todo aquello es real. Que Mario, después de todos esos años, está allí. Envejecido, claro que lo está, pero que es él, ese hombre desterrado al olvido hace tanto, y que se encuentra allí, frente a ella. Sí, ese hombre es Mario Alonso Jiménez.

Lu flaquea. Se muere de sed.

—Mi presencia aquí no es relevante, Lu. Ven, siéntate. —Le ofrece un vaso de agua que Lu apura de un sorbo. Se atraganta. La tos de Lu parece molestar profundamente a Mario.

Mario, el Conseguidor, y su teatral sentido de la escena.

El Conseguidor continúa su charla. Lu no hila ni una palabra. Su mente intenta comprender qué está ocurriendo. Asimilar que ese lugar terrible existe y que su vida, desconoce el motivo, corre serio peligro.

El vaso se le desliza entre los dedos y estalla en mil pedazos, como un mal presagio. Al fin, Lu se atreve a verbalizar lo evidente:

—Mario, me... —balbucea—, ¿me vais a matar?

El Conseguidor niega con la cabeza.

—Ay, Lu, no seas ridícula. Mira que eres melodramática, mujer —responde el Conseguidor—. Si vales tu peso en oro. Además —prosigue—, todo dependerá de lo que quiera hacer nuestro cliente contigo, que es quien te ha encargado. Pero no sufras, lo más probable es que él te quiera matar... a polvos.

Estalla en una carcajada, divertido por su propia ocurrencia. Y Lu, de pronto, lo sabe, sabe que está en manos de un lunático. El Conseguidor no se detendrá ante nada.

—Es el sexo, Lourdes. Siempre lo ha sido. Son el sexo y el poder lo que mueve el mundo. Es tener a quien quieras cuando tú quieras. Incluso a las personas que han desaparecido de tu vida. Que te han impuesto su olvido. Como tú hiciste conmigo.

Silencio.

—Pero no te guardo rencor, Lu. Qué va. Ni siquiera es eso —continúa el Conseguidor—. El hecho de que me bloquearas en todas las redes con tu superioridad moral, pensando que podías olvidarme mientras yo mendigaba tu atención, me hizo más fuerte. Me hizo pensar. Tuve la certeza de que ese sentimiento de rechazo era universal. De que habría miles de personas resentidas. Nunca infravalores, Lu, el poder del rechazo... Así que me puse a pensar y supe que podía monetizar esta pulsión. Que había mercado, un gran nicho para la mercantilización del olvido. Porque habría muchas personas dispuestas a pagar por doblegar a otras. Por humillar a las que habían invertido años en olvidar a sus antiguos amantes, a esos errores. La magia del poder radica en hacer que otros hagan lo que tú quieres, Lu, y ellos se niegan a hacer. En corromper, en truncar, a través del sexo. Con dinero como moneda de cambio. Comerciar con intangibles, ya lo sabes, siempre se me dio bien. «Siempre serás mi puente de Madison», me decías. Pensé que traficar con los imborrables, con los puentes de los otros, sería un negocio sumamente lucrativo. Ven.

Lu se acerca, titubeante.

—Quiero que conozcas a alguien. Un hombre desea reencontrarse contigo y ha pagado mucho dinero para hacerlo.

Tras una columna, sonriente, Lourdes Nadal le ve. Es alguien pequeño. Insignificante, de cara común, cuyo aspecto le resulta familiar. Una de esas personas invisibles que al segundo de ser presentadas nadie recuerda; como si la mente decidiera arrojar a la papelera de la memoria el nombre de ese ser anodino, blando, prescindible. Se trata de un hombre flaco, con una calvicie sin asumir, enfundado en un traje gastado. Se friega las manos de un modo nervioso.

Es Luis Gomis.

Lu achina mucho los ojos porque le cuesta trabajo ubicar al hombrecillo. Sabe que le conoce de algo. Su cerebro trabaja contrarreloj. Y al final ubica a aquella persona en otro entorno, en su vida diaria. Muy lejos de allí: Gomis es uno de los muchos hombres con los que Lu se cruza a diario en la Ciudad Administrativa de camino a su despacho. Habían hablado una, tal vez un par de veces. «Buenos días», «Buenas tardes», poco más. Quizá, un día, compartieran mesa a la hora del almuerzo en uno de los bares cercanos. Lo único que recuerda de ese señor prescindible es una confesión excéntrica de hace años cuando le extendió la mano como un pez muerto. Qué caprichosa es la memoria. «Me perdonará que esté húmeda —le dijo Gomis al presentarse—. Me sudan las manos cuando estoy inquieto. A mares, cuando miento».

Mario, el Conseguidor, la entrega a su comprador.

—Lu, te presento a… —El Conseguidor se toma su tiempo—: … tu Lazcano.

Silencio.

—Luis Gomis ha pagado lo indecible para obrar este reencuentro. Solo por eso, merece mi respeto. Anda, Lu. Compórtate —concluye el Conseguidor mientras desaparece tras una pesada cortina.

—¿Lazcano? —dice Lu alucinada por lo que acaba de ocurrir—. ¿Tú… tú…? ¿Has sido tú durante todo este tiempo? —A Lu le cuesta vocalizar, avanzar. Le cuesta pensar porque no entiende nada. Porque aquel vaso que se le ha resbalado de entre los dedos hace unos minutos no contenía únicamente agua. Su cabeza le pesa, su cuerpo se mueve ajeno a ella, como si se sostuviera en pie por una fortaleza ajena, heredada. Comienza a dudar de todo. «Quizá, a fin de cuentas, nunca haya dejado de soñar», concluye. Decide seguirle el juego a ese hombre de uñas largas que se autoproclama el amor de su vida.

—Sí, soy yo, Luciérnaga —sonríe con sus dientes apiñados—. Soy yo, Lazcano. Quien te ha traído hasta aquí con un móvil imposible de rastrear que me prestó la organización. La buena noticia es que estoy bien. Muy bien.

Lu se estremece al escuchar «Luciérnaga» de la voz aguda de ese hombrecillo siniestro. Comienza a temblar ante la tremenda erección que asoma bajo la tela de su pantalón barato. Lu ciñe la bata negra sobre su cuerpo desnudo, se aprieta fuerte el cinturón en un intento de sofocar su angustia. Su mano se cierne sobre su pulsera de hilo naranja y juguetea con ella, nerviosa. Se apega a algo conocido, un ancla, porque todo lo demás es una maldita locura.

—Estás muy guapa, Lu. Yo no puedo decir lo mismo...
—Oculta sus uñas sucias—. Trabajo demasiado, me temo.

Lu ve cómo el ser melifluo tuerce el gesto, un mohín de niño contrariado al ver su cara de asco. Lazcano se atreve a tocarle el rostro, envalentonado por el alcohol. Tras hacerlo, sus dedos dejan un surco en el maquillaje dorado de Lu, la estela de un barco triste en alta mar. Lazcano se mira los dedos manchados.

—Pedí que no te maquillaran como a un trofeo porque pareces una más. —Lazcano se limpia los restos de pintura sobre la bata negra de Lu—. Pero son las normas. Por cuestiones de privacidad, me dijeron. Y tuve que transigir. A veces uno sabe hasta dónde puede tensar la cuerda. Ven. Vamos a nuestra sala. —Arrastra de la mano a una Lourdes Nadal pequeña y dorada.

La sala a la que la conduce ese hombre recrea el día que compartieron mesa en un bar de almuerzos cercano al complejo 9 d'Octubre. La semejanza es pasmosa. El nivel de detalle, espeluznante. Todo es exacto: los manteles de hule pegajosos, el olor a cerrado, la carpa exterior. La carta. Alguien finge leer un periódico. No alcanza a ver la fecha, pero *Las Provincias* está datado con el día que el azar les hizo compartir mesa. También idéntica la barra cubierta de mugre y botellas. Lazcano continúa:

—En la agencia me dijeron que esta es la experiencia prémium. Que detrás de todo esto hay una escenógrafa de Las Vegas, ¿te lo puedes creer? No nos merecemos menos, ¿eh, preciosa? Me van bien las cosas, Lu. Unas inversiones que me han dado buenos dividendos. Así que el dinero no es problema. ¿Te gusta? —dice cariñoso Lazcano con su voz de grajo—. Ven, vamos a una mesa del fondo. A nuestra mesa, tenemos ginebra y una cubitera. ¿Te sirvo una copa?

Lu le mira con horror.

—¿Y cómo te ha ido últimamente, belleza? He oído que te has separado de tu chico, de León. Mira que me caía bien tu marido… En las entrevistas que concedía a la tele por su labor en la clínica siempre parecía la mar de accesible. Para ser médico, digo. Bueno, ya sabes a lo que me refiero…

Lu asiente. No le queda otra que seguirle el juego a ese tarado que la lame con la mirada si quiere salir viva de las entrañas de Paria.

—Te he echado de menos, Luciérnaga. Las torres de la Ciudad Administrativa no han sido lo mismo sin ti. Y mira lo que me has obligado a hacer. He tenido que venir a buscarte. He tenido que venir a por ti.

—Pero… ¿Por qué estamos aquí?

—Estamos aquí porque te he pedido. Digamos que eres mi regalo atrasado de Navidad. Te he encargado a The Bridge porque tú me has obligado, Lu. Porque era la única manera que hallé para mantener una conversación adulta contigo. De saber por qué no te dignas a mirarme. Por qué no soy suficiente.

—Pero... Esto es un horror, Luis. Todo esto es delirante. No entiendo, yo...

—Lo hago porque puedo, Luciérnaga. Y porque me moría por verte. Y porque quería saber cómo sería estar contigo por fin, después de todos estos años imaginándolo, tocándome en el baño contiguo a tu despacho. Paladear tu olor, tu sabor...

En el sofá del reservado, Lu intenta zafarse de ese hombre. Con el movimiento, la bata se entreabre y deja al descubierto sus piernas desnudas. Lazcano se aproxima y aprovecha para avanzar posiciones y abrirse paso entre sus muslos. Hacia su sexo. Está seca. Lazcano se lleva la mano a la boca y se humedece un par de dedos.

—Si no recuerdo mal, en tus wasaps decías que te morías por que te hiciera esto...

Lu cruza las piernas. Las aprieta tanto que siente que sus cuádriceps van a reventar.

—No tenemos que hacer nada que no quieras, Luciérnaga.
—Lazcano la toma de la mano. Las tiene empapadas de sudor. Están húmedas y frías. Y Lu sabe que está mintiendo. Siente un terror físico, real, tangible.

La escena se precipita. Adiós charla intrascendente, adiós cortejo, ni rastro de preliminares de cortesía. El hombrecillo despoja a Lu de su bata, se la arranca y tumba a la funcionaria sobre el sofá del reservado, el único objeto que no estaba en el bar original y que se ha incluido en la escena por exigencias del guion. Lu desvía la mirada buscando ayuda o piedad. Lo primero que ocurra de las dos cosas.

A pesar de que muchas personas los están observado, nadie parece mostrar la menor empatía. Solo miradas de lascivia de una jauría en celo que asiste al espectáculo desde la sala noble, la habitación de control con monitores donde el Conseguidor puede pinchar cualquier sesión de las salas de juego en directo. Una habitación que huele a depravación y a soledad. A cuero, a Soberano, a Varón Dandy. Lu no sospecha quién está al otro lado de la retransmisión. En la estancia privilegiada del Conseguidor, el doctor Pardo y el alcalde Rodríguez siguen por circuito cerrado de televisión la retransmisión de la pesadilla privada de Lu. En efecto, Luis Gomis mentía. Está allí para hacerle cosas a Lourdes Nadal que ella no quiere hacer. Que nadie en su sano juicio habría querido hacer. Lu no es más que un juguetito en manos de un niño tirano, de esos que no dudan en quebrar el juguete si han de compartirlo. Lu cierra los ojos muy fuerte, como si con el gesto el horror fuera a desaparecer. Pero no lo hace.

Lazcano, enhiesto, se ha desnudado de cintura para arriba. Su excitación hace que conserve los calcetines. Los pantalones arremolinados en los zapatos. Avanza con pasos cortos de pingüino. Su erección no bromea. Se abalanza sobre Lu para embestirla con fuerza. Cuando Lu roza la espalda de Lazcano, el tacto de un lunar repulsivo hace que encuentre, de algún lugar, la fuerza que busca para revolverse. Y le muerde, le araña. El forcejeo con ese hombrecillo de olor acre se prolonga un minuto agónico. Al fin, Lu logra zafarse de sus manos hambrientas. Se hace con una botella de Larios de la cubitera de la réplica perfecta del bar de extrarradio. Reza para que no sea de figuración. No lo es. Al hombre la resistencia parece excitarle y la vuelve a atrapar con más ganas, más fuerza. La alcanza. Le manosea los pechos, el abdomen. Le lame el lóbulo de una oreja. Su aliento apesta.

Lu consigue vencer su peso y rueda hacia la derecha en el momento justo en el que Gomis trata de embestirla. El hombre resuella, jadea. La acometida falla y el sexo de Gomis impacta con brusquedad en la pierna de Lu. Está tan excitado que el simple roce de la piel de Lu, tersa y caliente, hace que se derrame sobre la cara interna de los muslos de Lu. Se vacía sobre ella como un adolescente que termina antes de comenzar en el encuentro con la chica de sus sueños. El hombre acaba fuera y se licua con estertores ridículos y grandes alharacas.

Entonces Lu sabe lo que piensa. Que el dinero ha merecido la pena. Que Gomis cree haber doblegado su voluntad, que ha cambiado el curso de lo escrito, de lo establecido. Y ha podido estar con una mujer que lo ha ninguneado durante más de una década. Ve a un Lazcano exultante.

Por poco tiempo.

Su miembro aún bombea los últimos coletazos del orgasmo cuando Lu le atiza con todas sus fuerzas con una botella de ginebra peleona. La postura no le ha dejado opción y ha tenido que darle con el brazo izquierdo. La rotación de su hombro provoca que Lu aúlle de dolor. Allí aparecen puntuales la bursitis y sus teclas mal curadas. Todo su cuerpo se queja por una descarga eléctrica seca y punzante que la deja, también a ella, sin aliento. El dolor hace que su brazo izquierdo pierda fuelle en el último segundo y que Lazcano salve la vida, por el momento. El impacto es certero, pero no mortal. La botella y Lazcano caen a plomo.

Ninguno de los dos se rompe.

Lu gana algo de tiempo para quitárselo de encima con una patada y vacía el cubo de hielo en el que se enfriaba la botella para deshacerse de los restos de semen de esos setenta kilos de maldad. Rasga parte de los faldones de su bata y se limpia con el jirón las piernas pringosas. Después, el cuello magullado y los senos.

Está tan ocupada librándose del olor acre de aquel elfo que no ve venir la cubitera que le partirá la boca. Su premolar superior izquierdo sale disparado en la dirección contraria a su cuerpo, que se desploma sobre el sofá de cuero.

43

El botellazo ha sonado atronador en la sala de atrezo, pero es Lu la que está fuera de combate. Luis Gomis, el hombre que ha estado a los mandos de Lazcano todo ese tiempo, se tambalea, tropieza. Su peinado de monje franciscano deja entrever una brecha de sangre roja, brillante, en el claro enorme de su coronilla. Está encendido de furia.

Tras el impacto de Lu en defensa propia, Lazcano insiste en hablar con el encargado. Ha pagado por muchas cosas, pero no para que le insulten, no para que le humillen.

El equipo de seguridad de The Bridge ya está en la sala de la escena del bar. Acuden al decorado donde ha sucedido la agresión dos hombres armados. Son enormes, sus cuellos son recios como los de los toros de lidia. Muestran más seriedad y respeto del que sienten por un cliente al que han visto vapuleado por una mujer sedada a través del circuito de televisión. Un tipo de un país del Este por determinar eleva a Lu en volandas como quien lleva un bolso. La zarandea.

Lu espabila y se pone en pie.

—Camina. Que te vea —dice Cuello de Toro.

Otro gorila, con un walkie, cierra la comitiva escoltando a Lu y al hombrecillo ante el Conseguidor. Caminan unos metros inacabables por los pasadizos hasta la habitación noble, el corazón de la madriguera. Los hombres llaman a la puerta.

Alguien la abre por el Conseguidor. El trato reverencial de quienes le rodean confirma las sospechas de Lu: su cohorte le teme porque saben de lo que el Conseguidor es capaz. Los integrantes de esa habitación se miran graves, la situación es muy tensa, excepto el estúpido de Luis Gomis. Como los recién llegados al poder, no mide bien sus fuerzas.

—Exijo que me devuelvan mi dinero —dice ensangrentado—. Esto es intolerable.

El Conseguidor se toma su tiempo. Le mira de arriba abajo. Luis Gomis continúa con su pataleta.

—Exijo mi dinero. Exijo respeto —eleva la voz Gomis.

—Me temo, Luis, que no estás en posición de exigir nada —responde el Conseguidor.

—He hecho todo lo que me habéis dicho tú y la zorra de Lluvia, todo. La he traído hasta aquí embaucándola con vuestros mensajes, ha caído como una hormiga en un frasco de miel... O, mejor, como una luciérnaga...

Lourdes Nadal respira sonoramente por la nariz. Su boca goteante, los nudillos blancos de furia.

—Me das asco. Ni me mires.

—Hasta me di un buen tajo para dejar los restos de sangre junto al coche. —Le muestra la palma de la mano atravesada con una cicatriz torcida.

—Luis, calma... Pero ¿tú te has visto, hombre? Esta mujer aceptó quedar contigo sin siquiera conocerte. Estaba dispuesta a irse a la cama contigo. ¡Qué digo retozar! ¡Esta mujer ha venido a salvarte la vida, estúpido! Porque pensaba que estabas en peligro. Y tú vienes aquí ahora a lloriquearme porque ha tratado de defenderse... Pues claro, ¿qué esperabas? Es una mujer. De verdad, de carne y hueso. ¿No ves que lo que hemos conseguido es un milagro, Luis? ¿No lo ves?

—No me vengas con esas, Conseguidor. Que soy cliente de muchos años ya. Y mira esta brecha, coño, que va a necesitar sutura. A ver qué le digo yo ahora a mi mujer... Por no hablar de que he invertido en esta —señala a Lu— y en la recreación de ese bar más de lo que la mayoría de la gente gana en un año. Y nada, excepto la simulación de ese antro, ha salido como lo esperado. Es que no ha puesto nada de su parte, joder. Que ha sido un puto horror. Que parecía que iba a forzarla.

—Porque querías hacerlo, hijo de puta —exclama Lu.

—¡Silencio! —les ordena callar a los dos—. Ya te dijimos, Luis, que probaras con una chica parecida, o con las *scorts* mejoradas. Que no era buena idea encargar a una persona de verdad. La realidad, Luis, siempre defrauda. Por eso construimos The Bridge, por eso hacemos esto, para escapar de la realidad.

Lu siente que es su turno. Los ojos del Conseguidor, aquel hombre que idealizara quince años antes, se posan en ella. Ni rastro de Mario, la persona que hizo que se lo replanteara todo, aquel visitador médico ambicioso pero tierno por el que estuvo a punto de abandonar a León, a Clara, su vida entera. Aquel hombre que la hizo sentir viva y que consiguió que, por primera vez, Lu se antepusiera como una prioridad, ella como mujer. No como madre, hermana, hija, profesional. Ella como dueña de su deseo; por ser capaz de volverla loca, poner patas arriba su cama y su rutina. De sorprenderse húmeda al recibir un mensaje en medio de una reunión importante. De permitirse palpitar. De ser egoísta. De mentirles a todos, excepto a sí misma. De querer llorar y reír a la vez. De querer escapar de aquella maldita jaula de oro en la que León la había metido y de la que Lu había tirado la llave. Ni rastro entonces de aquel amor enorme, mayúsculo. Ni rastro de Mario en ese hombre, el Conseguidor que tiene frente a sí. Aniquilada esa adrenalina infantil, cada posibilidad que habita en sus promesas.

Quizá ese hombre siempre había sido una persona terrible, que la versión del Mario que amó se tratara ya entonces de un proto-Conseguidor. Pero Lu no supo verlo. No tuvo tiempo.

La relación se volatilizó antes de comenzar siquiera. ¿Cuántos encuentros furtivos? ¿Cuántas veces llegaron a encontrarse? ¿Cuántas llegaron a disfrutar de aquel sexo maravilloso de los comienzos, donde la vida se va en cada orgasmo, en cada *petit mort*? Lu no lo recuerda. Porque fueron pocas. Tal vez se vieran cinco, seis veces, máximo. «Es curiosa la memoria», se dice. Hasta aquella noche de cuarto creciente, Lu había sentido un profundo amor por Mario, cálido, gastado. Como el amor que mece a los niños en el mar de la infancia. Porque el recuerdo de Mario ha permanecido desde entonces inalterado en una burbuja. En una de esas bolitas perfectas en cuyo paisaje siempre nieva.

«¡Silencio!», le acaba de reprender el Conseguidor. Por su tono, Lu teme que la obligue a darle la mano a su agresor. Dos marionetas carentes de voluntad en manos de un tramoyista loco.

—Ay, Lu, Lu, Lu… —Chasquea la lengua el Conseguidor—. Lo del botellazo en la cabeza a este señor ha estado fuera de lugar. ¿No podías haberte limitado a cerrar los ojos y hacerte la muerta como has venido haciendo con el idiota de tu marido todos estos años? Dime, Lu, ¿qué se supone que tengo que hacer contigo?

Lu no reacciona, la boca le sangra. El espejo de la puerta del despacho del Conseguidor le devuelve su aspecto patético, desaliñado. Lu ya no es una estatuilla de Óscar. Es una muñeca rota por lo que el hombrecillo de manos sudorosas le ha intentado hacer.

—Quiero un reembolso. Quiero mi dinero, Conseguidor —continúa diciendo desgañitado, rojo de ira, el tal Lazcano—. Esto es intolerable. Inaceptable. Conozco a Pardo, conozco a Rodríguez. Iré a la prensa. Te vas a cagar, voy a…

Pero Luis Gomis no puede continuar porque antes de acabar la frase ya está muerto. Una bala le ha atravesado la garganta, seccionando la yugular y sus palabras. La sangre comienza a salir a borbotones, como los aficionados por el vomitorio de un estadio, y ahoga su perorata. El hombre del traje gris y uñas negras se desploma sobre la alfombra. Ha sido víctima del proyectil de un arma humeante que alguien empuña junto al Conseguidor. La persona que ha disparado es una experta en teatralidad y espectáculo.

—Me tenía agotada con tanta cháchara —dice Lluvia Sanchis—. Lleváoslo.

44

Una hora antes del disparo, Alma y sus amigos se encuentran a unos metros de distancia de Lu sin saberlo. En la sala grupal no hay armas de fuego; sin embargo, el peligro es tangible.

El comando de rescate ha de desplazarse con cautela. Reflexionar su próximo movimiento. Alma, Izan y Trieste continúan en la sala de juegos y, hasta el momento, han logrado deambular con cierta libertad al pasar desapercibidos. Demasiados focos y estímulos más interesantes a los que atender. Son solo tres estatuillas perfectas, esbeltas, con sus gabanes negros, entre las decenas de figurillas que se reúnen en las diferentes estancias de aquella madriguera. Sin embargo, esa suerte no durará mucho si continúan avanzando juntos. A Alma la devora la impaciencia de reencontrarse con su amiga, pero no se deja llevar por el pánico. Deben ganar tiempo para hallar la estancia en la que retienen a Lu.

La figura los ha puesto sobre la pista: es muy probable que Lu esté en el despacho de la propiedad del entramado. También los ha alertado de que deben dividirse para no levantar sospechas. Y eso es lo que hacen. Alma se aleja de Trieste y de Izan bordeando la sala de juegos para tener alguna oportunidad.

En cuanto puedan, se dirigirán a la sala noble. Eso tendrá que esperar. Primero, Alma debe escenificar su papel de estatuilla nominada. De hecho, está entreteniendo a una señora en silla de ruedas que solo desea volver a hablar con el gran amor de su vida, su hija, a la que perdió hace medio siglo en un accidente de tráfico. Un gran amor al que quiere rescatar de las garras del olvido. Alma se dice que ha tenido suerte en ese aspecto. La anciana se ha conformado con sentar sobre sus rodillas a la bruja novata, cepillarle el cabello y contarle un cuento. Su niña, según le ha dicho, murió en un atropello en el que el conductor se dio a la fuga. Nunca encontraron al culpable y la vieja, desde que una conocida le recomendó The Bridge y sus peculiares servicios, busca consuelo en ese surimi del recuerdo para no olvidar su cara. Para su voz, en cambio, ya no hay remedio. La conversación con la señora parece no acabar nunca.

Tras una charla infinita, por fin la anciana que ha confundido a Alma con el encargo de su hija fallecida duerme agotada por la emoción. Alma aprovecha que la mujer impedida ronca levemente en su silla para levantarse con sigilo. Lo último que desea es hacer algún ruido. Pero no es sencillo. Al notar el menor movimiento la anciana se agita, abre un ojo y Alma la arrulla entre sus brazos y vuelve a caer en una molesta duermevela. Sin embargo, las manos frágiles de la mujer se han ceñido sobre la muñeca derecha de Alma, que ha de pensar cómo zafarse de esa garza anillada. Alma trata de librarse uno a uno de los dedos helados, artríticos, con calma. Mientras, busca a Trieste con la mirada. Le localiza. Su altura le hace destacar entre una sala tan abigarrada de figurantes como un cuadro de El Bosco. La sala de juegos es un jardín de las delicias y de vicios caros. Una espiral a la que el compañero de piso de Rober atribuyó la desaparición del chico. En cambio, Alma no acierta con la causa de la muerte del joven. Rober se adentró en las tripas del terrario dorado para encontrarse con alguien. Con otro hombre. Por primera vez, Roberto no lo hacía en calidad de encargo, de amante instantáneo, sino de hijo. Porque Roberto Costa buscaba a su padre. Y Roberto, la segunda víctima mortal, tuvo la certeza de que aquella noche de cuarto creciente su padre estaría en la Casa de los Ingleses gracias a un soplo. Alguien de la organización había visto el nombre del padre de Rober en la lista de los asistentes al encuentro mensual de la organización. Unos encuentros que tenían lugar en las entrañas de una aldea de Paria, muy cerca del Reloj del Fin del Mundo.

En lo que sí atina Alma, no obstante, es en que el chico iba muy puesto aquella noche. A Rober le gustaba el sexo y los problemas a partes iguales. Había sido uno de los *scorts* más demandados de la organización durante muchos meses. La sociedad había hecho la vista gorda a sus excentricidades durante un tiempo, pero, la fecha en que aporreó la puerta principal de la Casa de los Ingleses, la organización no tuvo más remedio que vetarle la entrada porque la situación se había vuelto inmanejable. Demasiadas deudas, demasiadas drogas, demasiadas voces. Una pena, porque la vocación del chico era genuina; disfrutaba del sexo sin remilgos. Y era bueno. Y esa dedicación en un trabajador tan joven era difícil de hallar. Fue precisamente esa necesidad de validación constante de Roberto, de querer ser aceptado también por su padre, de querer gustar, la que le hizo colarse por la fuerza en aquel lugar una vez se le vetó la entrada. Rober solo perseguía una segunda oportunidad; la de que su padre le viera y, así, vencer al olvido.

Un grito.

Un alarido, más bien, devuelve a Alma a la realidad; continúa en la sala de juegos. La voz proviene de alguien que, elevando el tono sobre la música, reprende a un muñeco dorado que se disculpa: «No volverá a pasar». Para su alivio, la estatuilla de Óscar no es Trieste, que se las ha ingeniado para aproximarse unos metros más a Alma y ahora juega con una señora corpulenta. Tampoco la disculpa proviene de Izan, quien se recrea con un hombre de aspecto maduro. Izan juega con su contrario al billar americano; el señor, de erección mayúscula, al gato y al ratón. Muy cerca de allí, el sargento Trieste hace lo que puede y le mete la lengua a una mujer excitada, de cimas por coronar.

De pronto, Alma es testigo de cómo a la señora le cambia la cara. Algo no va bien. Y la conversación no sigue el curso esperado. Alma se zafa de su prisión. La abuela continúa durmiendo a pesar del sonido ambiente de ese parque temático. Cuando libera su mano, la anciana se deja caer sobre un extremo de la silla como una muñeca de trapo cansada. Está cerca de Trieste. Le ve allí con su cara maquillada y su gabán medio abierto. Se agita inquieto y esos movimientos veloces, en el jardín de las delicias, le delatan. Al igual que sus silencios, sus «Ehhh» y sus «Mmm». La mujer que está jugando con Trieste es una clienta fiel y sabe que las estatuillas se caracterizan por su locuacidad, que son entrenadas como soldados de la palabra con patrones lingüísticos de inteligencia artificial. Esa torpeza en el habla y que él no sepa responder lo que se espera de su amante perdido es síntoma de que algo no va bien. Eso es una gran anomalía en la fantasía. También lo es que su muñeco de cejas pobladas camine descalzo. Ningún muñequito dorado lleva los pies desnudos. Entonces, todo sucede demasiado rápido. Antes de que Alma pueda avisar a Trieste, la mujer se levanta y trata de dar la voz de alarma. La bruja novata atisba cómo Izan improvisa y coge una bola de la mesa de billar contigua y le lanza a Trieste la bola negra número ocho. Trieste la encaja a la primera, con su manaza de gigante bueno. Se miran los tres en una triangulación de complicidad perfecta. La clienta intuye el peligro y no quiere problemas. Se levanta elegantemente y avanza hacia el decorado contiguo, da unos pequeños toquecitos en el hombro al enésimo muñequito dorado, solicitando unirse. Un código morse para iniciados. La estatuilla mira a quien paga por el encargo, a la espera de su anuencia, y a este le viene bien la multitud. La desconocida se funde con la extraña pareja en un montoncito de risas y ganas. Es el espacio dedicado a fantasías flexibles.

Izan no tiene tanta suerte para librarse del cliente del billar y tiene que emplear la fuerza con su pareja de juegos para poder seguir buscando a Lu. Nada grave. Un certero golpe de taco de billar y se deshace del anciano de tripa fláccida. El profesor de autoescuela se acerca a por Trieste. Y Alma los alcanza. Todos están de una pieza. Los tres se encuentran bien. Sin resuello, aterrados, semidesnudos, pero bien. De nuevo juntos para sacar a Lu de ese lugar demencial.

—Nada de volvernos a dividir, ¿me oís? —exclama Trieste con la boca emborronada por el carmín—. A Lourdes —vuelve a ser Lourdes— se le acaba el tiempo.

Una vez reunidos, avanzan en dirección contraria a la sala noble. Se han perdido. Van a dar a lo que parece un pasillo, otro más. La oscuridad del entramado de salas no ayuda a orientarse. Alma escucha voces. La familiaridad de una de ellas los pone en el camino correcto. Deshacen sus pasos hasta llegar al distribuidor principal del primer sótano de la Casa de los Ingleses. Dudan unos segundos entre el galimatías de estancias. Imposible orientarse. Una detonación, tal vez un disparo, obra el milagro.

De repente, lo saben: Lu está en la habitación contigua. Una puerta pesada se interpone entre ellos y su amiga. La batiente está entornada. Con el desencuentro entre Gomis y Lu, alguien ha olvidado asegurarla.

Alma, Trieste e Izan irrumpen en la sala noble guiados por el sonido de la muerte. Ya en el interior, Alma se las ingenia para atrancar la puerta tras de sí. Los refuerzos de la organización podrían presentarse en cualquier momento y la bruja novata quiere cerrarles el paso.

45

Lourdes Nadal se sobresalta cuando aparecen sus amigos en el despacho del Conseguidor, por sorpresa. No los ha visto entrar, quizá porque nadie los esperaba. También desconciertan a Lluvia, la mujer que todavía blande el arma con la que ha descerrajado el tiro al pobre Lazcano. Todos la miran.

La estampa es trágica, pero Lu sonríe aliviada. Es improcedente, absurdo, inconstitucional. Pero sonríe; allí están Alma, Trieste, Izan. La caballería.

Lu no se ha alegrado tanto de ver a alguien en su vida. Más a Trieste. Para qué mentir. Una oleada de amor profunda, cálida, la inunda. Un gran sol ilumina su pecho a todo lo que da. Trieste rompe el sortilegio y el tiempo echa a andar en las entrañas del Reloj del Fin del Mundo.

—Señora, baje el arma —dice Trieste muy despacio en la sala donde acaban de ejecutar a Gomis. Trieste se las ha arreglado para dejarse su Glock 19 anudada a la pantorrilla izquierda, la de la pierna mala, bajo la bata. Izan, por su parte, ha optado por la riñonera.

—Que baje el arma, le digo —repite Trieste firme a la mujer, que todavía empuña el arma caliente.

Lluvia parpadea, incrédula, con la misma suficiencia con la que desafiaría a un jefe de sala con el local completo.

El Conseguidor interviene:

—Lluvia, sé cabal, anda. Guarda eso.

Lu mira a Trieste. Después, al Conseguidor. A Trieste no le conoce lo suficiente como para anticipar su reacción, pero si algo tiene claro Lu del Conseguidor son dos cosas:

Una, que es astuto.

Y, dos, que es un superviviente.

Sabe que Mario está recalculando la situación, buscando una salida por la que escapar de ese atolladero. Y no la encuentra porque no existe. De ese despacho blindado, hermético, además de la puerta inutilizada por Alma al entrar, solo hay otra de la que es imposible salir sin lamentar bajas. Después de una calma tensa, Lu suspira ante el imperio momentáneo de la cordura. Van a negociar.

El Conseguidor mira a su equipo de guardaespaldas y los invita a salir con un cabeceo, su gesto de buena voluntad. El Conseguidor acciona un resorte al pulsar un botón bajo el escritorio. La segunda puerta se abre. Y, tras la salida de los hombres de cuello de toro, se bloquea de nuevo. Al éxodo del personal de seguridad se ha unido el doctor Pardo, que ha abandonado la cámara con ellos. El alcalde Rodríguez, en cambio, decide quedarse. El tiempo no avanza, parece ir al revés. La hora de la verdad ha llegado. Por una parte, el bando del Conseguidor: Lluvia, Rodríguez y Lourdes Nadal. Por otra, Alma, Trieste e Izan. Siete personas. Dos armas. Un cadáver.

Lu ha conseguido recomponerse y se ha alejado del cuerpo. Lazcano continúa allí. Tendido. Sin vida. Aunque la presencia de Luis Gomis no marca una diferencia. Como en vida, siempre fue un fantasma con el que nadie pudo contar.

El resto sucede bastante rápido. Aprovechando el barullo que causan Pardo y los hombres al salir, Lu se parapeta tras la silla del despacho en busca de refugio. Acto seguido, cruza una línea imaginaria que la hace cambiar de equipo con la honda sensación de alivio de quien se sabe en casa. Lu abraza a

Alma y lo hacen tan fuerte que sus caras doradas se estrujan por la efusividad. Ya están juntos Lu, Alma, Trieste e Izan.

La funcionaria, más entera que nunca y con una muela de menos. Alma y su fortaleza flanqueada de aquellas dos torres humanas: Trieste e Izan. Un escuadrón bello en batas destartaladas.

Lu mira a Trieste como quien contempla un amanecer. El sol del amor brilla con tal fuerza en el interior de Lu que deslumbra al sargento. Y Pedro no ve que Lu también le ama.

—Tercer aviso, señora. Tire el arma.

Lluvia Sanchis baja la pistola.

46

El Conseguidor trata de apaciguar los ánimos. Y rompe el hielo. Es un hombre de negocios que quiere proteger sus inversiones y minimizar riesgos. Intenta encontrar una salida digna a todo aquello para evitar, por este orden: la ruina y el escándalo. Ya no hay motivos para esconderse y se presenta como el Conseguidor, el gerente de The Bridge, una sociedad secreta que se niega a erradicar a los imborrables de la memoria de unos pocos. De aquellos que estén dispuestos a pagar por saltarse las normas del pasado, por burlar el destierro del olvido.

The Bridge no es únicamente su sueño, explica pausado. Es su modo de vida. Un negocio exitoso que esa noche tiene la Casa de los Ingleses a reventar de clientes. Numerosos invitados que, como cada sábado de cuarto creciente, han acudido al corazón de Paria a materializar sus fantasías. El Conseguidor intenta ganar tiempo. Sabe que allí abajo, en las diversas salas del subsuelo, la cobertura es mala, pero es cuestión de tiempo que alguno de esos cuatro animales dorados esté tentado de dar la voz de alarma. Quizá lo haga el chico cuyos tatuajes asoman de la bata entreabierta. Por la abertura del gabán también se adivina lo que parece ser un teléfono móvil que sobresale de una riñonera color flúor. «Sí —piensa el Conseguidor—, lo que tiene el chico en la mano es un dispositivo».

El Conseguidor se siente responsable de sus invitados, medio centenar de personas provenientes de todos los rincones del país y de capitales europeas, distribuidas por los dieciséis espacios de la Casa de los Ingleses y viviendas adyacentes. Son personas relevantes de la política, el deporte, la cultura, la farándula. El Conseguidor sabe que tiene que buscar una salida indolora para la ministra de Empleo, una decena de concejales, varios sacerdotes, tres consejeros del IBEX 35 y la heredera de una corona europea antes de que lleguen las cámaras. También reconoce que no podrá salvarlos a todos. Demasiados recovecos: trece habitaciones, la sala grupal o de juegos, la noble en la que se encuentran, los camerinos con las bañeras preparatorias y la preciosa bodega.

El cabeceo del Conseguidor a sus hombres del cuello de toro llevaba implícito otro mensaje: la activación del proceloso plan de evacuación. Ese que Lluvia se ha empeñado en diseñar. Qué fortuna contar con la visión de la escenógrafa. Lluvia valora como nadie la trascendencia de lo que han levantado juntos: someter al olvido. Y la necesidad de protegerlo con uñas y dientes. Lo que más aprecia el Conseguidor de su socia es que no se trata de una directiva al uso, de las que el sistema eleva a su máximo nivel de incompetencia. Lluvia Sanchis sabe diseñar las estrategias e implementarlas. Sabe hacer cosas. Disfruta supervisando la ejecución de los proyectos; es una profesional ejemplar. No le importa ensuciarse las manos. Ya sea sacando la basura de los juguetes rotos, ya sea zanjando conversaciones como la del estúpido de Luis Gomis. Lluvia es una experta comprometida que disfruta con su trabajo. Y el Conseguidor la admira por ello.

Que ella se empeñara en mezclar los negocios con el amor le pareció naif. Pero cómo negarle nada a una mujer hecha a sí misma que se enamoró del Conseguidor a pesar de los tibios comienzos, con la naturalidad con la que sucede lo inevitable.

Por fin, Lluvia ha encontrado un igual a su viveza. Y el sexo, bueno, el sexo ha sido una sorpresa para ambos. Lluvia es feroz en lo transaccional, pero no la acróbata en la cama que el Conseguidor vaticinaba. En la intimidad, la amante versada resulta ser cálida como un monzón. Una mujer que ama desde la desesperación de quien lo ha perdido todo. Se han enamorado levantando su peculiar templo contra el olvido. Espalda contra espalda.

El Conseguidor sabe que, al fin, Lluvia Sanchis tiene algo suyo, que le pertenece solo a ella. Otra deidad a la que adorar, además del trabajo: un hogar. De ahí el odio abisal que experimenta por la imborrable de Mario, una tal Lourdes Nadal.

El Conseguidor necesita ganar tiempo para garantizar la preparación del transporte aéreo. Es primordial para la continuidad de The Bridge que la evacuación se complete con éxito. También en el mundo vip hay listas y listas. El éxodo debe ser inminente. Tan solo para los nombres de quienes figuran en la lista corta, veinticinco personas.

—Y, bien, señores. ¿Qué les puedo servir? —El Conseguidor señala el mueble bar.

—Una explicación, para empezar. —Lu ha avanzado desafiante hasta la posición de Trieste. El sargento no ha bajado el arma ni por un momento.

—No sé ni por dónde, Lourdes.

Y como el Conseguidor no sabe por dónde empezar lo hace por el principio.

—El amor es lo más importante de la vida, Lourdes —dice el Conseguidor—. Lo sabes tú. Lo sé yo y lo sabemos todos los de esta habitación. Es el amor y no el dinero lo que mueve el mundo. Hace unos diez años, quince después de lo nuestro, yo continuaba trabajando como visitador médico y me invitaron a un congreso clínico. Me daba una pereza terrible. Ya sabes cómo son esas cosas: días de excesos, noches fuera de casa… Yo andaba entonces luchando contra lo imposible: no separarme de mi segunda mujer, pero el divorcio era tan inminente que ya todo daba igual, necesitaba ingresos extra para hacer frente a lo que se me venía encima y no pude resistirme a la comisión que me pagaba la farmacéutica. Mi matrimonio había quedado tocado de muerte por lo nuestro y el naufragio era ineludible. Aun así, me aferraba a los restos de mi relación por mis hijos, me decía. Por eso y porque no quería confesarme la maldita verdad, Lourdes, que era que nadie podía competir con tu recuerdo.

Los nudillos de Lluvia están blancos de furia. El Conseguidor continúa:

—No porque nadie pudiera estar a tu altura, qué va, sino porque la Lourdes Nadal de mi cabeza no existía. En mi mente, eras perfecta. Teníamos conversaciones ingeniosas, me reías todas las gracias, siempre tenías la palabra exacta. Te vestías para mí. Follabas como una diosa, y yo funcionaba puntual, como un reloj siempre en hora. Sabía que era víctima de mi propia farsa, que en los dos meses absurdos que había durado nuestro lío infantil no te pude conocer, que proyecté todos mis anhelos en ti. Creo que me enamoré de mí mismo, ¿sabes? De nuestras posibilidades, de quien imaginé que podíamos ser juntos. Sin embargo, jamás te pude olvidar. No pude librarme de la sensación que compartimos durante aquellas semanas porque tú, Lourdes Nadal, me hiciste feliz. Y ese sentimiento, el de poder sentirme pleno con alguien, me perseguía. No me dejaba en paz. Me despertaba de noche. Llegué a obsesionarme contigo... Ya por entonces Paria llevaba años desangrándose de población. En ese contexto, se organizó el I Congreso Nacional de Medicina Rural en la España vaciada. Allí conocí al doctor Pardo y a un radiólogo de Valencia muy reputado, que tal vez conozcas. Un tal... León Bru.

Lu tuerce el gesto.

—¿Qué tiene que ver León en todo esto?

—La vida tiene un delicioso sentido del humor a veces. ¿No crees, Lu? Yo tratándote de olvidar, después de que me hubieras expulsado de toda red social, de tu memoria y de tu vida... Y cinco años después de que me dejaras plantado, anteponiendo tu familia a nosotros, me encuentro con tu marido, el buen doctor. León solo necesitó dos noches de congreso, dos, para hablarme de su gran amor. Una imborrable que, como puedes imaginarte, querida, no eras tú. Era alguien que el pluscuamperfecto doctor León Bru se empeñó en olvidar cuando Clara, vuestra hija, ya estaba en camino.

—¿De qué chorradas me estás hablando? —pregunta Lu.

—¿El nombre de Marena Costa te dice algo?

—Nada.

—¿*Università di Padova*? ¿Tampoco? —El Conseguidor hace dudar a Lu, y eso le gusta porque ambos saben que León Bru pasó el penúltimo año de Medicina de Erasmus en Padua, en el noreste de Italia. El Conseguidor se prepara para asestar su golpe final:

—Marena es el nombre del puente de Madison de tu ex. El puente de León.

Lu abre mucho los ojos. No entiende qué tiene que ver eso con su captura, con las noches de luna en cuarto creciente.

Trieste se impacienta.

—León me confesó que el amor de su vida le llegó demasiado pronto. Tan pronto que no supo reconocerlo. Tu exmarido conoció a Marena Costa en la *Università di Padova*. Ambos tenían veintitrés años. Aquel curso maravilloso acabó y regresó a Valencia, a su rutina. Había vivido, según me dijo, el mejor año de su vida, había experimentado la plenitud, y ni siquiera lo sabía. No le culpo, Lourdes, ninguno de nosotros sabemos en qué consiste la vida con veinte años.

Lu es incapaz de articular palabra. Ignora dónde quiere ir a parar el Conseguidor con todo aquello. Sin embargo, en su fuero interno Lu siente que es cierto lo que le cuenta porque reconoce a León en cada maldita palabra. No puede dejar de sentir una pena inmensa por sí misma, por León y por la tal Marena, quien le arrebató la estabilidad a una familia cimentada sobre recuerdos movedizos.

—Y, después, Lourdes, pues vino todo un poco solo. Te conoció a ti. Eras buena chica, me dijo, trabajadora, prudente. Fiable. —Dibuja el Conseguidor a la mujer de otro como un coche usado.

—Y me quedé embarazada —apostilla Lourdes.

—Sí, y vino Clara, los dos estudiando aún… Pobres. Pero fíjate, Lu, que eso me hizo pensar…

—Mi vida, Mario, ¡¿te hizo pensar mi vida?! —responde Lu. Quiere saber el papel de su ex en aquel delirio.

—En cierto modo… Me reconfortó que esa fijación de León fuera una constante en las historias de cada uno de los médicos congregados aquella noche. Fue una epifanía descubrir que, independientemente de la especialidad de aquellos sanitarios con poder, estatus y posición, todos continuaban colgados de una sombra. Descubrí que no estaba solo, que recuperar a quien hemos perdido era un sentimiento universal. Y que había dado con un nicho de mercado muy lucrativo: doblegar el olvido. Un producto por el que ciertas personas estarían dispuestas a pagar mucho dinero.

47

Diez años antes

Aquella madrugada de hacía diez años un cardiólogo, al que el Conseguidor no volvería a ver, redobló la apuesta. Lo hizo al confesar borracho tras la cena del congreso que estaría dispuesto a pagar lo que fuera por volver a pasar una noche con su primer amor. Pero no con la mujer que debía de ser en la actualidad, sino con una parecida. Una congelada en el tiempo, su réplica.

El alcohol dio rienda suelta al desvarío.

—Pero eso es imposible —dijo León.

—Señores, hablo del concepto. Estoy hablando de follarnos a una fantasía. De una mujer parecida a ella —explicó el cardiólogo.

—Pero, para que esa fantasía de replicantes fuera creíble —refutó Pardo—, esa persona debería mantener una conversación mínimamente inteligente.

—Para hablar ya tienes a tu mujer, mamón.

Risas de lobo.

—Me refiero a que, aparte del parecido físico, la réplica debería tener algo de la personalidad de la tía que nos obsesiona, ¿no? Una conversación cómplice es básica para sentir algo, vamos, para que la fantasía de dominación sea completa.

—¿Dominación? —preguntó el facultativo más joven.

—Cuando llegues a nuestra edad, hablamos. ¿Cuántos años buenos piensas que nos quedan? Y ya no me refiero al sexo, que también. Hablo de poseer, de quebrar. De venganza, si lo prefieres. Y para eso no existe ninguna aplicación de citas. Pero te aseguro, chico, que todos estos darían un brazo por experimentar algo así. Por volver a sentir algo de una maldita vez.

El ambiente había dejado de ser relajado en la velada de hacía una década.

—Haya paz, caballeros —terció el entonces marido de Lourdes Nadal—, solo estamos de risas... La realidad siempre decepciona. Yo mismo coincidí con mi imborrable muchos años después; Marena, se llamaba Marena Costa. —Acarició cada sílaba de aquel nombre con su voz—. Y en aquella señora de mediana edad no quedaba ni rastro de la mujer a la que amé. Solo un hijo del que no tenía constancia y una súplica para que colocara a aquel niñato intratable en el primer puesto decente que pudiera.

—Y nos cuentas esta triste historia porque... —dijo el futuro Conseguidor.

—Porque, si alguien inventa cómo doblegar de una vez a esas zorras, me apunto el primero —respondió León.

El doctor Pardo brindó por ello.

La mayoría de los presentes entrechocaron sus copas.

Tan solo dos personas abandonaron la reunión.

48

El relato del germen de aquella sociedad, The Bridge, hiela la sangre a Lu, que mira al Conseguidor estupefacta.

Su mente entra en bucle. Y solo puede procesar un único pensamiento: The Bridge ha conseguido mercantilizar el olvido a gran escala. Suena a delirio distópico. Lo sabe. Sin embargo, el sabor metálico de su boca le recuerda que lo acaba de vivir en primera persona.

—Pero no tenía ni idea de cómo poner el proyecto en marcha —confiesa el Conseguidor, aún encañonado—. Pasaron años hasta que reuní el valor para contactar con el organizador del congreso. Lejos de reírse de mí, el doctor Pardo supo ver el potencial de someter el olvido. Y me habló de este lugar, Sotillo de Duero. La aldea estaba prácticamente en venta. Muchas de las casas eran propiedad de un fondo que las compró para convertirlas en alojamientos rurales. Ciertas construcciones habían sido ya remodeladas y parceladas en numerosas habitaciones. Tras la crisis de 2008, el fondo desestimó el proyecto y estaba deseando librarse de la propiedad.

—Un pueblo en venta... —Lu alucina.

—Casi no nos hizo falta adquirirlo al completo. Únicamente necesitábamos los alojamientos cercanos a la Casa de los Ingleses. Tres en total, incluyendo la mansión de las puertas rojas, una vivienda auxiliar y el bar. Una buena oportunidad.

Tan solo tenía que encontrar a los socios adecuados y levantar los fondos para conectar la Casa de los Ingleses con las demás viviendas.

—Y el siguiente paso fue hablar con el alcalde —ata cabos Trieste—. Como en todo tema urbanístico, necesitabas a Rodríguez para que las licencias avanzaran en la dirección deseada.

—Una vez con Pardo y el alcalde Rodríguez en el proyecto no fue difícil reclutar al resto de los acólitos. Solo tuve que hacer repaso mental de las personas que nos quedamos hasta muy tarde en aquel mítico congreso… ¿Adivinas, Lu, quién no dudó ni un segundo en sumarse de los primeros?

Lu lo sabe. Sabe que se trata de León, del radiólogo León Bru Martí, pero no quiere creerlo.

—Sí, querida. León fue de los primeros. ¿De dónde piensas que salía la pasta para pagar vuestro casoplón en L'Eliana, el ritmo de vida de tu hija en la City, la ampliación de la clínica de la Alameda, los aparatos de radiología pagados a pulmón… sin solicitar un solo préstamo?

La información dinamita la vida que Lu ha creído llevar con León los últimos diecinueve años.

—De ahí que el logotipo de la compañía sea el Azud del Oro, el puente que culmina el complejo de la Ciudad de las Artes y las Ciencias —concluye Trieste.

—Sí, al parecer el puente estaba muy cerca de su clínica de la Alameda. Me pareció una concesión tan bonita como perversa porque me recordaba a ti.

Lourdes Nadal le mira con asco.

Lluvia contempla a Lu del mismo modo.

—Después de León, se sumarían un puñado de médicos más, los justos, y algún que otro inversor independiente. Otros cinco largos años en los que tuve que montar la sociedad, pelearme con accionistas… Aun con el capital reunido, tardamos años en conectar las habitaciones subterráneas de la Casa de los Ingleses con los sótanos menores de las otras dos propiedades hasta culminar con la edificación del Reloj del Fin del Mundo. Necesitábamos una gran cortina de humo para desviar la atención de la entrada principal.

—La entrada de la Casa de los Ingleses —apunta Lu.

El Conseguidor asiente.

—Hay otros dos accesos, por supuesto. Uno es el del reloj, el que habéis forzado vosotros; el otro es el del servicio, que da a la casa de Rodríguez, anexa al bar. Por la puerta principal, el tercer sábado de cada mes, han estado accediendo los invitados más granados durante años. Usuarios que, una vez en su interior, se distribuían como hormigas en un terrario.

—Te olvidas de la hormiga reina, Conseguidor —interrumpe Lluvia el relato.

—Así es, Lluvia —dice el Conseguidor con arrobo—. Nada hubiera sido posible sin tu visión, sin haber reclutado al desarrollador de software.

Trieste se tensa.

—¿Qué tiene que ver eso con nada, Conseguidor?

Lluvia pone los ojos en blanco. Le revienta tener que explicar lo obvio y aclara:

—Hace unos años, tras recibir la oferta del Conseguidor, conocí a Joshua Barbeau, el programador de Project December, y supe que era la persona clave para la última fase de nuestra compañía. Como sabrás, Project December era una línea alternativa de la corporación OpenAI de Elon Musk que fue cancelada... Quizá lo leyerais en su momento: Barbeau logró crear una réplica digital de su prometida fallecida ocho años antes. Básicamente resucitó su esencia para poder chatear con ella.

—¿Me estás diciendo que ese camelo es cierto? —exclama Trieste.

—Puedes teclear en Google «un bot llamado Jessica». La última vez que lo comprobé las conversaciones continuaban allí colgadas, íntegras.

—La moral flexible de aquel informático me fascinó y no tardó en programar un software específico bajo mi supervisión. De ese modo, nuestras chicas doradas serían capaces de reproducir conversaciones de un realismo apabullante para aumentar el nivel de deseo del cliente.

—¡Pero todo esto es espeluznante, Mario! —grita Lu.

—Al principio comenzamos a aplicar el programa a pequeña escala, algo más controlable; un entrenamiento de las chicas de compañía con temas básicos de conversación. Asuntos recurrentes de los que solían hablar las personas amadas por los contratantes. Poco a poco —explica el Conseguidor—, fuimos depurando los servicios de la agencia hasta llegar al abanico de posibilidades de acompañamiento actual que consta de tres niveles. Uno: el estándar, como en el Hollywood de los años cincuenta, donde la organización provee al usuario de alguien parecido a su imborrable. Dos: en el servicio confort, a un parecido sorprendente sumamos una conversación elaborada por nuestros desarrolladores; la charla es tan real, tan auténtica, que el cliente siempre vuelve a por más. Y tres: el prémium, que consiste en localizar y remozar a la persona original. Esta opción siempre la desaconsejamos. Ponemos la excusa de que es carísima, porque sin duda lo es, pero la verdad es que esta tercera modalidad es la más peligrosa.

—E impredecible. —Mira Lluvia el cuerpo sin vida de Luis Gomis—. Pero los clientes son imposibles. No escuchan.

Trieste estalla, lleno de furia. Sabe que el tiempo se les acaba. Han rebasado con creces la hora límite de regreso acordada con Peláez y Delfos. Tarde o temprano sus amigos cumplirán su parte del trato y alertarán a los efectivos de la UCO. En cualquier caso, el resultado será el mismo: aquello se cuajará de agentes de un momento a otro.

Trieste encañona con furia al Conseguidor. Después, a Lluvia. La Glock parece tener vida propia. Respira profundo.

Una.

Dos veces.

Antes de decir:

—Pero ¿qué clase de persona eres tú, Conseguidor? ¿Recibes un encargo de vejar a la mujer de tu vida y ni pestañeas? Este encargo era ella. —Señala a Lu, el pequeño muñeco dorado que está tras de sí—. Pidieron a Lourdes. —Vuelve a ser Lourdes—. Pidieron a la mujer que no podías olvidar, la que dinamitó tu matrimonio, la que te inspiró todo esto... Solicitaron el servicio prémium, ese que consiste en arrancar a una persona real de su vida, despojándola de su voluntad, y pintarla de dorado como un regalo. ¿Para qué? ¿Para entregársela a un sátiro? —La mirada de Trieste va desde la alfombra donde yace Gomis a la escenógrafa. Le advierte—: Yo de ti me andaría con ojo, Lluvia. Alguien que ha vendido a Lourdes, la mujer que inspiró vuestro negocio, si ha podido hacer algo así, es capaz de cualquier cosa.

Plas, plas, plas.

El Conseguidor aplaude.

—Me emocionas, Trieste. Sin embargo, lamento contradecirte: la moral de las personas es sumamente elástica. Cuando la gente rompe un trato alegando que no es cuestión de dinero, sino de principios, suele ser por dinero. Y la cantidad, el precio en este caso, era demencial. Y esto —Mario mira en derredor— no se paga solo. Sabía que tarde o temprano llegaría «el encargo». No este en concreto, claro. Imaginaba una petición extravagante, un punto de inflexión que llevaría el negocio al siguiente nivel. Ese en el que tienes que trazar tus líneas rojas. Pensé que sería algo más perverso: pedofilia, *snuff* o, incluso, un asesinato. Aquí he visto de todo. Cuando una persona tiene tanto dinero como para satisfacer el más mínimo de sus deseos, no tienes idea de lo que está dispuesta a pagar por volver a sentir algo real. Así que, cuando me pidieron a Lu, pensé que no procedía ponerse sentimental. Sé lo que esta tecnología es capaz de hacer y la adicción que genera. Fijar límites es muy complicado cuando mejoras la experiencia de usuario, cuando activas el circuito de recompensas del cerebro. Follar enamorado es otro nivel. Quizá se te haya olvidado lo jodidamente maravilloso que es eso, Trieste.

El Conseguidor ve cómo el sargento baja la mirada un segundo.

Sí, a Trieste se le había olvidado.

—Cuando se corrió la voz de que Barbeau estaba a bordo, The Bridge despegó. Vania fue el primer tropiezo. Lo de Roberto, el hijo de León, un horror.

Lu llora por primera vez al asimilar la verdad.

La persona con la que había compartido su vida durante las últimas dos décadas, León, había secundado y encubierto aquellos crímenes desde el comienzo. Hasta la muerte de su propio hijo. Repite mentalmente: «Roberto, el hijo de León». León Bru Martí es, de repente, un desconocido. Y esa certeza le infunde un genuino terror. ¿Qué quedaba del hombre amable que había conocido en la facultad un millón de años atrás? Lu concluye que la ambición del médico le condujo a invertir en un negocio que se ha llevado por delante a Rober. Y a su futuro. El porvenir de un joven tan brillante como el de su hermana Clara.

Las lágrimas de Lu ruedan mejillas abajo.

—Una gran pérdida —retoma Lluvia—. Roberto era uno de mis muñequitos más demandados. Al único que no le hacía falta ni el maquillaje áureo. Ideé la aplicación del cosmético para despojar a los encargos de su humanidad, para convertirlos en objetos de placer. Y de paso homogeneizar y disimular las imperfecciones físicas, el escaso parecido con los originales. Pero, una vez que Roberto se metía el miembro en la boca, el cliente minimizaba la cuestión física. Lo demandaban por su maestría y no por su conversación. Porque Roberto era irreverente, difícil, un desastre. No se aprendía los textos que los *bots* generaban para sus encuentros, pero no importaba porque era una máquina de hacer dinero. Se lo fundía al mismo ritmo que lo ganaba. Y se volvió ingobernable. Porque encontró un atajo para ganar pasta. Y mucho más rápido.

—El chantaje —conjetura Lu—. Roberto quería chantajear a León.

—Pero no porque fuera su padre, eso a Roberto le traía sin cuidado —explica Lluvia—. Su plan era amenazarle porque descubrió que León era uno de los accionistas mayoritarios de la organización desde sus inicios. No sabemos cómo tuvo acceso a esa información. Una filtración desde dentro, suponemos. Y León se asustó porque aquella noche estaba aquí con un par de peces gordos.

—Sí, no le culpo. Roberto se volvió avaricioso. En eso salió a León. —El Conseguidor se encoge de hombros—. Pero la cosa se torció. Vino muy puesto, con su ridículo fular. Lo encerramos en la bodega hasta reflexionar qué hacer con él. Sin embargo, consiguió huir. Y, bueno, el resto ya lo sabes.

—Fue terrible despedirme de él. Lo trasladamos a los alrededores de la laguna. —Rememora Lluvia cómo le cerró los párpados.

Lu mira a Trieste con el arma todavía en alto. Ambos deducen que así se produjo la transferencia involuntaria de pigmentos al rostro de Roberto.

El tiempo de las explicaciones ha acabado.

Lu observa a Izan con el teléfono en la mano. Lejos de alertar a nadie, Izan se ha limitado a enviar un mensaje. Uno que acciona el detonador de la primera bomba casera colocada en el interior del Reloj del Fin del Mundo, a cientos de metros de donde se encuentran.

Un efecto dominó que nadie podía prever comienza a producirse en los segundos sucesivos. El primero es que el corazón de la Casa de los Ingleses, la sala donde se hallan, comienza a temblar.

49

El techo se queja. Se resquebraja por el efecto de la primera explosión. La lámpara de la sala noble amenaza con desprenderse sobre sus cabezas. A escasos centímetros del aplique, otra brecha abre una pequeña rendija cenital, como a otra dimensión, sobre la que se cuela un torrente de polvo y grava que va a dar contra el suelo de la habitación, sobre la alfombra. La lluvia fina de arena y luz cubre parte del cuerpo de Lazcano a modo de despedida. La luminaria comienza a bascular con movimientos de péndulo y proyecta luces fantasmales sobre el espacio. Lu ve cómo Lluvia se desmarca. Es la primera en aprovechar el desconcierto y burla el cerco de Trieste, que, en un gesto instintivo, se ha cubierto la cabeza con ambas manos tras la primera detonación del explosivo. Cuando el sargento se rehace, Lluvia ha aprovechado para burlar su vigilancia. La luz viene y va. Parpadea con una frecuencia enloquecida. El olor a humo deja de ser una sensación para convertirse en una certeza. El conato de incendio puede afectar al suministro de electricidad de un momento a otro. Lu siente la sangre golpear frenética en sus pulsos y respira agitada. Deben encontrar una salida antes de que sea demasiado tarde. Antes de que el sistema eléctrico falle por completo. Lu observa cómo Lluvia avanza posiciones hacia la única salida que Alma custodia con su cuerpo, la misma que la bruja novata ha bloqueado antes para evitar injerencias externas. Con ese gesto los ha privado, sin saberlo, de cualquier posibilidad de auxilio de esa ratonera.

La luz se rinde y se quedan a oscuras. Un segundo o dos. Se escuchan alaridos en otras estancias. Pasos, carreras atropelladas. Caídas. Empujones, voces, toses. Más crujidos. Una pared decide dejar de oponer resistencia y vence en algún lugar. En su caída atrapa a varias personas doradas. Gritos de auxilio. El fuego y el pánico se llevan mal.

Alguien palmea en la oscuridad.

Plas.

Plas.

Se trata de dos golpes seguros, certeros, que despiertan el generador del circuito de emergencia. Son las palmadas del Conseguidor. El regreso de la electricidad dura poco para la lámpara, que emite un chisporroteo abisal y anuncia que no brillará más, ni allí ni en ningún sitio. La lámpara advierte con un tintineo mortal antes de desprenderse. El peso del ornamento compuesto de numerosos anillos de lágrimas de cristal soplado hace que se precipite y estalle en mil pedazos. La inmensa luminaria se hinca sobre el parqué como un obús, desequilibra a Trieste y su arma se dispara. Una bala sale despedida de la Glock. También lo hace el filamento de una bombilla que vuela como un cuchillo en dirección contraria. El fragmento rebota en el cuello de la camisa de un aliviado Conseguidor. El proyectil, en cambio, se aloja en el pecho de un Rodríguez que odia estar en lo cierto: el fin del mundo llegará a Sotillo en menos de noventa segundos.

El fuego se propaga con avidez.

Al otro lado de la habitación, el Conseguidor comienza a gatear mientras busca otra salida que le aleje de las cortinas de terciopelo que han comenzado a arder. El denso humo le desorienta. Lluvia le llama por su nombre.

—¡Mario! ¡Mario! Es por aquí, ven. —La escenógrafa intenta que él siga el curso de su voz. Alma aprovecha su debilidad.

Un estruendo hace enmudecer a su guía y, con ella, la pista. Acaba de estallar un segundo artefacto. Prácticamente ha ocurrido a la vez que el primero, solo que esta denotación se ha sentido mucho más cerca. Imposible saber dónde, quizá en el exterior o en una sala temática próxima. Lu observa a Izan en el mismo lugar, clavado, apenas se ha movido a pesar del desbarajuste que los rodea. Aún conserva el móvil en la mano, al que parece aferrado. Lu apenas tiene tiempo de pensar qué demonios ha hecho Izan porque la fuerza de la segunda onda expansiva la arrastra y azota al chico como un vendaval. «¡Oh, no! ¿Dónde has ido a parar, Izan?». Los ojos le arden. Lu no ve, no escucha.

Tan solo un estúpido pitido, un zumbido.

Piiiiiiiiiiiiiiiiiii.

Desconoce si el sonido lo provoca el terror de su cuerpo, quizá le esté dando unos milisegundos de preaviso antes de desmayarse, o si se debe al efecto del rugido que la ha aplastado contra el suelo. Sus ojos se aclimatan a la nueva realidad. Tiene la boca seca. Le falta el aire. Mastica polvo.

A la cara dorada de Lu se le une un fino barniz de polvo blanco que se le adhiere a las mucosas. Le cubre nariz y boca, tose. Su pelo es una amalgama terrosa. Está tumbada sobre su abdomen, sus pechos desnudos se rozan sobre el parqué de la sala, la bata abierta. Una astilla cerca del ombligo le hace reaccionar. No ve a Izan ni a Trieste ni a Alma.

Los llama por su nombre.

—Izan, Trieste, Alma. ¿Estáis bien?

No obtiene respuesta. Lo repite. Lo aúlla:

—¡Izan! ¡Trieste! ¡Almaaa!

Izan es el único que responde. Dice estar bien.

Lu achina los ojos sin divisarlo. Al fondo, junto a la puerta bloqueada, dos personas luchan por escapar. La disputa es el motivo por el que Alma no contesta. Está librando una batalla por su vida contra Lluvia. Las dos mujeres forcejean por hacerse con la única salida natural. Y la que va ganando no luce un maquillaje dorado. Lluvia está sentada a horcajadas sobre Alma, blande una pata de una silla desvencijada sobre la cabeza de su amiga. Lu se incorpora. Se dirige tambaleante hacia la puerta. Parte de la decoración de la sala y los sofás de piel sintética comienzan a arder como teas. Las llamas prenden con avidez y trepan hasta contagiar la decoración selvática de plantas artificiales del techo. El fuego lame goloso el entramado de la cubierta y halla en la ventilación de los pisos superiores el oxígeno necesario para su festín de combustión. Lu observa a Izan incorporarse, se sacude la arenilla como un perro en un día de playa. Trieste, por su parte, está atrapado bajo el pesado escritorio del Conseguidor. La consola de piedra natural del mueble macizo descansa sobre la pierna mala del sargento, de la que mana sangre caliente. Muy cerca de Pedro, el conductor de autoescuela.

Las miradas de Lu y de Izan se entrecruzan.

Ambos saben lo que deben hacer. Se dividen.

Lu se dirige hacia la salida, a liberar a Alma.

Izan se las verá contra un escritorio de madera de nogal.

Lu se rasga parte de la bata, alarga el brazo, se hace con una botella de agua rodante e impregna parte de la tela. Con ella se cubre nariz y boca. Gatea como puede. El calor del parqué es abrasador y le arden las rodillas, las palmas de las manos. Cuando Lu llega a la altura de Alma, esta se ha liberado de Lluvia con una patada definitiva y la mujer yace inconsciente junto a una bruja jadeante y llorosa. Alma presenta una hendidura grave en la cabeza. No tiene buen aspecto.

—¿Estás bien? —pregunta Lu.

Alma asiente. No se molesta en contestar y acciona la manecilla de la puerta de salida, forcejea con ella. Trata de desbloquearla. Izan se reúne con ellas. Lleva consigo a un Trieste prácticamente a rastras.

—Ha perdido mucha sangre —sentencia Izan.

—¿Nos largamos de una vez de aquí? —dice Trieste a modo de prueba de vida.

La puerta opone resistencia a Alma. Lu trata de ayudarla. Una fuerza avasalladora crece por segundos, al otro lado, ajena a la voluntad del grupo. El pomo está húmedo al tacto. «Está frío», se extraña Lu. El rugido que avanza por el subsuelo es ensordecedor.

—¿Lo oís? ¿Qué es ese rumor?

Otro grito.

El alarido lo emite el Conseguidor. El fuego que devora la vitrina de la habitación noble le cierra el paso creando una barrera llameante a la que se han sumado los sofás, las cortinas, la decoración plástica del techo, la alfombra y el parqué. A unos metros, Lazcano ha sido incinerado. El horror ha sido su único responso. El fuego se ha propagado en cuestión de minutos. El Conseguidor continúa de pie en un pequeño círculo resistiendo en mitad de ese infierno. Lu le mira. Sus miradas se encuentran por última vez. Resulta complicado afirmar que Lu no duda, porque lo hace, pero finalmente decide ayudar a Mario.

—¡Lourdes! —Si en alguna situación tiene que ser Lourdes y no Lu, sin duda, es esa—. ¿Se puede saber qué cojones haces? Nos estás poniendo en peligro a todos. ¡Cariño, no! —repite Trieste—. Ese hombre ya está muerto.

Lu desoye las palabras de Trieste. No todas; ese «cariño» se lo guarda para luego. Se emboza de nuevo en su bata y aprieta el trapo mojado contra la boca, pero no llega a dar ni un paso. Las llamas feroces hacen que sea inviable avanzar. Lu mira al Conseguidor, que cabecea. Le dice que sí con la mirada. Que se va, que está bien que así sea. Y Lu no quiere llorar, pero llora: por ella, por León, por Mario y por todas sus lágrimas atrasadas.

«Gracias», cree adivinar Lu de los labios de Mario en el instante que el techo de plástico se desprende y oculta al Conseguidor de su vista. Una llamarada ávida relame el espacio donde hace un segundo estaba el Conseguidor. Y ya no.

Lu dirige su mirada a Lluvia. La escenógrafa, inconsciente, no ha llegado a presenciar la salida de escena de su gran amor. Poco a poco, Lluvia recobra el sentido. Tose con un carraspeo fuerte, seco, a causa del humo que invade la habitación noble de la Casa de los Ingleses. Una densa humareda comienza a transformar el espacio en irrespirable. Lo hace por efecto del agua que comienza a manar con una fuerza incontestable abriéndose paso por la amplia grieta del techo, que aún resiste. Pregunta por el Conseguidor. Al asumir que Mario no está, Lluvia emite el grito más terrible que nadie quisiera escuchar. Su alarido profundo quiebra la noche y el corazón de Lluvia Sanchis. También perfora la pared de fibra de vidrio frente a la que se encuentran.

Por esta última se cuela una esperanza de huida en forma de centenares de metros cúbicos de agua.

50

Minutos antes de las detonaciones, Delfos y Peláez esperan inquietos en los alrededores del Reloj del Fin del Mundo. Junto al lavadero. Están empapados por el diluvio. Delfos tirita.

—Esta lluvia no la viste venir, ¿eh, curandero?

Delfos no quiere entrar en una guerra dialéctica que no puede ganar.

—Al menos yo he cogido un paraguas, Olvido.

—Para lo que nos ha servido…

Se miran para disimular su preocupación. La teniente luce un poncho verde impermeable, pero bajo esa tormenta no hay remedio que valga. Las fuertes rachas de viento han inutilizado el paraguas plegable de Delfos hace horas. Esa sombrilla barata ha quedado reducida a un amasijo de varillas deformadas y estampado goteante.

—En Sotillo no sabe llover. Este aguacero no es normal. Sé que es bueno para la sed de las tierras de labranza, pero hacía años que no veía una borrasca tan dura como esta durante tantos días.

El río Razón, cercano al puente y al lavadero anexo al Reloj del Fin del Mundo, ruge a su paso, embravecido por la crecida como un adolescente hormonado.

La conversación sobre el tiempo no es más que una excusa, y Delfos lo sabe. Está a punto de cumplirse el plazo de espera acordado con Alma y Trieste. No han vuelto a saber nada de ellos ni de Izan. En unas horas amanecerá. Ojalá hayan dado con Lu, esa mujer anodina que ha puesto en jaque a media aldea. Al menos, a la mitad buena. Delfos desea con todas sus fuerzas que ojalá la hayan encontrado. Y que todo haya ido bien. «Que mi Alma esté de una pieza», piensa entre tiritones, las primeras estribaciones de una gripe épica.

—Delfos, creo que tenemos que avisar a la UCO. Es lo pactado. Y mira que me repatea más que a ti, créeme. Pero ya no es cuestión de egos ni de jerarquías. Se trata de hacer lo correcto y de proteger a los nuestros. —El mechón violín de Olvido gotea hasta la barbilla. Delfos se emociona cuando esa mujer de pelo empapado le incluye en el pronombre posesivo plural.

«Nuestros», repite, y se sonríe.

La primera sacudida, la de la bomba colocada en las tripas del reloj, los pilla a la intemperie, en el lavadero. La tierra tiembla y Delfos patina al pisar un charco. El suelo alrededor del Reloj del Fin del Mundo no ha llegado nunca a ser estanco y resulta resbaladizo. La teniente Peláez corre la misma suerte al ser arrastrada por el mentalista en su caída, cuyo aterrizaje es más mullido, amortiguado por sus caderas. Ninguna contusión reviste gravedad.

—¿Qué demonios ha sido eso?

—Una explosión. Ha sonado prácticamente bajo nuestros pies, en el subsuelo —dice perpleja la teniente—. ¿Estás bien, viejo? Tenemos que salir de aquí y ponernos a cubierto. Quizá el de ahí abajo, el de las tripas del Reloj del Fin del Mundo, no haya sido el único artefacto.

El viento ulula cada vez más alto en forma de advertencia. Los pinos albares bracean con fuerza para alertarlos de que han de huir a toda costa, alejándolos de los puentes. Si pudieran, los árboles los llevarían en volandas. En su lugar, los pinos contagian a los álamos en su movimiento frenético para trabarles el camino. Una rama propiciatoria cae a tiempo y les salva la vida sin saberlo. Cambian de dirección. La cortina de lluvia es tan densa que apenas distinguen sus pasos iluminados por la potente linterna de Peláez.

La segunda explosión, intuye Delfos, ha sido en las proximidades del bar, anexo a la Casa de los Ingleses, la antigua cochera que acabó remodelándose en mesón.

El efecto dominó causado por los inconscientes del colectivo Time Out será tan impredecible como devastador. Los daños pasan inadvertidos durante los primeros instantes, como una hemorragia que apaga a la víctima dulcemente durante la noche. La devastación de Sotillo, en cambio, no es tan plácida.

La primera de las bombas detonadas por Izan es la que mayores estragos causa. Con una carga explosiva preparada para llamar la atención del alcalde y de los medios antes de los comicios, la dinamita daña una pared maestra del reloj. Una instalación ya de por sí inestable asentada sobre la antigua cisterna.

La tempestad no da tregua. A la lluvia racheada se unen ahora los rayos. No es noche para volar. Cualquier piloto experimentado lo desaconsejaría. Sin embargo, la proximidad del sonido del motor de rotación de unas hélices se impone a la tormenta y los hace desviar la mirada. Se trata del transporte aéreo con los viajeros de la lista vip que han logrado salir de la sala de juegos. Entre los viajeros ilustres, una mujer en silla de ruedas que presencia desde las alturas cómo las explosiones iluminan la noche de la España vaciada. La luna continúa creciendo indiferente.

El agua atrapará en minutos a decenas de personas en los pasadizos del subsuelo.

El cráter en la base del reloj crece a pasos agigantados. Todavía aguanta. No obstante, el embate del agua ya ha abierto una vía y se cuela a placer hacia la inmensa cisterna romana al rememorar el camino de vuelta a casa.

El agua siempre encuentra el modo de abrirse paso. El agua siempre sabe cómo.

Centenares de litros por segundo entran en tromba a anegar las tripas del Reloj del Fin del Mundo y se distribuirán por los canales del sistema de irrigación hidráulico. Delfos no puede ni imaginar el peligro que corren sus amigos. Los pasadizos de conexión entre los sótanos de la Casa de los Ingleses, la torre del reloj y las otras dos casas conectadas se hicieron siguiendo el trazado de las canalizaciones romanas, esas que permitieron acelerar las obras porque los operarios prefirieron callar, espoleados por el alcalde, al encontrarse que la historia les había hecho parte del trabajo. Esto, sumado a la fuerza de la crecida del río Razón, desestabiliza el viejo puente de piedra y la tromba enfurecida arrastra todo lo que encuentra a su paso: fragmentos de piedra y ramas van a dar con la piscina natural de Sotillo, arrancando su barandilla de cuajo. La crecida furiosa avanza sin control y desborda el cauce natural del río hacia la parte baja del pueblo, que desemboca en la Casa de los Ingleses.

Delfos y Olvido presencian cómo una monstruosa lengua de agua y barro llega famélica, se dirige hacia el bar y engulle la oquedad que ha abierto el segundo artefacto.

La fuerza del agua hace el resto.

51

El agua sorprende a Lu y a sus amigos cuando comienza a entrar sin timidez por la brecha del techo que ha salido indemne del incendio de la gran sala. La velocidad con la que el agua se abre paso en la estancia agranda la grieta que ha precipitado la lámpara de araña. En segundos, el líquido helado dificulta caminar. Si nada lo impide, en minutos perecerán ahogados. La inundación gana altura; supera ya el nivel de las rodillas. El sonido del agua es atronador. En esa ocasión, proviene del lateral. De la habitación contigua.

Lu atestigua cómo la adrenalina hace que Lluvia recupere su templanza. Nadie conoce mejor los espacios de las casas conectadas.

—Tenemos que darnos prisa. Abandonar esta sala. La puerta no aguantará —dice Lluvia—. Esta pared es de paneles de fibra de vidrio. Empleamos ese material para compartimentar las estancias y abaratar costes. Quizá podamos acceder a la siguiente habitación por alguna abertura…

Lu y Trieste evalúan la situación. La otra salida que el Conseguidor abrió antes de comenzar la negociación ha quedado cegada por los escombros. Si hay una alternativa, confían en que Lluvia sepa hallarla.

—De acuerdo, Lluvia. Camina. Delante de mí. Que yo te vea. —Trieste apunta a la coreógrafa con la pistola.

«Quizá funcione», se dice Lu. Trieste apenas puede tenerse en pie, pero Lluvia lo desconoce. No han avanzado unos metros cuando la pared cede con el chasquido del fémur de un animal extinto. Una corriente de agua sucia, que acaba de anegar el Reloj del Fin del Mundo y los conductos de la Casa de los Ingleses, violenta la sala noble y amenaza con arrasarla.

Por fortuna, el habitáculo es amplio. Consta de dos alturas y el agua no lo cubre de inmediato. El desbordamiento arrastra restos de construcción, botellas, batas, algún zapato y un cuerpo inerte con la cara todavía maquillada.

La presión los empuja contra la parte opuesta de la sala mientras el nivel del agua sube con una velocidad pasmosa. El nivel del líquido sucio y pringoso no les da tregua. Hacen lo posible por mantenerse a flote. Lu ve cómo la pierna de Trieste no resistirá mucho más. El flujo del agua no cesa; sin embargo, el torrente del techo ha parado.

—Trieste, ¿puedes nadar? —dice Lu—. Quizá por el techo tengamos una oportunidad.

—Eso no parece muy seguro —protesta Izan—. Si arriba todo está inundado, nos ahogaremos.

—No tenemos muchas más opciones, Izan —le hace entrar en razón Lu.

La crecida del nivel del agua los tendrá contra las cuerdas en cuestión de segundos.

—El chico tiene razón —afirma Lluvia, la autora del laberinto—. Estamos sobre la bodega. La única salida viable es por esa ventana simulada. En la siguiente habitación, nos adentraremos por el pasadizo que conecta con la última casa. Esa era la de Rodríguez. La única vivienda en la parte alta del pueblo, sobre el nivel del mar. Si llegamos a tiempo, quizá lo logremos.

Lluvia omite a conciencia una información crucial: que se mantengan a la derecha en la bifurcación del corredor.

El agua continúa subiendo. El sistema auxiliar de iluminación resiste a duras penas. Con el agua por el torso, Lu es testigo de cómo Lluvia consigue forzar el ventanal que conduce al cuarto contiguo. Lluvia salta a la habitación. La siguen. El agua, que va perdiendo fuelle, no tarda en colarse con ellos en la segunda habitación, donde otra figura dorada los espera sin vida. La herida en su occipital les cuenta que ha fallecido de un golpe. El líquido anega lentamente la nueva habitación y el cuerpo del joven es arrastrado por una corriente errática que cada vez pierde más empuje. Lu observa con horror cómo Lluvia aparta de un manotazo al chico flotante y localiza el acceso al pasadizo que se inundará en segundos. Lo abre sin dificultad.

La escenógrafa respira profundo y mira al resto del séquito. Es fácil. Solo tienen que bucear unos segundos por el pasillo hasta llegar a casa de Rodríguez. Contener el aliento unos instantes. Y todo habrá acabado. Lluvia es la primera en zambullirse. Lu decide ser la siguiente. Alma e Izan la siguen de cerca. El sargento cierra la comitiva de escape.

Lu no es buena nadadora y nunca ha conseguido permanecer más de unos segundos bajo el agua. El frío helador del líquido oscuro no ayuda y entumece sus extremidades. Avanzan sumergidos, conteniendo el aliento como pueden, a oscuras ¿cuánto? ¿Treinta segundos? ¿Un minuto? ¿Tal vez dos? Impelidos por la corriente que conoce el camino, el agua los arrastra y baila con ellos una danza macabra.

De pronto, una bifurcación. Lluvia, desorientada, elige el camino de la izquierda. El resto no duda y secundan la decisión equivocada. El oxígeno se agota.

Por fortuna, la ejecutiva tenía razón: hallar aquel pasadizo les ha salvado la vida, aunque hayan acabado en otro lugar.

Una bocanada.

Lu respira y llena sus pulmones.

El agua, ahora más clara, brama con fuerza a su alrededor, pero no se encuentran en la casa de Rodríguez. «Un momento, ¿dónde estamos?», piensa Lu sorprendida de estar viva.

Un tobogán de agua los ha escupido uno por uno a una suerte de inmensa piscina, a un depósito. Lu alza la vista. Están en un espacio abovedado de piedra, de techos altos, con escaleras solventes que acceden a un promontorio de piedra, con espacio para caminar, para recuperar el aliento, como la sólida orilla de una playa. Están en un aljibe. Parece una cisterna romana.

Un nuevo día se abre camino. El sol se despereza sobre la superficie y se filtra a través de unos maderos del techo. La luz es amable y cálida.

La inundación va perdiendo furia y ganas, pero el agua de la cisterna menor que los acoge continúa arremolinada y distribuyéndose por otros canales. No deben bajar la guardia.

—Así que es cierto… —mascull a Lluvia maravillada—. Se conservan otros depósitos secundarios además de la gran cisterna principal situada bajo el Reloj del Fin del Mundo.

Recuperan el resuello unos instantes y, tras maravillarse del estado de conservación del milagro arquitectónico, Lu lidera la ascensión hacia la escalera de piedra que los conducirá hasta la superficie.

Escapar es poco menos que un trámite. Una puerta de madera podrida les niega la salida. Lu se ha propuesto que aquella trampilla no va a interponerse entre ella y la libertad. La primera patada con el pie desnudo no surte efecto, la segunda tampoco. A la tercera, la portezuela salta por los aires y ella se rompe un par de dedos del pie con sus metatarsos. La adrenalina le impide sentirlo. Su talón se puebla de astillas. Por fin, la luz.

Lu es la primera en salir.

Respira hondo y se tumba en el suelo. Los primeros rayos de sol de la mañana de febrero le acarician el rostro, se enredan en su pelo.

La siguen Alma, Izan y Lluvia.

Resoplan ajenos a la suerte de Trieste.

Mientras, tumbada sobre el césped, Lu mira en derredor y contiene la respiración al observar el paisaje devastado. Numerosos maniquíes dorados emergen de las entrañas de la tierra, chamuscados, tiritando. Caminan errantes, socorriéndose entre ellos como los supervivientes de un naufragio.

Lluvia, a su lado, no tiene fuerzas ni para intentar huir.

En cambio, Pedro Trieste tarda demasiado.

Lu intuye que algo no va bien.

—¿Alguien ha visto a Trieste? —pregunta la funcionaria.

Izan niega con la cabeza.

Lu se reincorpora de un respingo. Un pensamiento sacude su cabeza. Algo le dice que ha infravalorado la perseverancia de alguien acostumbrado a salirse con la suya, a lograr cosas. La habilidad de Mario para conseguir que las personas vean aquello que quieren ver. Y lo que más desea Lu en este mundo es que el Conseguidor arda en el infierno. Y eso es precisamente lo que el Conseguidor le ha mostrado.

52

Unos minutos antes, justo después de las detonaciones, León Bru hace lo que puede por sobrevivir.

Tiene que llegar como sea al helicóptero de evacuación antes de que la organización sea engullida por las aguas. Una vez allí, en la cubierta de la Casa de los Ingleses, improvisará algo. Conoce el protocolo de seguridad diseñado por Lluvia de memoria. Él mismo ha discutido con la escenógrafa el presupuesto.

Su deseo de maximizar los dividendos está ahora a punto de costarle la vida. El rotor únicamente tiene capacidad para veinticinco personas. Ni una más. Tan solo volarán los veinticinco afortunados que estén en la lista corta. Y su nombre no figura entre ellos esa noche. León sabe que va a pagar caro ser un sentimental. El Conseguidor le había ofrecido no acudir a la reunión mensual de febrero. No a la que un cliente habitual había pedido a su exesposa.

—No te hagas el valiente, León. No hace falta. Han sido muchos años al lado de esa mujer. No te hagas mala sangre viniendo a la fiesta, de verdad.

—Te lo agradezco, Conseguidor. Pero ambos sabemos que esto es un negocio. He invitado a un par de peces gordos internacionales. No puedo echarme atrás.

—Como gustes.

—Si te parece, asistiré a la fiesta en calidad de invitado raso, sin acceso a la lista vip, sala noble y sus pantallas. Prefiero no presenciar el espectáculo.

Y así fue como León Bru boicoteó su salvoconducto.

El radiólogo continúa corriendo jadeante; respira con dificultad abriéndose paso entre pequeños fuegos. Casi lo ha logrado. Ha conseguido salir a tiempo de la sala grupal, antes de que se desatara el caos por el agua. Los gritos de pánico a su alrededor eran ensordecedores. Escucha una voz reconocible cuando las últimas personas acceden al inestable aparato. La lluvia furiosa no facilita las maniobras de despegue.

—¡Dense prisa! Aforo completado. Nos vamos.

Es la voz de Cuello de Toro. Está de suerte, piensa León. Como persona del círculo de confianza del Conseguidor, sabrá identificarlo como miembro del consejo de administración.

—¡Esperen! Falto yo —grita León.

Cuello de Toro lo mira de arriba abajo. Es un hombre asustado. Le pregunta el nombre. León se lo dice. Como ya sabe, León Bru Martí no figura en la lista. Cuello de Toro no lo reconoce. Todos los hombres desnudos parecen igual de insignificantes.

Las aspas del helicóptero rugen. Suenan a despedida. La nave se eleva ante sus ojos. León evalúa a los pasajeros y sus posibilidades. Se abalanza sobre el eslabón más débil. Con un poco de suerte, podrá hacer caer a la mujer en silla de ruedas y ocupar su puesto.

La aeronave da un bandazo por el impulso del médico y arrastra a la mujer y a su asiento al borde de la compuerta. La silla no está frenada, y una rueda revienta las falanges de la mano derecha de León. El vehículo continúa elevándose. Su mano izquierda acaba desprendiéndose y se ase a la desesperada a los enormes pies del helicóptero. El segurata decide no intervenir. No le pagan lo suficiente y, una vez embarcado el pasaje exclusivo, su misión ha finalizado. Huye a ponerse a salvo.

Una mano amiga bloquea la silla de la anciana a tiempo antes de que se despeñe.

—Necesitamos perder peso o no lo lograremos —dice el piloto.

La ministra de Empleo decide acabar el trabajo de una vez por todas.

Liberado del peso de León, los hijos del privilegio alzan el vuelo ante la mirada atónita de Olvido y Delfos.

53

La tardanza de Trieste le lleva a pensar que quizá el sargento se ha desvanecido, agotado, por la pérdida de sangre. Lu está tentada de descender ella misma a la cisterna, pero no quiere dejar a Lluvia sin supervisión.

Con Mario y León muertos, Lourdes Nadal se va a cuidar muy mucho de que al menos Lluvia responda por sus actos. Pero Lu se equivoca respecto a la suerte que han corrido los dos hombres que tanto amó. Hace bien en preocuparse, no obstante, por el retraso de Pedro.

Durante el ascenso desde la cisterna romana, el Conseguidor ha logrado aferrarse a la pierna herida del inspector en el último momento. Lo ha hecho cuando el resto de sus compañeros descansaba ya a salvo en la superficie. Y, tras el forcejeo, ha lanzado a un Trieste sin resuello al interior del depósito de nuevo.

Izan parece leerle el pensamiento a Lourdes Nadal, mira a Lluvia y dice:

—Lu, que esta no se mueva de aquí hasta que lleguen los refuerzos. Voy a echarle un ojo a Trieste. No es normal que no haya subido aún. Esto no me huele bien.

—Bajo contigo. —La adrenalina de Alma habla por ella y subestima la gran herida de su cabeza. El golpetazo previo al incendio traerá cola.

Lu observa cómo Izan no desdeña la compañía de Alma, ese continente inexplorado que planea conquistar. Ve desaparecer a sus amigos por la trampilla. Las profundidades de la tierra los engullen en pleno día.

54

Alma e Izan charlan mientras descienden. Sus voces alertan al Conseguidor, que espera a los jóvenes en un recodo de la escalera. Los ojos de la pareja tardan un instante en aclimatarse a la oscuridad. El Conseguidor aprovecha para abalanzarse sobre ellos, como hiciera con el confiado Trieste minutos atrás. Las manos de Pedro casi rozaban el césped cuando aterrizó sobre el agua.

El Conseguidor solo tuvo que cebarse con la herida abierta en la pierna de Pedro para que este se precipitara peldaños abajo. Mario se había hecho con la estilográfica de su escritorio en el último minuto, amparado por el desprendimiento de la decoración del techo, cuando Lu pensó que había sido devorado por las llamas. Fuera del ángulo de visión, el Conseguidor se limitó a seguir a la comitiva a una distancia prudencial. Los había acechado en su ascenso hacia el respiradero del aljibe con la intención de salvar su vida y, de paso, acabar con la de aquellos aficionados. «Sería tan sencillo que, en medio del desastre, otros cuatro cuerpos aparecieran ahogados en ese depósito». El Conseguidor no podía permitir que Trieste lo delatara y que desvelara su identidad. Bastante había perdido ya. El empresario pretendía retener al sargento en el tanque hasta ajusticiar al resto.

El plumín del arma improvisada se había abierto paso con facilidad en el cuádriceps del sargento. Tras el impacto de la caída desde la escalera, Trieste continúa inconsciente. Flota boca abajo sobre el pozo.

Alma es la primera en ver el cuerpo desmadejado de Pedro en el agua y se lanza sin pensarlo a por el sargento, ese gigante bueno. El remolino de agua hace su trabajo y los impele hacia un sumidero que los succiona con fruición. El cuerpo de Trieste a la deriva no opone resistencia y arrastra consigo a la delgada bruja como un corcho hacia el sistema de drenaje. Alma no ha medido bien sus fuerzas, y un torbellino de agua los conduce hacia un final terrible. Impotente, Alma observa cómo en la base de la escalinata Izan se ocupa del Conseguidor. El joven logra asestarle un puñetazo formidable que noquea a Mario a tiempo. El Conseguidor cae, desportillado, desde la playa de piedra a la cisterna y su corpulencia tapona justo a tiempo la compuerta principal. Su postura les salva la vida, por el momento, a Alma y a Trieste.
El olvido no es el único que clama venganza allá abajo.
El diluvio tiene sed.
Con el Conseguidor neutralizado, Izan se zambulle en la cisterna. Ya en el interior del depósito, se las ingenia para voltear el corpachón de Trieste. Liberada del peso del sargento, Alma consigue ponerse a salvo y bracea hasta el borde del tanque.

Trieste abre los ojos.
Respira.
Su instinto de supervivencia se encarga de hacerle nadar contra corriente.

El Conseguidor forcejea en el agua, consciente de que, en segundos, el desagüe engullirá su vida. Emplea su último aliento en intentar llevarse a Pedro consigo. No lo consigue. La succión finaliza su cometido y el Conseguidor es arrasado por el torrente de agua.

Izan consigue tomar a tiempo la mano de Trieste mientras la vida del Conseguidor se va por la alcantarilla.
—Te tengo, amigo.
Ahora sí, el tridente de Lourdes Nadal está al completo.
Los tres inician su ascenso.

55

La primera en aparecer en la superficie es Alma. Tirita, exhausta, por el esfuerzo de salir del agujero por su propio pie. Ha ingerido mucha agua y no tiene buen aspecto. Lu va a su encuentro. La acaricia, la acuna y la arrulla. Lourdes le limpia el último reducto de maquillaje dorado con un poco de saliva. Bajo el cosmético, las mejillas de Alma están pálidas como las de un fantasma. Izan, el siguiente en subir, le ofrece su brazo para portearla a un claro soleado hasta que lleguen los sanitarios.

Trieste es el último en emerger, librándose de la humedad y sacudiéndose el peligro enredado en las cejas. El corazón de Lu se desboca al ver a un Pedro Trieste asomar de las entrañas de la tierra, quien la mira con la fascinación de las primeras veces. «Estoy aquí», parece decirle, y Lu se siente agradecida. La vida le ha dado una segunda oportunidad que no piensa desaprovechar.

Lu camina como un animal herido por los guijarros y cristales que le laceran los pies desnudos. Las fracturas no ayudan. Necesita agua, dormir un mes seguido y un abrazo. El orden en esos momentos no importa demasiado. Respira profundamente. Alza la mirada y trata de divisar el lavadero, pero no lo halla. Aún no es consciente de las dimensiones de la tragedia. Quizá por eso se empeña en buscar el punto de encuentro donde, en otra vida, deberían estar esperándolos Peláez y Delfos.

La funcionaria no los ve, pero infiere que la teniente y el adivino están bien, que pudieron ponerse a cubierto tras escuchar la primera detonación en el subsuelo. Lu no alcanza a verlos, pero sabe que han cumplido su parte del trato: han llamado a los refuerzos. La Unidad Central Operativa y decenas de efectivos deben de estar en camino. En unos instantes, la zona se llenará de agentes, ambulancias, periodistas y curiosos.

Contra todo pronóstico, la Casa de los Ingleses, el centro de operaciones de The Brigde, se mantiene en pie desafiando las leyes más elementales de la física. Prueba de ello es que la puerta roja, quicios incluidos, se conserva incólume en su lugar, sin desperfecto aparente. La segunda planta del precioso edificio, en cambio, no ha corrido la misma suerte. La cinta estática del balcón acristalado pende de un anclaje exangüe y amenaza con desplomarse sobre el lugar exacto que Izan ha escogido para que Alma recupere el aliento. La superficie de vidrio que protegía la máquina se ha volatilizado por la onda expansiva. Un guardapolvo blanco cubre ahora el aparato inestable. La sábana blanca ondea al viento con los primeros rayos de luz.

Como la bandera de un ejército rendido, en son de paz.

Epílogo

Una vez se apagan los focos, todo es bastante aburrido. La Guardia Civil hace su trabajo y detiene a los malos. Los heridos curan sus heridas, y los políticos se cuelgan medallas. Pronto llegarán a Sotillo más fondos para reconstruir los desperfectos, así como las promesas para un futuro mejor porque, de nuevo, el país está en campaña electoral. Por fortuna, una de las bombas, la del negocio de Isabel, nunca llegó a estallar. Y la cuarta, en otro alojamiento rural, solo causó daños menores. Izan, eso sí, pasará un buen tiempo en prisión. Menos del necesario.

Es un lunes soleado de marzo cuando Isabel acude a visitar a Alma, que se repone en una habitación de planta del hospital universitario de Paria.

—¿Cómo has pasado la noche? —pregunta Isabel a Alma en la habitación del hospital.

—Esta noche mejor —dice la bruja novata—. Cada vez me duele menos la cabeza. Pero el brazo me está matando.

Alma parece una momia. Una momia preciosa. Se asemeja a una niña magullada que ha jugado a hacerse un disfraz de mortaja egipcia con una docena de rollos de papel higiénico y los ha agotado todos. La cabeza vendada, el pelo rapado por la operación de urgencia, que le regala un derrame inquietante desde el nacimiento del pelo hasta la barbilla, pasando también por el ojo derecho. El que le propinó Lluvia en la cabeza y en el brazo con la pata de la silla en la sala noble fue un impacto grave que pasó desapercibido por la adrenalina. Está tan hinchada que no le caben las gafas. Además de la intervención, el brazo en cabestrillo, el radio y varias costillas contusionadas. Estas últimas, cortesía de la cisterna menor.

—¿Dónde está Lu? —pregunta Isabel.
—Ha salido un segundo a cambiar el agua a las flores.

Lu regresa a la habitación con un centro maravilloso entre las manos. Un olor penetrante a flores inunda el cuarto. Hay ramos por todas partes. La cantidad de búcaros en un hospital es inversamente proporcional al número de visitantes. Los ramos demuestran tantas cosas: amor, en el mejor de los casos, vergüenza, culpabilidad… Y en Sotillo muchos clientes de Cuarto Creciente aprecian a Alma, pero Dios los libre de dejarse ver por el hospital de Paria.

El ramo que portea Lu es el de Isabel. Con él, trata de reparar el daño infligido por su sobrino Izan. Es descomunalmente hermoso. El segundo arreglo en tamaño, aunque no en amor, es el de Lu, que sin saberlo ha encontrado en Alma a otra hermana. Deposita la ofrenda sobre la mesilla.

—Isabel no te lo dirá, ¿sabes? Pero Izan te salvó la vida. —Lu se arrellana junto a la cama de su amiga, de la que no se ha despegado desde su ingreso.

Alma le insta con la mirada a continuar.

Lu le besa la cabeza vendada y pelona y dice:

—La cinta estática del segundo piso de la Casa de los Ingleses estuvo a esto de rematarte, pero Izan te sacó justo antes de que la mole de cien kilos estallara contra el pavimento. Y aterrizara en tu crisma.

—¿Cómo está Izan, por cierto? —pregunta Alma.

—Pues jodido por lo que hizo. Ahora sabe que le utilizaron. Pero está bien. A la espera de juicio, incomunicado, pero te envía recuerdos. —Le coloca la almohada.

—Y, entonces…, ¿cómo sabes que Izan me envía recuerdos? —dice Alma, de buen humor.

—Siempre fui una mujer de recursos…

—Trieste —sonríe Alma hecha un solar—. Lo sabes por Trieste. No me hagas reír, anda, que me duele.

—¿Me llamabas? —responde Pedro cojeando más que de costumbre. La pierna tiesa, vendada.

—¡Pues ya estamos todos! —dice Lu, satisfecha.

—De eso nada. Falto yo —retruca Delfos—. ¿Cómo anda mi discípula?

—¡Delfos! —Alma se ilumina como un árbol de Navidad.

Delfos estornuda. No hay manera de que el brujo sane el maldito resfriado.

Isabel le mira y le extiende un pañuelo. Delfos contempla a Isabel. Lu solo aspira a que alguien la mire así alguna vez. Ya no hay tensión entre ellos. Solo amor. Lu ignora cuándo se ha obrado ese milagro, que el fantasma del marido de Isabel haya aceptado convertirse en un olvido bonito. Isabel y Delfos se toman de la mano. Después de lo vivido, no tiene sentido continuar guardando ausencias.

—Y, bien, contadme —pregunta aturdida Alma sin entender muy bien—. ¿Cuánto tiempo he estado dormida? ¿Qué me he perdido?

Lu toma aire y sonríe porque en las semanas que ha pasado Alma en coma inducido tras la operación la bruja novata se ha perdido todo el circo mediático alrededor del caso. Y lo que sigue a continuación: el interrogatorio inmisericorde a Lourdes; la detención de Lluvia y de Izan; el arresto de Jaime y los locos del movimiento Time Out; la frustración ante la inoperancia del dispositivo para localizar a los huidos del helicóptero —compensada por la detención de León tras su caída—; el levantamiento de los cadáveres del Conseguidor, Luis Gomis y el alcalde Rodríguez —también el de Pardo, también sin acceso esa noche a la lista corta—. Alma tampoco se enteró de cómo la teniente Peláez y el sargento Trieste fueron crucificados por su investigación, paralela a la oficial, de que Trieste en concreto fue expedientado y su expulsión pendía de un hilo ni del dolor insondable de Lourdes. Su soledad. Sus ganas de vivir, a pesar de todo.

—Nada importante —dice Lu, al repasar la lista.

—Bah, pues entonces poca cosa, ¿no? —sonríe Alma.

Toma aire y contraataca:

—Y ahora en serio, Lu, no me quito de la cabeza el tema de las detonaciones…

Lu suspira.

—Los indicios apuntan a que Jaime y sus amigos negacionistas estaban más organizados de lo que pensábamos y habían constituido un movimiento denominado Time Out. Rodríguez los subestimó, me temo. En realidad, ellos tan solo perseguían dañar el Reloj del Fin del Mundo, el símbolo. Porque pensaban que lo que atraía a todos aquellos cochazos de lunas tintadas a Sotillo desde hacía meses era el reloj.

—Pero… ¿qué reivindicaban? ¿Contra qué atentaban?

—Si te soy sincera, creo que ni ellos lo saben. Contra la gentrificación, el turismo, el progreso… Si te fijas, todos los artefactos se colocaron estratégicamente en lugares frecuentados por turistas: el reloj, El Remanso, el bar, otra casa rural. En su descargo he de decir que lo hicieron en temporada baja y de madrugada, cuando pensaban que todos esos emplazamientos estarían deshabitados.

—Ya veo…

—Sí. Supongo que su intención era salir en la prensa, reivindicar la desigualdad entre regiones, este abandono… Hacer ruido. No sé. Nadie podía prever que el pueblo era un queso gruyer agujereado por un sistema antiquísimo de riego y que en el lugar donde colocaron las bombas había decenas de personas en cada uno de esos puntos. Que en lugar de atentar contra una instalación artística estaban dinamitando el lucrativo negocio de The Bridge; la organización de poderosos que se daba cita cada noche de cuarto creciente, bajo nuestros pies. Y que al hacer reventar el Reloj del Fin del Mundo estaban segando decenas de vidas. La primera bomba se había colocado en la base del reloj, días atrás, a la espera del mejor momento para hacerla estallar. Ese artefacto fue el más cercano a la gran cisterna romana. Los investigadores piensan que Jaime os siguió desde Valdeavellano. Y, al intuir hacia dónde os dirigíais, aprovechó para entregarle a Izan el detonador en el bar.

—Increíble.

Silencio.

—Me resisto a pensar que Izan pudiera estar de acuerdo con todo este horror, Lu, con todas estas muertes, que accediera a detonar los explosivos con nosotros dentro.

—Porque no lo sabía, Alma. La explicación más plausible es que el colectivo Time Out utilizara a Izan. En principio, el plan era sencillo: Izan solo tenía que conservar su microscópica riñonera en el descenso y accionar el temporizador cuando fuera el momento. Jaime le convenció diciendo que ya había demasiados ojos sobre Time Out y que no era prudente que a él se le viera rondando por el reloj. La realidad era que necesitaba que Izan estuviera lo suficientemente cerca de la primera mochila para que el detonador alcanzara la frecuencia. La potencia de los artefactos era insignificante. Sin embargo, estaban programados para estallar en la misma frecuencia que la primigenia. Una tras otra. Si explotaba una, lo hacían todas.

Mirada atenta.

—Los artefactos explosivos fueron colocados, certeros, por todas las tripas del valle: una en la Casa de los Ingleses, otra en el bar del pueblo, una tercera en un hotelito rural de las afueras y la última en El Remanso, la casa rural de Isabel Linares. Cuatro en total. Estas dos últimas fallaron. Todos, espacios visitados por extraños. Por extranjeros. Por turistas. Por los otros... Con lo que nadie contaba era con que las detonaciones volaran el dique de contención de la primera cisterna. Ni con la crecida del río Razón.

Y así es como Lu le explica a su amiga que la autoría de las bombas recae sobre Jaime Estrada y sus amigos. Han sido los chicos de Jaime, esos parias de la furia digital, los que caminaban sobre una Tierra quebradiza y plana. Quienes se aferraban a un país que ya no existe porque no alberga ningún futuro para ellos. Los mismos que han decidido quedarse en Paria, esa provincia que se desangra, y que cuando dicen que el tiempo toca a su fin van más allá de un simple juego de palabras.

—Madre mía.

—Sí. Cuidado con lo que deseas... Hemos conseguido poner a Sotillo en el mapa...

—Y, ahora, dime, Lu. ¿Qué vas a hacer? —pregunta como si Trieste no estuviera en la habitación—: Pedro y tú, me refiero.

—Pues, de momento, nos vamos a comer los cuatro sin ti, listilla —bromea Lu y se dirige al resto—. Id yendo vosotros a Valdeavellano, por favor, luego os alcanzo. Me quedo un poco más con la enfermita. Pedid algo para mí que...

—¡Que no lleve gluten! —dicen al unísono Trieste, Isabel, Delfos y Alma. Su familia. Porque esa gente es su familia.

Lu abre la persiana. Y el sol y la paz se cuelan por la habitación a partes iguales. La luz deja adivinar partículas en suspensión que se mezclan con el aroma dulzón de las flores, henchidas de la primavera que toca a la puerta. Lu cojea levemente. Aún faltan unos días para que le quiten la escayola. Cruza los dedos cuando lo piensa. Las fracturas de los pies siempre sueldan mal.

—Pronto será el solsticio de primavera —se atreve a decir Alma.

—No empieces con tus sortilegios de vidente. Que no diste ni una, maja —la regaña cariñosa—. La realidad se ha impuesto: ni los signos de fuego ni la luna en cuarto creciente ni los arcanos tuvieron nada que ver con el caso. Las fiestecitas privadas del Conseguidor y de León se hacían el tercer sábado de cada mes porque era bueno para el negocio tener las fechas marcadas con antelación. Que coincidieran con el ciclo lunar fue pura casualidad. Ya ves, eran el sexo y el dinero lo que conducía a tanta muerte, no la superchería.

—Poca broma con los arcanos, Lu —le advierte Alma—. La descomposición de la fecha de nacimiento de Lluvia Sanchis es el número tres. La papisa. La pieza clave, una de las cabezas pensantes del entramado, sin duda. Reflexiva. Intuitiva. Perseverante. Siempre en superación continua.

—Pues la papisa va a estar un rato largo a la sombra. Así que como si dice misa.

—Bueno —responde Alma—. Al menos, no me negarás que las cartas te advirtieron sobre los peligros de cruzar ciertos puentes… Eso y lo del agua. Tanto Delfos como yo lo tuvimos claro. No me negarás que ahí estuve sembrada.

Ríen.

—La suerte del principiante —bromea Lu, tristona—. Era la necesidad de poner a prueba a The Bridge la que hizo que el Conseguidor y Lluvia fingieran la desaparición de Lazcano para atraerme. No su signo. No la luna. Dinero y sexo, así de simple. Aunque debo de admitir, nena, que tu punto de vista resulta menos prosaico…

—Y hablando de cosas prosaicas —insiste Alma—, ¿qué planes tienes con Trieste?

—Para haberte dado un buen golpe en la cabeza mantienes la memoria intacta, chica… Pues no lo sé, cariño. Ni siquiera sé si regresaré a casa. En algún momento tengo que retomar mi trabajo. Volver a mi vida… Aquí ya no me ata nada. Mi madre, la pobre, está muerta de preocupación; mi hermana regresó de Bruselas a todo correr. Y mi hija Clara me ha ofrecido pasar unos días en su casa de Londres. No sé. Igual accedo. Me vendría bien cambiar de aires…

—¿Clara? A buenas horas…

—Clara sigue siendo mi niña, Alma. Si tuvieras hijos, lo comprenderías. El cordón umbilical no se rompe nunca. Y me necesita. Sé que me necesita. Imagina cómo se ha sentido con todo este escándalo, con la detención de León. Del presidente de su club de dos. Que el padre del año tenía otro hijo y que su hermano ya no está. En fin —se encoge de hombros—, lo único que quiero ahora mismo es dormir un siglo.

Lu ve cómo Alma encaja el golpe sin ocultar su decepción. Ninguna de las dos puede permitirse otra pérdida, aunque sea motivada por una mudanza. La bruja novata admira la fortaleza de Lu. Conoció a su amiga a su llegada al valle, en pleno proceso de reconstrucción, ahora lo único fracturado en la funcionaria parece ser esa rotura que suelda a su aire bajo el yeso. Se equivoca. Lu está muy tocada.

—En tu indecisión con Trieste planea la sombra de León, ¿verdad?

Lourdes Nadal, desarmada, asiente.

—Tienes que seguir adelante —la anima sin conseguirlo su amiga.

—Lo sé. En ello estoy. Queda aún tanto para el juicio… Estoy ayudando en lo que puedo en el proceso de instrucción…

—Tu testimonio será vital para que ese desgraciado pase lo que le queda de vida en prisión.

—Se habla de cadena perpetua revisable. Pero eso ya vendrá… Hasta entonces, León ha muerto para mí.

Lu continúa. Le explica brevemente que León fue detenido tras no conseguir huir en el helicóptero. Y que la jueza ha decretado prisión sin fianza a la espera de juicio, donde mejora del politraumatismo leve a causa de la caída.

—Verás, Alma. No es que León esté en prisión. Ni que yo no sepa qué hacer con todo este dolor. Es que ni siquiera sé por quién estoy triste. De pronto, es como si mi vida hubiera sido un gran simulacro. No sé a quién llorar: si al padre de Clara, al gran amor de Marena, al impecable doctor Bru. O al hombre capaz de invertir una fortuna en The Bridge sin parpadear...

Alma se hace cargo.

—Así que he decidido dejar de llorar. León ha muerto en todos los sentidos. La persona que encerramos en Picassent hace unos días fue León Bru Martí. Mi compañero de vida. El otro, el dirigente de The Bridge, también ha muerto con él. Olvidar será mi prioridad. A diferencia de nuestra hija Clara. Ella ha elegido recordar lo malo. Habitar como venganza ese lugar tan incómodo que es el odio.

—No la culpo, ¿cómo hacerlo? —dice su amiga desde la cama.

—Pero es que odiar es muy cansado, Alma. Te condena a estar furiosa todo el tiempo, y yo ya no quiero eso. —Lu consulta la hora en su reloj de pulsera. Sabe que la esperan—. Es imposible olvidar el daño infligido por León, pero...

Alma improvisa:

—¿Tu venganza será ser feliz?

—Anda ya, bruja. No me seas cursi.

Ríen tristes.

—Me refiero a que quiero ir despacio, Alma. A que quiero sanar, estar serena. Equivocarme si me tengo que equivocar. Vivir sin horarios ni recetas.

La funcionaria besa a su amiga al despedirse y se dirige al baño más cercano. Se quita el reloj para refrescarse. Mientras se moja la cara, un sentimiento de extrañeza la hace sonreír al observar unas manos, las suyas, que no reconoce como propias.

Ni rastro del cerco pálido de León en su piel curtida.

Consulta la hora desde la repisa del lavamanos. Las manecillas de la esfera se encargan de informarle de que llega tarde a la comida en Valdeavellano; también a la respuesta que le debe a un gigante bueno.

El reloj no regresa a la muñeca de Lourdes Nadal.

Cojeando, se dirige al aparcamiento dispuesta a marcar el tempo de su propia vida.

Agradecimientos

El camino que recorre un manuscrito hasta convertirse en el libro que tienes entre tus manos es un largo viaje compartido. Gracias a todas las personas que, de un modo u otro, me habéis acompañado en el proceso.

A mi agente Silvia Bastos por sus consejos y palabras de aliento. Gracias por retarme. A Alberto Marcos, por su delicadeza. Qué fortuna crecer a tu lado. A Gonzalo Albert por su confianza y sonrisa abierta. A Marta Martínez por su inestimable ayuda en la promoción. A Aurora Mena, por acariciar cada palabra.

A Garo Reyes, el hombre de los mil recursos. Al equipo al completo de Plaza & Janés, gracias por vuestra labor incansable. Cada libro es un pequeño milagro.

A Nuria Ostáriz, por su mirada fresca. Y a mis lectores cero (¡qué paciencia!): Carmen Amoraga, Javier Alandes y Begoña Vidal. Separar la lectura crítica del cariño no siempre es sencillo. Aportáis luz y generosidad. Sois increíbles.

A Cristina Cañaveras y a Manolo Castilla, por su visión técnica para contribuir a la calidad a la novela. La experiencia de Manolo, jefe de prensa de la Policía Nacional de Valencia durante más de treinta años, ha sido sumamente valiosa. Cris, gracias por tus explicaciones sobre resistencias. Te debo un vino.

Y a Javier Morales, que me prestó su profesión para León, dos.

A Santiago Díaz, por la maravillosa frase de la cubierta y por conseguirme mi primer club de lectura, Pluma y Cubiertos. Eres enorme. No descubro nada.

A mis amigas fieras y valientes, estáis de un modo u otro conmigo en este reloj: Lucía, Isabel Adam, Rebeca, Maydo, Raquel, SoniLo y mis *blonditas* Marta e Isabel López. Qué lujo contar con personas que celebran los triunfos ajenos como propios. Os quiero.

Gracias a Clara Castelló y a Alba Requejo por pensar en mí para conducir *Sense por*, el espacio de consejos de escritura de à punt. Creo que estamos construyendo algo bonito desde la radio pública valenciana. Gracias, Elena, María, Sofía, Francis, Cate y equipo. Para vosotras, este redoble de tambor.

A los compañeros de los medios de comunicación que hicisteis volar *Veintitrés fotografías*, gracias. A Valencia Enamora, por su amistad.

A Marcos J. Lacruz y a sus locos energéticos por darle intensidad a mi brillo.

Alguien muy sabio me dijo una vez que escribir es robarle tiempo a la vida. Y, en cierto modo, así es; le regateas tiempo a la familia, al ocio, al sueño, sin saber si aquello que te consume arribará alguna vez a buen puerto. Así que, con tu permiso, el mayor agradecimiento es para mi familia. En especial para mi madre, Manuela, y para mi marido, Mache.

Gracias por disculpar mis inexcusables ausencias.

Y, por supuesto, gracias a los libreros, sois un elemento fundamental de la cadena de valor del libro. Gracias por acogernos y prescribirnos, por ser refugio de miles de lectores. Sois casa.

Y GRACIAS a ti que sonríes mientras lees esto porque te guiño un ojo.

Gracias por llegar hasta aquí y por permitir, con tu apoyo, que pueda continuar escribiendo.

Si te ha gustado *El reloj del fin del mundo*, te animo a que lo cuentes. Tus reseñas me impulsan más de lo que crees. Si te apetece intercambiar impresiones acerca de alguna de mis novelas, estaré encantada de leerte en las redes. Me encuentras en Instagram como @soniavaliente_escritora.

Te abrazo fuerte,

Sònia Valiente

«Para viajar lejos no hay mejor nave que un libro».
Emily Dickinson

Gracias por tu lectura de este libro.

En **penguinlibros.club** encontrarás las mejores recomendaciones de lectura.

Únete a nuestra comunidad y viaja con nosotros.

penguinlibros.club